suhrkamp taschenbuch 3938

Vier Männer kommen an einem glühend heißen Tag in ein stilles Dorf. Man erfährt wenig über sie, scheinbar sind es recht arme Teufel, doch sie haben einen Plan: Sie wollen eine Bank ausrauben. Der Coup misslingt, ebenso die Flucht. Das Dorf wird zur Falle, seine Bewohner formieren sich zum Mob, die Räuber werden zu Gejagten. Ein Gelähmter, der von Großwildjagden träumt, schraubt das Zielfernrohr auf sein Gewehr, eine einsame Frau verbirgt einen Flüchtenden und will ihn zum Komplizen ihres verpfuschten Lebens machen, der angesehenste Bürger des Dorfes ist zugleich sein größter Verbrecher. Den Gehetzten bleiben nur wenige Stunden.

Noch eine Nacht ist ein düsterer Krimi in gleißender lateinamerikanischer Sonne, eine packende, manchmal grandios komische Geschichte von Gier, Verzweiflung und menschlichen Abgründen.

Antonio Dal Masetto, geboren 1938 in Norditalien, wanderte mit seinen Eltern 1950 nach Argentinien aus. Er hat zahlreiche Romane und Erzählbände veröffentlicht und ist einer der renommiertesten Autoren seines Landes.

Antonio Dal Masetto

Noch eine Nacht

Roman

Aus dem Spanischen von
Susanna Mende

Suhrkamp

Die Originalausgabe erschien unter dem
Titel *Siempre es difícil volver a casa*
bei Editorial Sudamericana, Buenos Aires 2004.

Die Übersetzung aus dem Spanischen wurde unterstützt
durch die Gesellschaft zur Förderung der Literatur
aus Afrika, Asien und Lateinamerika e.V. in Zusammenarbeit
mit der Schweizer Kulturstiftung Pro Helvetia.

Umschlagabbildung: Ryan McVay/Getty Images

In Memoriam
Alejandro Vignati

suhrkamp taschenbuch 3938
Erste Auflage 2008

Druck: Druckhaus Nomos, Sinzheim
Printed in Germany
Umschlag: Göllner, Michels, Zegarzewski
ISBN 978-3-518-45938-6

1 2 3 4 5 6 – 13 12 11 10 09 08

Noch eine Nacht

I

Der schwarze Peugeot verließ die Straße, fuhr an den Zapfsäulen vorbei und hielt im Schatten eines Baumes. Die vier Männer stiegen aus, betraten die Kneipe und bestellten Bier.

»Prost«, sagte der eine.

»Prost«, kam es zurück.

»Auf eine erfolgreiche Aktion morgen«, sagte der Dritte.

»Darauf, dass wir bald wieder zu Hause sind«, ergänzte der Vierte.

»Welches Zuhause?«

»Deines und meines und das der anderen.«

»Zuhause ist da, wo der Regenbogen beginnt, heißt es.«

»Wird nicht leicht sein, diesen Ort zu finden.«

»Bestimmt nicht.«

Sie zahlten, verließen die Kneipe und fuhren weiter.

2

Zweihundert Meter von der Einmündung zur Landstraße entfernt lagen am Rand der Straße, die ins Dorf führte, drei Faulenzer unter einem Lastwagenanhänger. Sie unterhielten sich nicht und bewegten sich nur, um die Fliegen zu verscheuchen. Sie starrten in die flimmernde Luft, ließen zwischendurch die Flasche herumgehen, nahmen große Schlucke von dem warmen Wein und verfielen wieder in Reglosigkeit. Einer erhob sich, knöpfte seine Hose auf, und ohne den Schatten zu verlassen, pinkelte er in die Sonne. Auf einmal war rechts, wo eine geschwungene Baumreihe ein Wehr verriet, ein Lichtreflex zu sehen. Irgendetwas überquerte die Brücke, verschwand und tauchte wieder auf. Das Glitzern weckte eine träge Erwartung in den drei vom Wein und von der Hitze benommenen Männern. Sie merkten auf; das Fahrzeug konnte weiterfahren oder abbiegen. Schließlich bog es ab und fuhr lautlos an ihnen vorbei. Sie sahen ihm nach, bis es verschwunden war. Ohne sie richtig wahrzunehmen, blickten sie danach zum hundertsten Mal zu den ersten Häusern und Mauern, einem Werbeschild, dem stillen Pferd unter einem Weidenbaum und dem Kirchturm weiter hinten, der ebenfalls im flirrenden Licht des Nachmittags verschwamm.

Sie reichten wieder die Flasche herum und rauchten gemeinsam eine Zigarette. Als Nächstes stimmte ganz in der Nähe eine Zikade ihren Gesang an. In den darauf folgenden beiden Stunden tauchte niemand mehr auf.

Dann überquerte, gefolgt von einem Hund, ein Mann mit einem Strohhut und einem langen Stock auf der Schulter das gegenüberliegende Feld. Dort, wo der gemauerte Ofen war, bewegte sich die Gestalt einer Frau. Sie konnten erkennen, wie sie sich hinunterbeugte, um unter dem Drahtzaun hindurchzuschlüpfen, und sahen, wie sie auf dem bewachsenen Grasstreifen auf sie zukam. Als sie an ihnen vorbeiging, drehten sie automatisch die Köpfe. Sie blickten wieder zu den Häusern und dem Kirchturm und ließen die Flasche herumgehen.

Zwei Motorräder tauchten auf, beide mit Sozius. Sie brausten hin und her, bremsten und gaben Gas, erfüllten den Nachmittag mit Lärm und fuhren schließlich auf die Landstraße. Man hörte, wie sich die Motoren unter dem weißen Himmel entfernten.

Die Sonne brannte noch immer sengend herab, als die Stimme eines Sprechers zu ihnen drang und das Programm ankündigte, das an diesem Sonntagabend beim Dorffest auf dem Platz stattfinden sollte. Ein Wagen bog langsam in die Straße ein. Es war ein schwarzer Peugeot mit Hauptstadtkennzeichen. Darin saßen vier Typen. Die drei Faulenzer sahen ihn von ihrem Schattenplätzchen aus vorbeifahren und schenkten ihm nicht mehr Aufmerksamkeit als den anderen.

3

Bevor der Peugeot die ersten Häuser erreichte, fuhr er unter einem Zementbogen hindurch, auf dem irgendwann einmal ein Willkommensgruß gestanden haben musste. Jetzt war nur noch der letzte Teil davon übrig: »... denen, die nach Bosque kommen.«

In den blonden Mann, der hinten saß, kam Bewegung, und er sagte wie zu sich selbst: »Was da wohl gestanden hat?«

Er war ein pausbäckiger Typ mit lichtem Haar. Er musste um die fünfunddreißig sein, auch wenn er die rosige Haut und die täppischen und sanften Bewegungen eines Säuglings hatte. Er wurde Cucurucho genannt. Niemand antwortete ihm.

Er schaute in den wolkenlosen Himmel und blickte dann zu den anderen. Neben ihm der ernste und wortkarge Ramiro mit seinem Mexikanerschnurrbart, der die Zigarette zwischen die Zähne geklemmt hatte und mit zurückgelehntem Kopf seit einer Weile in den Anblick des aufsteigenden Rauchs vertieft war. Dante auf dem Beifahrersitz, dessen Profil sich ihm hin und wieder darbot, der Glanz seines gutmütig und melancholisch blickenden Auges und eine Falte neben seinem Mund, die sich tief in sein Gesicht grub. Jorge, der am Steuer saß und von dem er nur den Nacken sehen konnte, war der Jüngste von ihnen. Er ließ seinen Blick zwischen ihnen hin und her wandern und genoss das Wohlbehagen, das ihm ihre Gesellschaft bereitete. Er fühlte sich geborgen, spürte, dass die Kameradschaft, die ihn mit den dreien verband, die beste Voraussetzung für ihre Pläne war.

An stillen Häusern vorbei fuhren sie langsam die Hauptstraße entlang. Niemand war zu sehen. Nur heruntergelassene Rollläden und verschlossene Türen. Ein magerer Windhund überquerte die Straße, ohne den herannahenden Wagen zu beachten; es war das erste Lebewesen, dem sie auf ihrer Fahrt durch das Dorf begegneten, und für eine Weile sollte es auch das einzige bleiben. Cucurucho senkte die Lider und lauschte dem Motor und der Stille. Dann merkte er, wie verschwommen eine Erinnerung in ihm aufstieg. Von irgendwoher holte ihn eine schlimme und Angst einflößende Geschichte ein. Es war nicht seine Geschichte, sondern die einer Fantasiegestalt, an deren Namen er sich nicht erinnerte, aber mit der er sich einst identifiziert und Tollkühnheit und Kampfgeist geteilt hatte. Er versuchte sich vorzustellen, der Wagen sei ein geheimnisvolles Wesen, ein mythisches Tier vielleicht von trügerischer Friedfertigkeit, das vorsichtig und wie durch einen Zauber unsichtbar durch die Stille glitt, immer weiter vorrückte und den drückenden Nachmittag und seine Geheimnisse behutsam und unauffällig durchdrang, um ja keinen Verdacht zu erregen oder jemandes Zorn zu wecken. Genüsslich überließ er sich diesem kindlichen Spiel.

Er hörte, wie Ramiro sagte: »Ruhiges Dorf.«

Und Dante: »So ist das immer.«

Cucurucho öffnete die Augen. Die Umgebung hatte sich nicht verändert; weiße Häuser, gepflegte Vorgärten, brütende Hitze. Er schloss sie wieder und genoss die Sicherheit, die ihm das gleichmäßige und unerkannte Dahingleiten gab. Er stellte sich vor, dass diese Mauern Fallen und Feinde bargen, stellte sich Schatten, Zimmer wie Höhlen und lange Gänge vor. Es erregte ihn zu spüren, wie leicht diese ganze lauernde Gewalt überlistet werden konnte. Es war, als würde man sich durch einen lebendigen Körper schlängeln. »Durch einen Wald«, dachte er, als er sich an den Namen des Ortes erinnerte, und er fragte sich: »Warum nur der Name? Es gibt nicht einmal ein Wäldchen in der Nähe.«

Er hörte wieder Ramiros Stimme. »Wann warst du das letzte Mal hier?«

»Ist noch kein Jahr her«, antwortete Dante.

Cucurucho fühlte sich getrieben von der Gefahr, die er sich ausmalte, und spürte, wie die Risiken wuchsen, je weiter sie vordrangen. Mit einem Auge spähte er hinaus und stellte fest, dass sie den Ortskern beinahe erreicht hatten. »Das Herz der Gefahr«, sagte er zu sich, wobei er Tonfall und Stil irgendeiner vergessenen Lektüre nachahmte. Und mit der Gefahr spürte er gleichzeitig die Kräfte wachsen, die in dieser Provokation lagen, die Macht, die er im Inneren des Wagens atmete, wo die Stärke und Ruhe seiner Freunde, die Freundschaft, die sie verband, sich mit dieser anderen Welt vereinte, in der Angst und Freude dasselbe Gesicht hatten und stets haben würden. Freudig sagte er sich, dass dieses Abenteuer frühere Feigheiten wiedergutmachen würde, womit allerdings nicht die aus der Kindheit gemeint waren. Er wünschte sich, die Fahrt würde nie enden.

»Wo ist es?«, fragte Ramiro.

Sie fuhren an geschlossenen Geschäften vorbei, einem Möbelladen und einer Bäckerei, einem Schuhgeschäft, einem Spielzeugladen und einer Apotheke. In der Zwischenzeit waren sie bereits mehreren Leuten begegnet.

Cucurucho hatte sie von seinem sicheren Ort aus gefällig betrachtet.

»Am Platz«, antwortete Dante, »wir sind fast da.«

Ein Junge holte Tische aus einer Konditorei und stellte sie auf den Gehsteig. Der nächste Block auf der linken Seite bestand beinahe nur aus einem Gebäude, das eine Art Club zu sein schien, wo man durch die geöffneten Fenster Schatten im dämmrigen Licht umhergehen sah. Cucurucho sagte sich, dass es vielleicht genügen würde zu hupen oder zu schreien, um diese Welt, die zu Trägheit und Blindheit verdammt war, aus ihrem Schlaf zu reißen, damit sie ihr wahres Gesicht zeigte.

»Sind die Öffnungszeiten noch dieselben?«, fragte Ramiro.

Dante zuckte mit den Schultern. »Weiß nicht, das müssen wir rausfinden.«

Eine Jungenschar auf Fahrrädern tauchte aus einer Seitenstraße auf, umkreiste sie und zwang sie, noch langsamer zu fahren. Einer der Jungen fuhr neben ihnen her und rief lachend etwas auf die andere Seite des Wagens. Er schielte, und ihm fehlten zwei Schneidezähne. Cucurucho erschrak, weil er so nah war. Plötzlich spürte er eine drohende Gefahr. Auch wenn er es nicht dachte, hatte etwas in ihm soeben Alarm geschlagen. »Sie haben uns entdeckt.« Er drehte sich um und betrachtete den Asphaltkorridor, durch den sie gekommen waren. Er sah die beiden Baumreihen, deren Kronen in der Ferne zusammenwuchsen, so als würde der Weg hinter ihnen verschwinden. Und zum ersten Mal hatte er das ungute Gefühl, dass dies eine Reise ohne Wiederkehr sein könnte.

»Weißt du noch, wie viele Leute dort arbeiten?«, fragte Ramiro.

»Nein, aber es sind nicht viele.«

Sie fuhren an zwei weiteren Konditoreien, einem Schmuckgeschäft, einem Warenhaus und anderen Läden vorbei. Über dem letzten Straßenabschnitt waren Drähte über die Straße gespannt, an denen bunte Fähnchen flatterten.

»An der nächsten Kreuzung musst du links abbiegen«, sagte Dante.

Sie bogen ab, fuhren ein paar Blocks und hielten vor einem zweistöckigen Gebäude. Auf einem fast unleserlichen Schild stand: Hotel España. Sie luden ihre Taschen aus und gingen hinein. Sie sahen aus wie brave, pflichtbewusste und unscheinbare Handlungsreisende. Im Foyer war es einigermaßen kühl und schattig. Das dämmrige Licht verbarg die abblätternde Farbe und die feuchten Flecken an den Wänden. Niemand kümmerte sich um sie. Sie warteten eine Weile und klatschten ein paar Mal leise in die Hände.

Durch das Fenster sahen sie, wie auf der anderen Straßenseite ein Wagen hielt. Vorne saßen zwei Männer, hinten eine Frau mit blondiertem Haar. Die beiden Männer stiegen zuerst aus. Einer war dürr, grau und gebeugt; er trug eine Tasche. Der andere war dick, hatte eine Hasenscharte und trug einen makellosen weißen Sakko. Das Mädchen nahm einen Schluck aus einem Flachmann, steckte ihn in ihre Handtasche zurück und stieg ebenfalls aus. Sie wirkte unsicher. Sie überquerten die Straße. Als sie den Gehsteig entlanggingen, stolperte sie und fiel beinahe hin. Sie bekam einen Lachanfall und krümmte sich ein wenig zusammen, legte eine Hand auf ihre Stirn und hielt sich an dem Mann im weißen Sakko fest. Die beiden warteten, bis sie sich beruhigt hatte, und traten ein. Das

Mädchen marschierte entschlossen in die Mitte des Foyers, drehte sich mit hochgerecktem Kinn einmal im Kreis und sagte: »Großartig.«

Der mit der Hasenscharte packte sie fest am Arm und führte sie weg.

»Hier entlang«, sagte er.

Sie verschwanden in einem Flur.

Schließlich erschien ein mageres junges Mädchen, das sich das Haar glatt strich und die vier Männer begrüßte.

»Sie kommen zum Dorffest?«, fragte sie und bemühte sich, freundlich zu sein.

»Wir haben auch geschäftlich zu tun«, antwortete Dante lächelnd. »Es heißt, hier sei was los.«

Sie machte ein zweifelndes Gesicht.

»Mehr oder weniger. Es ist jedes Jahr dasselbe. Am schönsten ist immer noch der Tanz«, sagte sie und sah Jorge dabei an.

Sie nahmen zwei Zimmer im ersten Stock. Dante und Jorge das eine. Ramiro und Cucurucho das andere. Das junge Mädchen scharwenzelte singend und schlüsselklimpernd vor ihnen die Treppe hinauf. Einmal drehte sie sich um und lächelte.

»Gefährlich«, bemerkte Ramiro.

Sie verstauten ihre Sachen, duschten und versammelten sich dann in Dantes Zimmer. Sie rauchten eine Weile, redeten über die Fahrt, die Hitze und den Wagen.

»Da wären wir also«, sagte Dante.

Er zog ein Notizbuch aus der Tasche, riss ein Blatt heraus und setzte sich aufs Bett. Die anderen rückten näher. Er zeichnete einen Ortsplan.

»Das ist das Dorf«, sagte er. »Von hier sind wir gekommen. Das ist die Straße. Der Fluss macht eine Biegung und führt auf drei Seiten um das Dorf herum. Hier ist die Brücke, der andere Ortsausgang. Den brauchen wir nicht, aber es ist gut zu wissen, dass es ihn gibt.«

»Wo führt der andere Weg hin?«, fragte Ramiro.

»Auf Feldwege. Nach ungefähr fünfzehn Kilometern kommt man wieder auf die Bundesstraße. Die Sache ist ganz einfach, ich sehe keine Schwierigkeiten. Wenn es irgendwelche Fragen gibt, besprechen wir sie besser jetzt.«

Die anderen sahen sich an.

»Genug geredet«, sagte Jorge. »Für mich ist alles klar.«

»Für mich auch«, bestätigte Ramiro.

Cucurucho nickte zustimmend. Dante zerriss das Blatt und warf es in die Toilette. Er kehrte zurück und trat auf den schmalen Balkon.

»Da ist der Platz«, sagte er.

Die anderen traten ebenfalls hinaus. Der Wagen, den sie zuvor gesehen hatten, hielt erneut, und dieselben Männer stiegen aus. Sie betraten das Hotel. Wenige Minuten später verließen sie es wieder in Begleitung des blonden Mädchens, das jetzt ein langes, luftiges Brautkleid trug.

4

Gegen neun verließen die vier Männer das Hotel. Das junge Mädchen sah sie die Treppe herunterkommen, und bevor sie die Tür erreichten, hatte sie den Raum eilig durchquert.

»Viel Vergnügen«, sagte sie.

An einem Kiosk kauften sie Zigaretten, machten vor ein paar Schaufenstern Halt, lasen, welche Filme im Kino liefen, und blieben dann an der Ecke stehen und schauten auf den Platz. Jorge ließ sich die Schuhe putzen, während die anderen rauchend warteten. Die Straße war gesperrt, und die Menschen spazierten sorglos über die Fahrbahn. Sie gingen auf die andere Seite. Sämtliche Bänke waren von Alten, Familien und Paaren besetzt. Ein paar Knirpse rannten über das Pflaster und kletterten auf die Plattform des Fahnenmasts. Grüppchen von Mädchen und Jungen kamen und gingen im Eilschritt, lachten und redeten laut, wobei sie sich jedes Mal, wenn sie aneinander vorbeigingen, grüßten. Um die Laternen tanzten Wolken von Insekten, fielen zu Boden und knirschten, wenn man auf sie drauftrat. Auf der einen Seite spielte die Dorfkapelle. Ein Mann an einer Krücke (ihm fehlte nicht nur ein Bein, sondern auch ein Arm) bot Heiligenbilder feil. Sie hatten die Statue des Schutzheiligen der Ortschaft aufgestellt, die umgeben von gelben Glühlampen unter den Bäumen schimmerte. Verkäufer von Bällen, Fähnchen, Zuckerwatte und Popcorn hatten überall ihre Stände aufgebaut. Die Cafés waren voll, und auf den Gehsteigen, die den

Platz säumten, standen Tische. Es herrschte eine träge Euphorie, die nicht einmal die extreme Schwüle der Nacht ersticken konnte. Ramiro betrachtete das alles und hatte das Bedürfnis, sich zu übergeben.

Sie schlenderten umher und sahen gegenüber bei der Tribüne noch mehr Lichter angehen. Dann vernahmen sie Applaus. Jemand räusperte sich in ein Mikrofon, sagte Hallo-Hallo, und die Stimme erschallte aus den Lautsprechern, die von den Ästen der Bäume hingen. Sie gingen am Rathaus gegenüber der Post vorbei, und als sie die nächste Kreuzung erreichten, sagte Dante: »Dort ist es.«

Die anderen drei folgten seinem Blick und sahen ein altes Gebäude mit einer großen Holztür, soliden Messingbeschlägen und hohen vergitterten Fenstern. Sie blieben nicht stehen, sondern setzten ihren Weg schweigend fort. Die Kirche war offen, und am anderen Ende sah man einen Altar, auf dem Kerzen brannten. Jorge beugte sich zu zwei jungen Mädchen hinunter und sagte etwas mit leiser Stimme. Die beiden brachen in Lachen aus und entwischten.

»Ungefähr fünfzig Meter weiter ist das Polizeirevier.«

In dem Augenblick, als sie an der Kapelle vorbeigingen, stimmte diese einen Marsch an, und sie beschleunigten ihren Schritt. Eine Frau versuchte ihnen Andenken zu verkaufen, doch sie wimmelten sie ungeduldig ab. Auf einer Seite befand sich ein Reiterstandbild aus Bronze. Die Gestalt hatte einen Arm erhoben und wies zum Horizont. Doch ihr fehlte der Zeigefinger. Die beiden Mädchen tauchten wieder auf. Sie blickten angestrengt geradeaus. Jorge sah sie kommen, und als sie fast auf ihrer Höhe waren, machte er mit einer Geste auf sich aufmerksam und sprach sie erneut an. Sie unterdrückten ein

Lachen, indem sie sich auf die Lippen bissen, und flüchteten mit eiligen Schritten, die Knie aneinander gepresst und mit zusammengekniffenen Hinterbacken. Die Musik verstummte, jemand rief die Namen der Gewinner einer Tombola, und wieder gab es Applaus.

Sie gingen zu einem Café auf der anderen Seite. Ein Tisch wurde frei, und sie setzten sich. Sie bestellten Bier. Cucurucho wollte ein Eis, also ging er zu einem Eisverkäufer um die Ecke und kehrte schleckend zurück.

»Was ist mit der Statue passiert?«, fragte Dante, als der Kellner die Flasche brachte.

»Witzbolde«, antwortete er. »Vor zwei Tagen sind sie hinaufgeklettert und haben ihm den Finger abgesägt.«

Ramiro drehte seinen Stuhl herum und blickte rauchend auf den Platz. Dieser Abend, diese Menschen erinnerten ihn an ein ähnliches Dorf, in dem er geboren worden war und einen Teil seiner Jugend verbracht hatte. Er sagte sich, dass es dort, wie hier bestimmt auch, nichts Gutes gegeben hatte. Weder in seiner Erinnerung noch in diesem Augenblick gab es auch nur eine winzige Kleinigkeit, die ihn hätte versöhnen können. Er schaute dem bunten Treiben zu und spürte, wie er schlechte Laune bekam. Trotz der Lichter war es, als verschwänden die Menschen in einer dunklen Zone. Es war dieselbe Dunkelheit wie früher. Er hatte den Eindruck, vor einem monströsen Kopf zu stehen, einem von diesen, die er in manchen Vergnügungsparks gesehen hatte, riesengroß und mit einem aufgerissenen Maul voller Zähne, in das die Leute fröhlich hineinspazierten. Er spuckte auf die Straße und fluchte laut.

»Was ist los?«, fragte Jorge.

»Nichts«, erwiderte er.

Vor ihnen stand auf einem zwischen Pfosten aufgehängten Stoffstreifen in goldenen Lettern der Name des örtlichen Schutzheiligen.

»Seltsamer Name«, sagte Cucurucho, der das restliche Eis aufgeschleckt hatte. »Habe ich noch nie gehört.«

»Die Scheiße, die der Typ verbrochen haben muss, damit sie ihn zum Heiligen gemacht haben«, sagte Ramiro verärgert.

»Mit solchen Sachen spaßt man nicht«, ermahnte ihn Jorge streng.

»Was soll das? Was ist denn in dich gefahren?«

Ramiro hatte mit ihm über die Schulter hinweg gesprochen.

»Nichts, aber damit spaßt man eben nicht.«

»Bist du auf einmal gläubig geworden?«

»Nein, aber man sollte Respekt haben.«

»Vor was?«

»Diesen Sachen, du weißt schon.«

Ramiro drehte sich um, sah das spöttische Lächeln im Gesicht des anderen, machte eine abfällige Geste und wandte sich wieder dem Platz zu.

Sie bestellten noch ein Bier. Jorge schob den Stuhl ein wenig zurück, um eine Brünette anschauen zu können, die in Begleitung eines Mannes ein paar Tische weiter saß. Er hob das Glas zum Gruß. Sie verbarg ein Lächeln hinter der Hand und wandte den Blick ab. Eine Stimme bat die schwatzenden Menschen um Aufmerksamkeit und verkündete, dass neben der Tribüne ein Junge mit Namen Carlitos wartete und seine Eltern ihn dort abholen könnten. Cucurucho erhob sich und holte noch ein Eis. Unmittelbar danach kündigte eine kleine Frau mit hysterischer, fast schreiender Stimme an, dass als Nächstes das Fräulein Julia Benavídez, Direktorin von Soundso, das Wort ergreifen würde. Das Fräulein Benavídez war, soweit sie das auf die Distanz erkennen konnten, eine stattliche Frau in den Vierzigern, die an diesem Tag offensichtlich viele Stunden beim Frisör verbracht hatte. Sie hatte ein Manuskript in der Hand, las aber nicht ab. Sie richtete den Blick in die Bäume, rückte den Blusenkragen zurecht, ließ die Zuhörer warten und legte dann los. Es war eine Rede voller Würde und kontrollierter Begeisterung, in der Begriffe wie Vaterland, Liebe, Hoffnung, Seele und Herz reichlich vorkamen und in der vier oder fünf berühmte Namen Platz fanden. Als die Dicke endete, gab es tosenden Applaus. Die Kapelle setzte wieder ein. Dann kündigte die kleine Frau von vorhin einen weiteren Redner an, aber man verstand nicht, um wen es sich handelte. Es konnte der Bürgermeister sein, irgendeine andere Person aus dem Ort oder jemand von außerhalb, der extra zu diesem Anlass eingeladen worden war. Es war ein ebenso feierlicher Vortrag, aber zu lang, und man merkte, dass die Leute sich bald langweilten und nicht mehr zuhörten.

Es gab eine Pause. Ein Junge ergriff das Mikrofon und verkündete, dass die Marathonteilnehmer auf der Zielgerade seien, und er bat das Publikum, sich auf die Gehsteige zu begeben, um den Weg nicht zu versperren. Die Menschen strömten zur Rathausseite. Es gab Anfeuerungsrufe und Applaus. Schließlich war die Zeit für das Feuerwerk gekommen. Man hatte es auf dem Gehsteig vor der Kirche aufgebaut. Eine Weile lang sah man nur noch Explosionen und Funkensprühen, und ein Lichterregen ging auf das Dorf nieder. Als es vorüber war, herrschte einen Moment lang allgemeines Schweigen, und

Enttäuschung lag in der Luft. Schließlich setzten sich die Menschen in Bewegung.

Ramiro spuckte noch einmal aus und zündete sich eine Zigarette an. Sie bestellten das dritte Bier. Das Fest war offensichtlich zu Ende, und Familien verschwanden lustlos in den Seitenstraßen. Dante sagte: »Lass uns ein wenig spazieren gehen.«

Sie zahlten, und an einer der Ecken des Platzes stießen sie auf eine kleine Drehorgel und das übliche Gerede vom Glück, das die Zukunft bringt. Cucurucho ging hin und fing ein Gespräch mit dem Orgelspieler an. Es war ein steinalter Mann; sein Schnurrbart und seine Haut waren wie zerknittertes Pergament. Lächelnd ging er auf die Menschen ein, mit Liebenswürdigkeit und anscheinend voller Mitgefühl.

»Wollen Sie die Zukunft wissen?«, fragte er.

»Ja«, sagte Cucurucho.

Er zog einen grünen Umschlag heraus. Cucurucho öffnete ihn und las die Karte. Er reichte sie den anderen. »Wie findet ihr das?«

Auf der Karte stand: »Bereiten Sie sich auf großartige Neuigkeiten vor. Geld ist in Sicht.«

5

Sie verließen den Platz und schlenderte in Richtung Fluss. Nach ein paar Blocks blieben sie vor einem Lokal stehen. Die Tür stand offen, und man konnte einen Walzer hören. Über die Schaulustigen hinweg, die den Eingang versperrten, konnten sie ein einzelnes Paar erkennen, das tanzte. Das Mädchen im Brautkleid war dasselbe, das sie vor ein paar Stunden hatten ankommen und dann das Hotel verlassen sehen. Ihr Tanzpartner trug einen Frack, hatte Pomade im Haar und bewegte sich steif und mit hochgerecktem Kopf und starrem Lächeln. Ramiro bahnte sich einen Weg durch die Menge. Auf beiden Seiten sah er Leute sitzen und Tische, die mit Wein- und Bierflaschen voll gestellt waren. Er blickte wieder zu den Tänzern und spürte, dass irgendetwas an dieser Feier nicht stimmte, auch wenn er nicht hätte sagen können, was. Jedenfalls genügte der Anblick, um seine Neugierde zu wecken und ihn dort festzuhalten.

Jorge rief ihm von der Straße aus zu: »Gehen wir?«

Ramiro machte ihm Zeichen, dass sie ohne ihn gehen sollten.

»Ich komme nach«, sagte er.

Unter Applaus, Gelächter und lauten Rufen drehten sich die Brautleute weiter im Kreis. Ein Champagnerkorken knallte. Dann trat ein Kerl zu dem Paar, und mitten im Tanz drängte er sie, aus der Flasche zu trinken. Von der Flüssigkeit spritzte ein wenig auf ihre Kleider, und an den Tischen wuchs die Euphorie.

Jemand rief: »Er soll sie küssen.«

Andere fielen ein, und alle begannen in die Hände zu klatschen und die Aufforderung zu wiederholen. Der Kerl mit der Flasche bedrängte sie erneut. Das Mädchen warf den Kopf zurück, nahm einen kräftigen Schluck und wischte sich mit dem Handrücken über den Mund. Ihr Tanzpartner machte es ihr nach. Eine Frau kam ihm zu Hilfe, indem sie ihn an den Schultern stützte, damit er sich weiter zurücklehnen konnte. Sie steckten ihm den Flaschenhals so lange in den Mund, bis er sich verschluckte. Spuckend und hustend beugte er sich nach vorn. Die anderen waren währenddessen beiseite gesprungen, um nicht bespritzt zu werden.

»Er soll sie küssen«, riefen sie im Takt.

Der Bräutigam hörte auf zu husten, fasste sich wieder und lächelte, während er in die Runde blickte.

»Komm schon, Pedro, ein Kuss.«

Da nahm er allen Mut zusammen, trat zu der Frau, beugte sich ein wenig nach vorn, spitzte übertrieben die Lippen und küsste sie, wobei er mit dem Körper auf Distanz blieb. Um ihn herum gab es tosenden Applaus und Gelächter.

Ramiro wandte sich an einen Jungen, der neben ihm stand, und fragte: »Ist das eine Hochzeit?«

»Mehr oder weniger«, sagte der Junge.

»Was heißt mehr oder weniger?«

»Haben Sie eine Kippe für mich?«, fragte der Junge.

Er gab ihm eine und zündete sie an. Der andere nahm genießerisch ein paar Züge, schaute anerkennend auf die Marke, und gerade als er weitersprechen wollte, wurde er gerufen und verschwand.

Am anderen Ende des Saals rief ein junger Mann:

»Pedro, wir wollen die Beine der Braut sehen, los, zeig sie uns, sei nicht so egoistisch.«

Ein anderer ermunterte ihn: »Komm schon, Pedro, nur ein kurzer Blick, danach sollst du sie ganz für dich allein haben.«

Und sogleich im Chor: »Zeig sie uns, zeig sie uns.«

Pedro rührte sich nicht. Er wurde geschubst und stolperte ein paar Schritte vorwärts. Er zögerte, bückte sich, ergriff den Saum des Kleides und verharrte so. Er hob den Kopf und blickte in die erwartungsvoll schweigende Menge. Das Mädchen schaute von oben auf ihn herab und lachte. Dann zog sie selbst das Kleid hoch und zeigte ihre Beine, wobei sie sich vor den Tischen hin- und herdrehte. Noch mehr Applaus und Pfiffe.

Eine Cumbia wurde gespielt. Die Braut taute ein wenig auf und begann sich in den Hüften zu wiegen. Auch der Bräutigam tat sein Bestes. Ein Fotograf trat hinzu und blitzte ein paar Mal. Zwischendurch rief jemand: »Sehr gut, Pedro, verdammt nochmal.«

Andere Paare gesellten sich hinzu, und die Tanzfläche füllte sich langsam. Die Braut wechselte von einem Tanzpartner zum anderen. Pedro tanzte mit dieser und jener und manchmal allein. Fröhlich und sichtlich verwirrt lächelte er die ganze Zeit.

Der Junge von vorhin kehrte zurück, und Ramiro stellte seine Frage noch einmal.

»Es sieht nur aus wie eine Hochzeit, ist aber keine«, sagte der Junge.

»Was ist es dann?«

Der Junge zog die Augenbrauen hoch und lächelte triumphierend. »Er denkt, er hat geheiratet, das stimmt aber nicht.«

»Ich verstehe nicht.«

»Na, die anderen tun so, als hätte er wirklich geheiratet. Haben Sie noch eine?«

Er machte eine Pause, um an der Zigarette zu ziehen, und fuhr fort: »Sie haben die Braut von woanders geholt. Aus der Hauptstadt, glaube ich. Die Kleider sind geliehen. Sie haben Einladungen verteilt. Es gab eine Zeremonie und alles. Aber das Ganze ist eine Verarschung.«

Der Bräutigam drehte sich die ganze Zeit in der Saalmitte mit demselben idiotischen und seligen Ausdruck und zeigte seine großen Zähne.

»Wer ist das?«, fragte Ramiro.

»Der verrückte Pedro«, antwortete der Junge.

Er stach sich den Zeigefinger in die Schläfe und drehte ihn hin und her.

»Er ist ein bisschen plemplem.«

»Glaubst du, er nimmt die ganze Geschichte für wahr?«

»Bestimmt, er ist überzeugt davon, dass er wirklich geheiratet hat. Sie haben ihn schon eine Weile darauf vorbereitet.«

Während er zuhörte und das idiotische Lächeln in Pedros Gesicht betrachtete, spürte Ramiro, wie in ihm langsam eine alte Wut hochstieg. Das war dieselbe Sorte von Leuten, die er früher gekannt hatte. Er hatte es schon vorhin auf dem Platz gemerkt. Und hier spürte er es wieder. Das erniedrigende Schauspiel, das sie sorgfältig für diesen armen Teufel vorbereitet hatten, ging ihm so nah, als wäre auch er damit gemeint; und irgendwie war es so. Er dachte, dass nichts sich geändert hatte oder jemals ändern würde und dass er, egal wo, die Spuren, die es hinterließ, nicht mehr loswerden würde. Das kleinste Anzeichen genügte (und es gab sie überall zuhauf), um ihm vor

Augen zu führen, dass er verdammt war, dass ihn derselbe Peitschenhieb wieder im Gesicht getroffen hatte. Er sagte sich, dass er in Wirklichkeit diesen anderen Ort niemals ganz verlassen hatte, dass ihn diese Straßen stets begleiteten, dass sie ihn hinter jeder Wegbiegung erwarteten, um ihn daran zu erinnern, dass er dort dem Hass begegnet war.

»Was passiert, wenn das Fest vorbei ist und der Typ mit seiner Braut nach Hause gehen will?«, fragte er.

»Nichts, gar nichts passiert.«

»Was wird man ihm sagen?«

»Das ist schon alles vorbereitet. Irgendwann wird die Tusse verschwinden, und fertig. Aber das dauert noch. Das Fest geht bis morgen früh.«

Von hinten schob sich jemand heran und rief: »Aus dem Weg, aus dem Weg.«

Drei Typen waren hereingekommen, einer mit zwei Kisten Wein, der zweite mit Bierkästen und der dritte mit einem Korb Teigtaschen.

»Wer bezahlt das alles?«, fragte Ramiro.

»Ich weiß nicht«, erwiderte der Junge, »aber ich weiß, wer die ganze Verarschung organisiert, nämlich der Typ dort, Rechtsanwalt Varini.«

Ramiro schaute in die Richtung, in die der Junge zeigte, und erkannte den Mann im weißen Sakko mit der Hasenscharte wieder. Er amüsierte sich. Er trug ein Lachen im Gesicht, und sein ganzer Körper schien mitzulachen, nicht aber seine Augen, die waren kalt und ausdruckslos.

Eine Frau trat mit einem Schild vor, auf dem stand: Frisch vermählt. Sie bat den verrückten Pedro, stehen zu bleiben, und befestigte es auf seinem Rücken. Eine andere nähte ihm derweil zwei Glocken an die Frackzipfel. Pedro ließ es geschehen, glücklich über die zahlreichen Aufmerksamkeiten. Er wurde von mehreren auf die Schultern gehoben und im Triumphzug durch den Saal getragen. Sie trugen einen Tisch in die Mitte und stellten ihn hinauf. Mit einem Mikrofon trat der Mann mit der Hasenscharte vor und bat um Ruhe. Er sagte: »Und jetzt, meine Damen und Herren, wird unser lieber Freund Pedro, der strahlende Ehemann, seiner schönen Frau Beatriz ein Lied singen.«

Die Leute stellten ihre Gläser ab und applaudierten. Rechtsanwalt Varini reichte ihm das Mikrofon und bat erneut um Ruhe, indem er die Arme hob. Pedro stand einen Moment lang unschlüssig da und lächelte verloren. Doch auf einmal begann er zu singen. Der Text begann so: »Ich hab ein hübsches Rancho, dort neben der Pferdekoppel ...« Er kam in Fahrt und beendete das Lied mit Verve. Die Leute applaudierten.

Gleich darauf wurde eine Platte aufgelegt, und die anderen ließen ihn stehen, um zu tanzen. Mit dem Mikrofon in der Hand stand Pedro allein dort oben und wusste nicht, was er tun sollte. Er traute sich nicht herunterzuklettern und sah sich um. Dann fing er wieder an zu singen, auch wenn man ihn nicht hörte, denn die Musik übertönte seine Stimme.

Ramiro drehte sich um und ging. Während er sich entfernte, wünschte er sich den nächsten Morgen herbei. Er hatte das Bedürfnis, ein Glas Wein zu trinken. In einiger Entfernung sah er ein Licht und beschleunigte seinen Schritt. Es war eine Kneipe. Es gab nur drei Tische. An einem spielten vier Typen Karten, und die anderen drei, die darum herumsaßen, schauten zu. Ramiro lehnte sich an den Tresen und bestellte einen Weißwein. Er trank ihn in einem Zug. Er bestellte noch einen und genoss ihn. Beim dritten sah er sich den Ort genauer an. Er gefiel ihm. Langsam fühlte er sich wieder besser. Er schenkte der Partie seine Aufmerksamkeit. Es gab ein paar Ausrufe, ein »Ich erhöhe auf drei« und »Ich erhöhe auf vier«, und die Männer zeigten ihre Karten, indem sie diese auf den Tisch knallten. Dann kommentierten sie das Ergebnis mit den Zuschauern. Einer der Verlierer erhob sich, um pinkeln zu gehen, und im Vorbeigehen bestellte er noch eine Runde.

Ramiro schaute gerne zu. Die Stimmen, der Wein und das Spiel entschädigten ihn für vieles. Er wäre gerne bei den Männern im warmen und schummrigen Licht der Kneipe geblieben und hätte am liebsten alles andere vergessen. Er fragte sich (und nicht zum ersten Mal), ob er nicht von Anfang an den falschen Weg eingeschlagen hatte. Wenn er zurückschaute, nichts als Brüche und Katastrophen, eine zerstörte Landschaft, in der alles, einschließlich der Gefühle, unausweichlich in Gewalt mündete. Er wusste nicht, wie er anders mit der Welt hätte umgehen sollen. Außer in Momenten wie diesen, wo er unter fremden Menschen war. Seltene Gelegenheiten, die ihm allerdings zeigten, dass es Alternativen gab. Er überlegte und sagte sich, dass vielleicht noch Zeit war, das Ganze neu auszuhandeln, zu überdenken und von vorn anzufangen.

Vielleicht war die ganze Mühe, voranzukommen und sich über Wasser zu halten, doch nicht umsonst gewesen, und er fühlte sich trotz allem voller Energie und genauso lebendig wie früher.

Eine Weile fand er Gefallen an der neuen Partie und den Stimmen und Gesichtern der Männer. Dann wollte er wieder ins Freie. Er trank sein Glas aus und ging, ohne zu zahlen. Der Wirt rief ihn, als er schon fast an der Tür war. Er kehrte zurück und entschuldigte sich.

»Kein Problem«, sagte der Wirt und erwiderte sein Lächeln.

Er verließ das Lokal und stieß zu seinen Freunden, die in der Nähe der Brücke standen.

»Das ist der andere Ortsausgang«, sagte Dante, als er näher kam.

6

Sie blieben am Ufer stehen, rauchten und schauten aufs Wasser, über das Zweige von Trauerweiden strichen und das völlig unbewegt zu sein schien. Cucurucho stand etwas abseits und betrachtete von der anderen Seite aus den vom Mondlicht gebleichten Sandweg. Etwas trieb ihn, die Brücke zu überqueren, um sich zu beweisen, dass das auch tatsächlich möglich war. Doch er unterließ es. Er hätte nicht sagen können, ob aus mangelnder Entschlossenheit oder weil er zu dem Schluss kam, dass es Blödsinn sei. Jedenfalls rührte er sich nicht vom Fleck. Als ihm klar wurde, dass er keinen Schritt machen würde, befiel ihn wieder dieses Unwohlsein, das er schon am Nachmittag im Auto beim Anblick des schielenden Jungen gehabt hatte. Dieser Asphaltkorridor, der sich zwischen den dunklen Bäumen in der Nacht verlor, beunruhigte ihn die ganze Zeit, und als sie sich schließlich auf den Rückweg machten, drehte er sich ein paar Mal danach um.

Zurück nahmen sie einen anderen Weg. In der Nähe des Platzes setzten sie sich in ein Restaurant. Es war ein großer und ruhiger Raum mit einem Deckenventilator. Nur eine Hand voll Tische waren besetzt. Sie bestellten Wein und schauten in die Speisekarte. Dante, Ramiro und Jorge nahmen Steak und Salat. Cucurucho hingegen bestellte sechs Spiegeleier. Gleich darauf rief er den Kellner noch einmal und korrigierte die Bestellung. »Lieber neun. Und wenn möglich, alle auf einmal.«

Die anderen sahen ihn an, ohne etwas zu sagen. Cucurucho bemerkte die neugierigen Blicke.

»Ich möchte mir was gönnen«, sagte er wie zur Erklärung.

Als der Teller gebracht wurde, schnitt er Brot ab und tunkte es in das Eigelb. Die Eier waren zuerst serviert worden, und er musste allein anfangen. Begeistert legte er los, doch das Schweigen der anderen wurde ihm unangenehm, und er zügelte seinen Heißhunger und bot ihnen etwas davon an. Sie lehnten ab. Dann wurden die Steaks gebracht.

Als Cucurucho die Eier verschlungen hatte, fragte Jorge: »Zufrieden?«

»Ja«, antwortete er, »aber eigentlich könnte ich noch drei essen.«

»Dann mach das.«

»Meinst du?«

Jorge wandte sich zu dem Kellner um und rief: »Noch drei Spiegeleier für den Herrn.«

Alle blickten zu dem Kellner und warteten seine Reaktion ab. Es gab nicht viel zu sehen. Sie bestellten noch eine Flasche Wein, und als der Kaffee kam, herrschte gute Stimmung. Jorge erzählte ein paar Witze, und eine Zeit lang machte er sich über die Spiegeleier lustig. Ganz in der Nähe hatten sich drei Typen an einen Tisch gesetzt. Einer von ihnen, ein ungewöhnlich dicker Mann, dem der Kellner offenbar einen verstärkten Stuhl gebracht hatte, erzählte bedächtig und umständlich von etwas, das nach einer Safari in Afrika klang. Währenddessen verschlang er eine Schüssel Puchero. Seine Stimme übertönte sämtliche Geräusche, und es war unmöglich, sie auszublenden. Die beiden Tischgenossen machten den Mund nicht auf und sahen ihn nicht einmal an. Anscheinend hatten sie die Geschichte schon oft gehört.

Jedenfalls war es ein gemütlicher Ort, man saß bequem, und nachdem sie den Kaffee getrunken hatten, ließen die vier Männer eine dritte Flasche kommen. Sie tranken gemächlich, während sie sich Geschichten von früher erzählten. Schließlich zahlten sie und gingen.

»Was machen wir?«, fragte Jorge.

»Ich gehe schlafen«, sagte Dante.

»Ich auch«, meinte Cucurucho.

Ramiro und Jorge wollten noch ein bisschen spazieren gehen.

Unter den Laternen und schimmernden Zweigen vibrierte die Nacht vor Hitze und Insekten. Es waren nur noch wenige Leute unterwegs. Nach den gemütlichen Stunden bei Wein und Gesprächen stieg wieder Unruhe in Cucurucho auf. Er ging neben Dante her und war kurz davor, sein Herz auszuschütten. Der Rotwein hatte ihn melancholisch und gesprächig gemacht. Doch er sagte lediglich: »Ich habe mich etwas gefragt.«

Er bekam keine Antwort, und sie legten fast einen Häuserblock zurück, bevor er hinzufügte: »Ich habe mich gefragt, wie es eigentlich gekommen ist, dass wir uns auf diese Sache eingelassen haben.«

Dante sah ihn an. Er sprach nicht sofort. Sie überquerten die Straße, und als sie auf den anderen Gehsteig traten, sagte er: »Was ist? Irgendein Problem?«

»Nein, kein Problem. Ist nur so eine Idee.«

»Du weißt doch, wie es gewesen ist.«

»Ja, natürlich. Aber auf einmal kam mir das alles ziemlich merkwürdig vor. Wir hätten genauso gut etwas anderes machen können. Keiner von uns hat Erfahrung mit so etwas. Ich weiß nicht genau, warum wir das machen.«

Dante zuckte mit den Schultern. »Wegen der Kohle.«

Sie sprachen nicht mehr, bis sie den Hoteleingang erreichten.

»Wir können es noch immer abblasen«, sagte Dante.

»Jetzt sind wir schon mal hier«, erwiderte Cucurucho.

Sie verabschiedeten sich im Flur. Cucurucho trat an das Fenster seines Zimmers und blickte zum Himmel, was ihn ein wenig schwindlig machte. Er versuchte ein paar Sternbilder zu erkennen und zweifelte wie stets, ob er Recht hatte. Dann meinte er den Ruf einer Eule zu hören, ein Schauder überlief ihn, und er trat vom Fenster zurück. Er ging ins Bad, kam zurück, zog sich aus, legte sich ins Bett und masturbierte. Er tat es mit denselben mechanischen Bewegungen, mit denen er sich gerade die Zähne geputzt hatte.

Auch Dante schlief nicht sofort. Er setzte sich aufs Bett und rauchte. Dann öffnete er seine Reisetasche und holte zwei Fotos heraus. Auf dem ersten lüftete ein Mädchen, das auf einem Felsen saß, einen großen Cowboyhut. Auf dem anderen rief ein lächelnder Junge mit nacktem und gebräuntem Oberkörper etwas in den Fotoapparat. Er lehnte die Fotos an den Lampenfuß und studierte sie. Etwas schmerzte ihn, und er konnte nicht genau sagen, was es war. Er starrte sie an, die Augen vom Rauch der Zigarette, die er ihm Mund hatte, verschleiert. Sosehr er sich auch bemühte, er konnte in den Fotos nichts von sich entdecken. Er hätte dieses Gefühl von Distanz und Fremdheit gerne ausgelöscht, doch entfernte ihn das nur noch mehr. Er verharrte so, bis er nur noch den Filter zwischen den Zähnen hatte. Dann zündete er sich eine neue Zigarette an, griff nach der Whiskyflasche und nahm einen kräftigen Schluck. Er sah sich um und musste feststellen, dass ihm dieses Zimmer vertrauter war als die beiden lächelnden Gesichter. Er sagte sich, dass dies, die Hotelzimmer, die Reisen und die fremden Betten, seine Welt war. Eine andere gab es nicht. Die Erkenntnis gefiel ihm nicht, aber wenigstens fühlte er sich dadurch zu Hause.

Er ging zum Spiegel und stellte sich davor. Das Licht der Nachttischlampe war hinter ihm, und er erblickte eine Gestalt mit verwischten Zügen. Er legte seine rechte Hand auf den Kopf und fand die Pose irgendwie komisch. Die Hand kam ihm vor wie ein Brot. Er drehte sich leicht zur Seite, ohne den Blick abzuwenden. Sein linkes Auge glänzte im Spiegel. Er mochte dieses Auge, das so plötzlich aus dem Schatten aufleuchtete. Darin lagen – gebündelt – Freude, Erinnerungen und Verrücktheiten, alles Dinge, die er mit einem Mal erkannte. So als wäre er gar nicht er selbst, dachte er seltsam stolz und befriedigt, dass diese plötzliche Wahrnehmung eines glänzenden Auges im Halbdunkel vollkommen genügte, um an jemanden zu glauben. Flüchtig sah er sich als den jungen Mann, der er einmal gewesen war. Er konnte nicht genau sagen, ob ihn das begeisterte oder deprimierte. Doch als er sich wieder den beiden Fotos zuwandte, war Seele in den beiden Gesichtern, und er sah in ihnen das, was er immer darin gesehen hatte. Eine Welle der Zärtlichkeit schnürte ihm die Kehle zu. Mit einer Hand unter dem Nacken streckte er sich auf dem Bett aus. Angezogen schlief er ein, ohne ein einziges Mal daran zu denken, dass am nächsten Tag die Sache steigen würde.

Ramiro und Jorge gingen an dem Club vorbei, den sie

am Nachmittag bei ihrer Ankunft gesehen hatten. Sie traten an die großen Fenster. Auch dort wurde getanzt.

»Lass uns reingehen«, schlug Jorge vor.

»Ich hab die Nase voll von den vielen Leuten«, sagte Ramiro.

»Was willst du tun?«

»Ich geh schlafen.«

»Ich bleib noch ein bisschen.«

Jorge ging hinein, und Ramiro lief in eine unbestimmte Richtung. Er verließ die Straße und ging auf Sandwegen weiter. Er sah schlichte Häuser, Höfe und Felder, reglose Bäume im Mondlicht und eine halbleere Kneipe, wo Männer ebenfalls Karten spielten und Wein tranken. Er blieb in dem hellen Rechteck stehen, das durch eine der Türen nach draußen fiel, spähte hinein, und wieder hatte er dieses wohlige Empfinden von vorhin. Dann kehrte er um.

Er versuchte keinen Lärm zu machen, als er das Hotelzimmer betrat. Er knipste die Lampe an und stellte eine Zeitschrift davor, damit Cucurucho vom Licht nicht gestört wurde. Er suchte in seinen Sachen nach einem Buch: die spanische Ausgabe von *Der Königsweg* von Malraux. Er legte sich aufs Bett. Ihm fehlten noch fünfzehn Seiten. Als er fertig war, las er die letzten Absätze noch einmal. Er starrte auf die Buchstaben, bis sie zu tanzen anfingen und schließlich verschwanden. Dann wiederholte er immer und immer wieder den Satz von Perken, der im asiatischen Urwald mit dem Tode rang: »Es gibt keinen Tod. Es gibt nur mich ..., der sterben wird.« Er machte das Licht aus.

7

Jorge betrat den Clubraum, ging um ein paar besetzte Tischreihen herum, bahnte sich einen Weg zwischen den Menschen hindurch, die herumstanden und den Tänzern zusahen, und blieb neben einer Säule stehen. Alle schienen sich bestens zu amüsieren. Wie die Straße und der Platz war auch der Club geschmückt wie zum Karneval. Jorge schlenderte umher, beobachtete das Treiben, und als er sich an den Tresen lehnte, hatte er bereits entdeckt, wonach er suchte: Das Mädchen musste siebzehn oder achtzehn Jahre alt sein, vollbrachte Wunder mit ihren Hüften, schleuderte ihr schwarzes Haar durch die Luft und stand im Mittelpunkt. Während er einen Whisky trank, verfolgte Jorge ihre Bewegungen auf der Tanzfläche, und als die Musik aufhörte, sah er, wie sie ganz in seiner Nähe an einen Tisch trat und mit ein paar Freundinnen scherzte. Sie hatte sich nicht hingesetzt, bewegte beim Reden ihren Kopf hin und her, ohne jemand Bestimmtes anzuschauen, und zeigte ihr Profil abwechselnd von beiden Seiten. »Wunderschön«, dachte Jorge.

Als die Tanzkapelle wieder loslegte, pirschte er sich an sie heran, um sie zum Tanzen aufzufordern. Doch er war zu langsam, und jemand kam ihm zuvor. Er blieb in ihrer Nähe und wartete auf die nächste Gelegenheit. Es wurden mehrere Stücke hintereinander gespielt. Auch die Freundinnen hatten sich erhoben, und zusammen mit ihren Partnern nahmen sie lärmend die gesamte Tanzfläche für sich ein, ganz so als wären sie die Herren des

Geschehens. Schließlich machten die Musiker Pause. Die Mädchen kehrten allerdings nicht an ihren Tisch zurück. Jorge sah sich in dem großen Saal nach ihnen um, konnte sie aber nirgends entdecken. Die Musik hatte wieder eingesetzt, als er sie kommen sah, die Dunkelhaarige vorneweg. Er beeilte sich, versperrte ihr den Weg und sprach sie an. Das Mädchen ging darauf ein, ohne eine Miene zu verziehen. Sie drehte sich einfach um, machte ein paar Schritte und begann sich mit dem Rücken zu ihm in den Hüften zu wiegen. Jorge wusste sich auf einer Tanzfläche zu bewegen, und sie musste es sofort bemerkt haben, denn sie legte sich richtig ins Zeug. Sie bewegten sich aufeinander zu und voneinander weg, und zwischen ihnen sprühten Funken.

Freudig erregt von dem Spiel, beugte sich Jorge zu ihr hinab und flüsterte: »Gut, sehr gut, so ist es richtig.«

Bewunderung lag in seiner Stimme. Sie taxierte ihn mit einem kurzen Blick und drehte ihm wieder den Rücken zu, damit er das Schwingen ihrer Hüften bewundern konnte, wobei sie ihn über die Schulter hinweg ein paar Mal ernst und herausfordernd ansah. Jorge ging auf das Spiel ein, näherte sich ihr und murmelte: »Außergewöhnlich, noch nie zuvor gesehen.«

Das Mädchen drehte sich um die eigene Achse und warf ihm mit glühenden Augen ein spöttisches Lächeln zu.

»Wirklich noch nie gesehen«, wiederholte Jorge.

Sie entfernte sich, kehrte zurück und umkreiste ihn, streifte ihn mit ihren Brüsten, ihrem Bauch, den Schenkeln, den Knien. Die Provokation wurde nicht nur von Jorge wahrgenommen. Er fühlte sich geschmeichelt, doch unter all den Fremden zugleich auch ein wenig verunsichert, da das Mädchen ihm immer näher auf den Leib rückte. Er sah das boshafte Glitzern in ihrem Blick und spürte ihre Aggression und den Wunsch, ihn vorzuführen.

Getrieben von dem Bedürfnis, zurückzuschlagen und die Balance wieder herzustellen, sagte er ohne nachzudenken: »Bewegst du dich im Bett auch so?«

Er hatte versucht gleichgültig und ironisch zu klingen, doch bestimmt merkte man ihm seine Wut an. Das Mädchen lachte laut auf, ohne ihn eines Blickes zu würdigen. Sie tanzte weiter, legte sich noch mehr ins Zeug und hob die Arme. Sie kam näher und entfernte sich wieder, und wenn sie ihn streifte, tat sie es mit der Grazie und dem Geschick eines Toreros, beugte sich nach vorn, machte sich angreifbar und zog sich wieder zurück.

Jorge, der zu einem gemäßigten Ton gefunden hatte, sagte halb im Spaß und halb im Ernst: »Ich frage dich, weil so aufreizende Weiber wie du am Ende meistens ein Reinfall sind.«

Wieder Gelächter, lang und schriller als beim ersten Mal. Das Mädchen war wie elektrisiert, sie bebte. Die anderen Paare, die ein wenig Platz gemacht hatten, zogen sich ganz zurück, bildeten einen Kreis um sie herum und klatschten. Jorge, der sich unwohl fühlte, blieb nichts anderes übrig, als zumindest als Tänzer sein Niveau zu halten. Jedenfalls spürte er, dass er gewaltig an Terrain verloren hatte und es ihn langsam Mühe kostete, ein Lächeln aufzusetzen. Vergeblich suchte er den Blick des Mädchens. Sie bewegten sich wieder aufeinander zu, und er beugte sich zu ihr hinunter. »Wenn ich dich zu fassen kriege, wirst du bunte Sterne sehen.«

Das dritte Lachen entwaffnete ihn endgültig. Das Mädchen hatte den Kopf zurückgeworfen und zeigte ihren Hals. Die sonnengebräunte Haut glänzte vor Schweiß und machte sie noch begehrenswerter. Sie entzog sich ihm. Jorge wartete ab, doch als sie wieder in Reichweite war, wusste er nicht, was er sagen sollte. Er dachte, dass es wohl besser wäre, zu gehen, doch er war umringt von klatschenden Menschen. Außerdem wusste er, dass er den Kampfplatz nicht ohne weiteres verlassen würde. So lange jedenfalls nicht, bis er wüsste, woran er war. »Sie ist wie alle anderen auch«, dachte er, um sich zu beruhigen. Sie hatte in diesem Kampf, falls man es so nennen konnte, das Schweigen zu ihrem Komplizen gemacht, während ihm bewusst wurde, dass er zur falschen Zeit zu viel geredet hatte.

Dann fragte er sie in immer brüchiger werdendem Tonfall: »Was ist? Kannst du nur lachen, nicht sprechen?«

Diesmal beschränkte sich das Mädchen darauf, eine rätselhafte Grimasse zu schneiden und sich mit schnalzenden Fingern um ihre eigene Achse zu drehen. Die anderen um sie herum hatten genug vom Zuschauen und waren auf die Tanzfläche zurückgekehrt. Die Kapelle spielte pausenlos. Jorge schwieg.

Nach einer Weile sagte sie: »Typen, die so daherreden wie du, sind leere Versprechungen.«

Sie hatte eine tiefe und ein wenig heisere Stimme wie die eines Rauchers. Jorge ließ sich Zeit. Er wusste, dass er einen großen Schritt weitergekommen war, und wählte seine Worte mit Bedacht. Er schlug wieder einen ironischen und scherzenden Ton an. »Ich hab's dir bereits gesagt, wenn ich dich in die Finger kriege, wirst du um Verzeihung winseln.«

»Das würde ich gerne sehen.«

»Wann immer du willst.«

»Gut«, sagte sie.

Jorge hielt sich absichtlich ein paar Minuten zurück, bevor er sagte: »Es muss heute Nacht sein.«

»Warum?«

»Morgen bin ich nicht mehr da.«

Die Musik verstummte. Jorge und das Mädchen blieben auf der Tanzfläche stehen. Ihr Mund hatte etwas Provozierendes, auch wenn er nicht mehr lächelte. Jorge fragte sie, wie sie heiße.

»Adriana.«

Er reichte ihr die Hand. »Jorge.«

Die Kapelle legte wieder los, und als sie wieder zu tanzen begann, sagte sie mit aller Natürlichkeit: »Wenn du willst, können wir uns später treffen.«

»Wann später?«

»In einer halben Stunde.«

»Wo?«

»Kennst du das Dorf?«

»Nein.«

»Warte auf mich an der Straße hinter der Kirche.«

Jorge blickte auf die Uhr.

»Um halb eins.«

Sie tanzten schweigend, und in der nächsten Pause verabschiedete er sich.

»Ich warte auf dich«, sagte er.

Er ging langsam auf den Ausgang zu, als ihn plötzlich jemand von hinten anrempelte. Es war ein kräftiger Stoß, der ihn beinah zu Boden warf. Verärgert drehte er sich um und stand vor einem dunkelhaarigen Typen mit Schnurrbart, der so groß war wie er, nur kräftiger. Er wollte sich gerade beschweren, als er hinter dem anderen mehrere Augenpaare entdeckte und bemerkte, dass der Typ nicht allein und der heftige Zusammenstoß nicht zufällig geschehen war. »Sie wollen mich provozieren«, sagte er sich, »es passt ihnen nicht, wenn Fremde kommen und mit ihren Frauen tanzen.« Er dachte an das Mädchen, an die Verabredung, an seine Freunde, an den nächsten Tag, und er kam zu dem Schluss, dass dies nicht der richtige Moment war, um einen Streit anzufangen.

»Passen Sie doch auf, wo sie hinlaufen, Freundchen«, sagte der andere lallend.

Er gab keine Antwort. Er drehte sich um und ging weiter. Er hörte noch, wie der Dunkelhaarige hinter ihm herrief: »Wenn du kurzsichtig bist, kauf dir eine Brille.«

Er ignorierte ihn. Am Eingang des Clubs blieb er stehen, zündete sich eine Zigarette an und wartete einen Moment, um sicherzugehen, dass sie ihm nicht folgten. Dann ging er eilig davon und drehte sich an der Kreuzung noch einmal um. Der Typ und die beiden anderen waren auf den Gehsteig getreten. Er bog um die Ecke, fing an zu rennen und bog ein zweites Mal ab. Er ging vier Häuserblocks und blieb dann stehen. Es war niemand zu sehen. Er versuchte sich zu orientieren und machte sich auf den Weg zu der verabredeten Stelle, wobei er einen Umweg nahm und sich mehrmals umsah.

Adriana ließ nicht auf sich warten. Zur verabredeten Zeit kam sie in einem Mercedes. Jorge stieg ein, und sie fuhren los. Die Fahrt führte durch das verlassene Dorf, sie bogen in eine Allee ein, bogen noch einmal ab und fuhren an einem Park entlang.

»Hier wohne ich«, sagte sie.

Jorge sah hinaus, und im Licht der Laternen entdeckte er hinter Büschen ein großes zweistöckiges Gebäude. Sie fuhren bis zum anderen Ende des Grundstücks. Adriana stieg aus, um ein Holztor zu öffnen, und fuhr dann über einen Kiesweg, der allerdings nicht zu dem Haus führte. Umgeben von Bäumen, befand sich am anderen Ende des Parks eine Art Bungalow. Dort hielten sie.

Bevor sie hineingingen, warf Jorge einen Blick in die Umgebung. Er sah ein Schwimmbecken mit Sprungbrett und dahinter einen Tennisplatz. Adriana rief ihn von der Tür aus. Sie hatte Licht gemacht. Es war ein einziger großer Raum mit Kissen, Teppichen, Büchern, Schallplatten, einer Bar und Rauchutensilien. Die einzige Tür im Innern führte in ein Badezimmer. Jorge bewegte sich neugierig durch das Gewirr von Farben. Sie hatte Whisky eingeschenkt und nahm Eiswürfel aus dem Gefrierfach. Sie sah ihn umhergehen und fragte: »Gefällt es dir?«

»Wo wohnst du, hier oder nebenan?«, fragte Jorge und zeigte nach draußen.

»Nebenan. Hier bin ich, wenn ich allein sein will.«

»Und dann?«

»Nichts und dann«, sagte das Mädchen, während sie vor ihn trat und ihm das Glas reichte.

Sie hatte Musik aufgelegt und lehnte sich gegen ihn. Dann zog sie die Schuhe aus und stellte sich auf seine Füße. Sie wiegten sich einen Moment lang auf der Stelle hin und her. Sie knöpfte sein Hemd auf und presste ihren Mund auf seine Brust.

»Hast du was zum Schminken?«, fragte Jorge.

Sie legte den Kopf ein wenig zurück und sah ihn an: »Hab ich. Warum?«

»Ich möchte dich schminken.

»Wozu?«

»Damit du wie eine richtige Nutte aussiehst.«

Sie presste sich wieder an ihn und sagte: »Das gefällt mir.« Sie zeigte auf ein Möbel. »Da drin.«

Jorge öffnete die Schublade und fand, was er brauchte. »Setz dich«, sagte er und wies auf ein Kissen am Boden.

Sie gehorchte, und er kniete sich vor ihr hin. Als Erstes nahm er sich den Mund vor, benutzte Lippenstift und die Daumen, bis ein großer roter Fleck entstand, der von der Nase bis zum Kinn reichte und sich über die Wangen zog. Ab und zu steckte er ihr die Fingerspitzen in den Mund und suchte die Zunge, die sich sogleich zu bewegen begann.

Dann machte er sich an die Augen. Dabei kroch er auf Knien um sie herum und küsste sie auf Hals, Nacken, Schultern und Ohren. Es waren kurze, flüchtige Küsse, die mit kleinen Bissen abwechselten und ihn nicht hinderten, in seiner Arbeit fortzufahren.

»Ich möchte, dass du schön verrucht aussiehst«, flüsterte er ihr ins Ohr.

Adriana erschauerte.

»Du bist eine Nutte, eine richtige Nutte.«

»Ja, eine richtige Nutte«, erwiderte sie lachend und geschmeichelt.

Er machte ein paar letzte Korrekturen, war zufrieden mit seinem Werk und sagte: »Fertig.«

Er bat sie, sich hinzulegen, um sie besser betrachten zu können. Sie räkelte sich ein wenig und stand dann auf. »Ich will mich anschauen.«

Sie trat vor den Spiegel. Jorge stellte sich hinter sie und umfasste ihre Brüste; sie trug keinen Büstenhalter unter der Bluse.

»Gefällt mir«, sagte sie und betrachtete sich.

Sie drehte sich um. »Jetzt bist du dran.«

Jorge setzte sich auf den Boden. Adriana packte ihn mit der linken Hand im Nacken, und mit der rechten fing sie an ihn zu schminken, zuerst ganz behutsam die Lippen, dann die Augenlider und die Brauen.

»Das macht mich an«, sagte sie. »Zieh dein Hemd aus, ich will deinen Körper anmalen.«

Er gehorchte und legte sich auf den Rücken. Adriana schminkte seine Brust und hob die Brustwarzen hervor. Sie öffnete seine Hose und zog sie aus. Auch die Unterhose. Sie zog Kreise um den Nabel und Linien auf seinen Bauch. Dann legte sie die Kosmetika beiseite und schob sich nach oben, bis sich ihre Blicke trafen, und von da an war alles nur noch Stille, Seufzen und Stöhnen. Zwischen ihren Körpern zerrieben sie Cremes, Puder, Rouge, Abdeckung, Gloss und Lippenstift.

8

Später lagen Jorge und Adriana auf dem Sofa. Sie hatten schon eine Weile nichts mehr gesagt und ruhten entspannt nebeneinander, während sie der Stille und den Geräuschen, die aus dem Park hereindrangen, lauschten. Über ihnen konnte man durch das offene Fenster den Vollmond sehen. Ein paar Stromkabel, die sich durch die Dunkelheit zogen, bildeten Linien wie in einem Schulheft. Jorge rührte sich, kletterte über das Mädchen hinweg und stand auf.

»Wohin gehst du?«, fragte sie.

»Ins Bad.«

»Um zu pinkeln?«

»Ja.«

»Pinkel hier.«

»Wo?«

»Auf mich drauf.«

Sie glitt auf den Fußboden und legte sich auf den Rücken.

»Pinkel auf mich drauf«, bat sie ihn.

Mit gespreizten Beinen stellte er sich über sie. Es kostete ihn Überwindung, und es dauerte einen Moment. Dann kam der Strahl.

»Pinkel mir auf den ganzen Körper, auch ins Gesicht«, sagte sie und schloss die Augen.

Sie stieß kleine Lustschreie aus. »Wie schön. Es ist ganz warm.«

Sie stand auf, umarmte ihn und rieb sich an seinem

Körper. Dann nahm sie ihn bei der Hand und zog ihn zur Tür. »Komm, wir gehen in den Pool.«

Vorsichtig liefen sie über den Kiesweg hinunter zum Wasser. Sie schwammen, jeder auf seiner Bahn, genossen die Kühle und die nackten Körper. Einmal schwamm sie zu ihm hin, umschlang seine Taille mit ihren Beinen und küsste ihn. Dann tauchte Jorge zum Beckengrund und blieb gedankenverloren und in sich gekehrt so lange unten, wie er die Luft anhalten konnte. Er kehrte an die Oberfläche zurück und fand sich unter dem Mond und dem sternenbedeckten Himmel wieder. In diesem Moment kletterte Adriana die Leiter hoch und stieg aus dem Wasser. Jorge sah das tropfende Haar auf ihrem Rücken, die straffen Beine, die trotz der Dunkelheit erkennbare Bräune. Mehr noch als ihren Körper genoss er das schwache Laternenlicht und die reglosen Bäume, und er sagte sich, dass dieser Augenblick der Vollkommenheit wohl am nächsten kam.

Sie drehte sich nach ihm um, und für einen Moment hatte sie kein Gesicht. Wie sie dort am Beckenrand stand, eine große Silhouette, die sich in der Dunkelheit abzeichnete, glich sie in Jorges Augen dem Idealbild der Frau, die er stets gesucht hatte. In gewissem Sinne war sie vielleicht die Essenz von allen, die er gekannt hatte. Er wünschte, sie würde so reglos und stumm dort stehen bleiben.

»Gehen wir hinein?«, fragte sie. »Mir ist kalt.«

Er folgte ihr. Sie trockneten sich ab, und Adriana fragte ihn, ob er einen bestimmten Musikwunsch hätte.

»Ich habe alles Mögliche«, erklärte sie.

»Leg auf, was du willst.«

»Möchtest du noch einen Whisky?«

»Einen kleinen.«

Sie reichte ihm das Glas. Jorge lehnte sich im Sofa zurück und zündete sich eine Zigarette an. In diesem Moment erfüllte ein Flötensolo den Raum. Er lauschte andächtig der Musik und dachte an die Gestalt am Rand des Schwimmbeckens. Hinter ihm öffnete Adriana einen Schrank, nahm ein Holzkästchen heraus und machte sich daran, einen Joint zu drehen.

»Willst du auch?«, fragte sie.

Jorge hob die Hand mit dem Glimmstängel. »Ich rauche bereits.«

»Nicht das, etwas Gutes.«

»Nein, danke.«

»Stört es dich, wenn ich rauche?«

»Nein.«

Sie legte ein paar große Kissen übereinander, lehnte sich gegen ihn, bat ihn um Feuer und nahm ein paar Züge, wobei sie die Augen schloss.

»Das ist gut«, flüsterte sie. »Willst du wirklich nicht?«

Er schüttelte den Kopf. Sie streckte den Arm aus, streichelte ihn und zerwühlte sein Haar.

»Schöner Mann«, sagte sie. »Schade, dass du bald gehst.«

»Ja«, sagte er, »schade. Wir könnten ein paar nette Sachen miteinander anstellen, hier auf diesem Sofa.«

Die Finger, die auf seinem Kopf spielten, verstärkten sein Behagen. Doch als er sie wieder anblickte und sie so schön und distanziert dasitzen sah, hatte er das Gefühl, irgendwie betrogen zu werden. Nicht unbedingt von ihr, sondern von der Situation, der Nacht, dieser flüchtigen Geschichte, die nur eine von vielen war. Wie schon so oft demütigten ihn diese erfüllten Momente und die Anziehung, die diese Frau auf ihn ausübte, und machten ihn einsam und kraftlos. Er sagte: »Man kann nie wissen. Irgendwo werden wir uns wiedersehen. Oder ich tauche hier mal wieder auf.«

Auf einmal meinte er zu spüren, dass ihn sogar die Worte verrieten und Teil seiner Schwäche wurden. Er hörte, wie Adriana weit weg von seinen Gedanken schläfrig und selbstgewiss sagte: »Ich heirate nächsten Monat.«

Jorge sah sie verständnislos an. Etwas Überflüssiges lag in diesem Bekenntnis, etwas, das nicht passte.

»Und was spielt das für eine Rolle?«, fragte er.

Sie nahmen einen tiefen Zug.

»Ich werde eine Ehefrau sein«, sagte sie mit erstickter Stimme, weil sie den Rauch in ihren Lungen zurückhielt und sich die Nase zudrückte.

Jorge fand das amüsant und gewann seine gute Laune zurück. Er beugte sich über sie und streifte mit den Lippen ihre Brüste.

»Eine ziemlich verkommene Ehefrau«, sagte er.

Adriana lachte. Es war ein endloses Lachen, das sich mit Husten vermischte. Sie beruhigte sich wieder, betrachtete ihn, und ohne ersichtlichen Grund fing sie wieder an zu lachen.

»Und wo ist dein zukünftiger Ehemann?«, fragte Jorge.

Sie machte eine unbestimmte Geste. »Irgendwo, auf Geschäftsreise.«

»Wie ist er?«

Sie wurde ernst. »Er ist ein anständiger Kerl. Wirklich anständig.«

»Hat er Geld?«

»Ziemlich viel.«

»Viel oder ziemlich viel?«

»Ziemlich viel.«

Jorge stand auf und schenkte Whisky nach.

»Eines Tages«, sagte er, während er sich Eis nahm und versuchte, seiner Stimme einen scherzhaften Ton zu geben, »werde ich auch einen Haufen Kohle haben.«

»Wozu brauchst du die?«

Er setzte sich wieder und streichelte sie. »Wenn ich reich bin, habe ich vielleicht irgendwann eine so verkommene Ehefrau wie dich.«

Sie brach in das vertraute Gelächter aus.

»Frauen wie mich hat man nicht«, sagte sie. »Sie existieren nicht. Wir sind Geister.«

»Nicht völlig«, sagte er, umarmte sie und schob ihr eine Hand zwischen die Beine.

Amüsiert ließ sie ihn gewähren.

»Würdest du einen Typen wie mich heiraten?«

»Warum sollten wir heiraten?«

»Stell dir vor, wir gefielen uns, wir liebten uns oder so.«

Sie runzelte die Stirn.

»Und wozu soll das gut sein?«

Jorge dachte nach.

»Ich weiß nicht«, sagte er.

Er fügte hinzu: »Wir wären ein hübsches Paar. Zwei schöne Tiere.«

Adriana hatte ihren Joint aufgeraucht. Sie erhob sich, ging mit lasziven Bewegungen zum Spiegel und betrachtete ihren Körper. Sie sagte: »Du fickst die schönste und reichste Frau in diesem Dorf. Du kannst dich nicht beklagen. Genügt dir das nicht?«

»Wenn ich weg bin, werde ich dich als das Mädchen aus dem Wald in Erinnerung behalten.«

»Rotkäppchen.«

»So ungefähr.«

Sie kehrte zu ihm zurück.

»Was machst du so?«, fragte sie.

»Ich überfalle Millionärsfrauen wie dich.«

Sie lachte. »Ich glaube dir kein Wort.«

»Es stimmt.«

Wieder das Lachen. »Lohnt es sich?«

»Durchaus. Weißt du, wie deine Familie zu so viel Geld gekommen ist?«

»Keine Ahnung.«

»Es gibt nur eine Möglichkeit.«

»Welche?«

»Es stehlen.«

Sie zuckte mit den Schultern. »Dann ist es eben gestohlen.«

Sie streckte sich aus und bettete ihren Körper seitlich neben ihn. Sie begann ihn zu streicheln. Jorge nahm sie plötzlich hingebungsvoll und bedürftig wahr und ließ sie gewähren, ohne ihre Zärtlichkeiten zu erwidern, wachsam und distanziert und für einen Moment Herr der Situation. Er hörte das trockenen Klacken des Rekorders, als er ausging. Er fühlte die Stille und die Schwere der Nacht, registrierte alles genau, ohne zu denken, spürte Adrianas Hände und Mund auf seiner Haut und ließ sich Zeit. Er sah sie an und fühlte sich elend. Wie schon ein paar Mal zuvor in dieser Nacht spürte er, dass er ihr in diesem Augenblick gerne weh getan hätte. Aber er wehrte sich gegen diesen Impuls, löschte ihn aus, und viel stärker als sein Bedürfnis waren ihr Begehren und ihre Lust; machtvoll, egoistisch und unantastbar.

»Komm«, befahl er ihr grob, »dreh dich um.«

Sie gehorchte und bot ihm den Rücken dar.

»Magst du es so?«

»Ich mag es auf jede Art und von allen Seiten«, erwiderte sie.

Dieser hingebungsvolle und bereite Körper erregte ihn aufs Neue und entwaffnete ihn zugleich.

»Was für eine schöne Nutte du bist«, sagte er.

Seine Stimme, die eine alte und verbrauchte Formel sprach, kam ihm fremd vor. Die Szene kam ihm wie eine Erinnerung vor.

»Eine richtige Nutte«, seufzte das Mädchen mit geschlossenen Augen.

Jorge legte ein Bein über ihre Hüfte und schob sich ein wenig nach oben.

»So?«

»Langsam, ganz langsam«, bat Adriana.

Mit gespreizten Fingern umklammerte Jorge ihren Nacken und drückte ihren Kopf gegen das Polster. Er hielt sie so fest und spürte, wie in ihm das Bedürfnis nach Zerstörung wuchs. Er schlug die Zähne in ihre Schulter. Sie erschauerte und wand sich, schrie aber nicht. Jorge glitt tiefer mit einer Hand und zwang sie, sich weiter zu öffnen. Er wusste, dass er in diesem Moment völlig über sie verfügte, und auch, dass ihm das alles in wenigen Minuten wieder entglitten wäre. Vor sich sah er ihren Arm mit dem goldenen Armreif, den sie nicht abgelegt hatte. Er ertappte sich bei der Frage, was er wohl wert war. Festgeklammert an diesen Körper wie an einen einsamen Fels, spürte er, wie ihn die Aggression langsam verließ und nur ein unbestimmtes Gefühl von Schmerz, Schwäche und Selbstmitleid zurückblieb. Und er suchte Zuflucht in dieser Haut. Er verbarg das Gesicht in dem dunklen Haar und schnupperte daran.

»Meine Schöne«, sagte er und leckte ihren Hals.
»Mach langsam«, sagte sie und stöhnte.
»Tut es weh?«
»Ja.«
»Sehr?«
»Ja.«
»Es gefällt mir, dass es dir weh tut. Sag es noch mal.«
»Es tut weh.«
»Beweg dich.«
»Du sprengst mich auseinander.«
»Ja.«

Das Mädchen gab zwei Klagelaute von sich und fing dann an, sich zu bewegen. Jorge empfand das rhythmische Hin und Her wie warme Wellen, wie ein Atmen. Er richtete sich weiter auf und betrachtete den perfekten Rücken und den Hintern, der an seinem Bauch klebte. »Ich bin wirklich völlig kaputt«, dachte er.

9

Jorge ging ins Bad, seifte sich ein und schrubbte sich so lange, bis er die Farbe abgewaschen hatte. Als er zurückkam, schlief Adriana; sie lag mit gespreizten Beinen auf dem Bauch, ein Arm baumelte vom Sofa herab, der andere Handrücken lag auf ihrer Stirn, und die nach außen gedrehte Handfläche wirkte, als wolle sie sich schützen. Die Pose hatte etwas Kindliches und Verlorenes, das einlud, sie zu berühren. Jorge setzte sich an die gegenüberliegende Wand und betrachtete ihren Körper, sah sich in dem Raum um und versuchte, sich jeden Gegenstand einzuprägen. Ohne Bitterkeit, jedoch mit einer seltsamen Bestürzung sagte er sich, dass er nichts davon je wiedersehen würde. Er zog sich an und schenkte sich noch ein wenig Whisky ein. Dann nahm er das Glas, ging hinaus und setzte sich auf eine Bank.

Im Gegenlicht der Laternen nahm er die durchscheinenden Blätter und den Himmel über sich wahr, an dem sich bereits der hereinbrechende Tag ankündigte. In der Reinheit dieses Augenblicks fühlte er sich leer und lebendig zugleich. Und es war, als würde etwas unter dem Gewicht und der Anmut dieser letzten nächtlichen Stunde nachgeben. Die Stille und dieser fremde Ort löschten die Zeit aus und befreiten ihn für einen Moment von Zukunft und Vergangenheit.

Doch die Unterbrechung dauerte nicht lange. Ohne es zu wollen, rief er sich nacheinander die Ereignisse dieser Nacht ins Gedächtnis, was er gesagt und gedacht hatte.

Und ihm wurde klar, dass die Begegnung mit Adriana nichts anderes war als eine Konfrontation von vielen. Dass dieses Bett nur eines von vielen war, durch die er schon seit Jahren auf eine Niederlage zusteuerte, verstrickt in einen zähen Kampf, auch wenn er nicht wusste, gegen wen und in welchem Namen. Sich auf einen neuen Körper, einen neuen Namen einzulassen war wie in die Arena zu steigen, Vergeltung und eine Antwort zu suchen. Aber es blieb bei diesem konfusen und unerklärlichen Gefühl, weil er nicht hätte sagen können, welche Art von Rechnung eigentlich zu begleichen war. Bitten, Streitereien, mehr oder weniger verzweifelte Handlungen, an deren Ende ihn unvermeidlich eine Demütigung erwartete. Er wusste, dass es so war und dass er am Ende stets diesen bitteren Geschmack im Mund haben würde. Doch er ließ es auch nicht bleiben.

Unsicher sagte er sich, dass es diesmal vielleicht anders sei. Während er auf dieser Bank saß, konnte er das Gefühl der Niederlage und den Abschied ein wenig hinauszögern. Schließlich leerte er den Whisky und ging wieder hinein. Adriana lag noch genauso da.

»Sie sieht aus wie tot«, dachte er. Und die Vorstellung war irgendwie tröstlich. Er schloss die Tür und ging.

Es wurde hell. Er versuchte sich zu orientieren und spazierte durch die leeren Straßen. Er kam an einer Bäckerei vorbei und atmete tief den Duft nach Brot ein. Er erkannte die Hauptstraße und den Saal, wo sie am Abend zuvor gewesen waren. Die Musik spielte noch immer, doch niemand tanzte mehr. Ein paar betrunkene Männer und Frauen waren noch da. Die Braut war verschwunden. Verwirrt, untröstlich und fragend ging der Bräutigam in seinem Frack und mit den Glöckchen daran von einem zum anderen. Ein paar Mal lächelte er, wenn die anderen lachten, und zeigte mit starrem und enttäuschtem Blick seine Pferdezähne. Man reichte ihm ein Glas, und er trank einen Schluck.

»Sing«, ermunterten sie ihn.

»Ich hab ein hübsches Rancho ...«

Jorge sah das alles im Vorbeigehen. Er zündete sich eine letzte Zigarette an und legte die wenigen Häuserblocks zurück, die ihn vom Hotel trennten.

10

Dante, Ramiro, Jorge und Cucurucho verließen das Hotel während der Siesta. Weder in der Empfangshalle noch draußen war jemand zu sehen. Sie überquerten die Straße, stiegen in den Wagen und fuhren los. An der ersten Kreuzung bogen sie ab und fuhren langsam Richtung Fluss, dann ein Stück weit am Ufer entlang. Von der Straße aus konnten sie das Wasser nicht sehen, jedoch einen Teil des gegenüberliegenden Ufers und die blattlosen Büsche, die irgendein Hochwasser kürzlich mit Müll überschwemmt hatte, Papier, Plastik, trockenes Stroh, Abfälle, die von der Strömung mitgerissen worden waren. In der Ferne konnte man die sanft gewellten Felder ausmachen. Sie verließen das Ufer und fuhren ziellos und schweigend über Sandwege. Sie kamen an einem weitläufigen Grundstück vorbei, auf dem ein Zirkuszelt stand. Cucurucho schwitzte und wischte sich ein paar Mal übers Gesicht. Ramiro kaute auf einer Zigarette, ohne sie anzuzünden. Dante sagte: »Es kann losgehen.«

Von ihrem Standort sah man weiß und hoch den Glockenturm über den Häusern aufragen. Sie bogen ab und fuhren Richtung Ortsmitte, erreichten den Platz und drehten eine Runde. Bis auf den verkrüppelten Heiligenbildchenverkäufer war im Schatten der Bäume keine Menschenseele zu sehen. An der Ecke, an der sich das Bankgebäude befand, bogen sie ab und hielten fast auf halber Höhe des Blocks. Ein Wagen tauchte auf, fuhr an ihnen vorbei, und sie beobachteten, wie er sich entfernte.

Dante überprüfte die Uhrzeit. Sie warteten noch eine Weile. Ein Pick-up hielt auf der gegenüberliegenden Straßenseite, ein Typ stieg aus und überquerte eilig die Straße in Richtung Bank. Der Pick-up fuhr davon.

»Ich geh rein«, sagte Dante. »Noch fünf Minuten.«

Er öffnete den Schlag, stieg aus und ging entschlossen zur Ecke. Er warf einen Blick in die Querstraße; die Stille und Beschaulichkeit beruhigten ihn. Er ging in die Bank, war versucht, sich umzusehen, doch verschob er das lieber auf später und schaute auch niemanden an. Er trat an den Schalter. Ein sehr junger Angestellter mit Schnauzer bediente ihn und lauschte schweigend seinem Anliegen. Er verließ seinen Platz, kehrte mit einem Blatt Papier zurück und gab ihm ein paar Erklärungen. Dante bat um eine letzte Information, bedankte sich und trat beiseite, um das Formular auszufüllen. Er stellte fest, dass sechs Angestellte da waren; vier Frauen und zwei Männer. Dann waren da noch der Filialleiter und der Wachmann. Außerdem befanden sich drei Kunden in der Bank. Einer ging. »Ziemlich viele Leute«, dachte Dante. Er sah sich um und konnte an der Rückseite des Schalterraums drei Türen erkennen. Die Tür zur Straße, durch die sie die Bank verlassen würden, war vor ihm auf der anderen Seite des Schalters.

Ramiro und Cucurucho kamen in dem Moment herein, in dem sich der Wachmann, der die Uhrzeit auf seiner Armbanduhr mit der an der Wand verglich, von der anderen Seite lustlos näherte, um zu schließen. Die drei warteten, bis er es getan hatte, verständigten sich mit Blicken und zogen ihre Waffen. Es gab einen kleinen Tumult, und vor allem die Frauen stießen ein paar Schreie aus. Ramiro war bereits über den Tresen gesprungen, stand zwischen den Schreibtischen und befahl ihnen, den Mund zu halten und sich nicht zu rühren. Dante und Cucurucho überwältigten den Wachmann und die beiden Kunden und führten sie zu den anderen.

Einer von ihnen, ein Dicker mit dem Aussehen eines Bauern (das Gesicht war gerötet bis halb über die Stirn und die Haut in dem Bereich weiß, der normalerweise von einem Hut geschützt wurde), machte einen Schritt zurück und sagte: »Was soll das?«

Er widersetzte sich, und Cucurucho musste sich hinter ihn stellen und ihn vorwärts stoßen. Unter dem Druck der Pistole zwischen seinen Rippen gab er nach und setzte sich in Bewegung. Dabei sah er sich angsterfüllt um und wiederholte: »Was soll das?«

Während sich alle Anwesenden mit dem Gesicht zur Wand aufstellten, befahl Dante: »Schau nach, was in den hinteren Räumen ist.«

Ramiro rannte los.

Angestellte und Kunden verharrten schweigend und mit erhobenen Händen. Die Kassiererin, eine Dürre mit Brille, war die Einzige, die sich nicht von der Stelle gerührt hatte. Cucurucho stand bei ihr und versuchte sie zu überreden: »Sie auch, gehen Sie.«

Das Mädchen fing an zu lachen und konnte gar nicht mehr aufhören. Ihre Arme hingen schlaff herunter, und sie stand stocksteif und kerzengerade da.

»Los«, sagte Cucurucho verdutzt, »bewegen Sie sich.«

Doch es war nichts zu machen. Die Dürre starrte vor sich hin und lachte.

»Was ist?«, fragte Dante.

»Weiß nicht«, meinte Cucurucho, »sie hört nicht auf zu lachen.«

»Lass mich mal.«

Er trat zu ihr.

»Beruhigen Sie sich«, sagte er, »Ihnen passiert nichts.«

Das Mädchen nickte beschämt, während sie versuchte, sich wieder in die Gewalt zu bekommen.

»Verzeihen Sie«, sagte sie, als sie wieder sprechen konnte.

Doch sie rührte sich noch immer nicht.

Ramiro kehrte zurück und teilte mit: »Da sind Toiletten und ein paar Archivräume.«

»Schau nach, ob der Seiteneingang abgeschlossen ist«, befahl Dante.

Als der Überraschungsmoment vorbei war, gewann eine der Angestellten, eine Frau in den Fünfzigern mit rot gefärbtem Haar, wieder die Oberhand über die Situation und übernahm das Kommando. Ohne sich umzudrehen, redete sie nach rechts und nach links, erteilte Ratschläge, beruhigte die anderen und gab Anweisungen, wie sie sich verhalten sollten. Sie organisierte alles so, als befänden sie sich mitten bei einer Schiffsbergung.

»Halten Sie den Mund«, brüllte Dante sie an.

Er stand noch immer neben der Kassiererin, die jetzt lachte und zugleich Tränen vergoss.

»Los, bringen Sie sie hier weg«, brüllte er wieder.

Die Rothaarige drehte sich um und blickte ihn herausfordernd an. Zwar sorgte sie dafür, dass den Befehlen der Bankräuber Folge geleistet wurde, doch sie tat so, als würde sie sich nicht darum kümmern und als beruhte ihre Bereitschaft zu kooperieren auf reiner Verachtung. Mit hoch erhobenem Haupt machte sie ein paar resolute Schritte. Sie fasste die Kassiererin am Arm. »Komm, Matilde, komm mit mir, und reg dich nicht auf.«

Schließlich gelang es ihr, sie zu den anderen zu schleifen, und als sie an Dante vorbeigingen, warf sie ihm einen hasserfüllten Blick zu.

»Danke«, sagte Dante.

Ramiro war zu ihnen zurückgekehrt.

»Die Tür ist abgeschlossen«, sagte er, »ich habe den Schlüssel.«

»Sie gehen jetzt in diesen Raum«, befahl Dante.

Er trat zu dem Filialleiter und trennte ihn von der Gruppe. »Sie nicht, Sie bleiben hier.«

Die anderen setzten sich in Bewegung. Die Frau mit den gefärbten Haaren trat vor und hob die Hand: »Einen Moment.«

»Was ist?«, fragte Dante.

»Zuerst wollen wir Ihr Wort, dass keinem von uns etwas zustoßen wird.«

»Verschwenden Sie keine Zeit, dann passiert Ihnen auch nichts.«

Wieder hörte man das Lachen der Kassiererin, die versuchte, ihr Gesicht zu verbergen. Die Rothaarige legte ihr die Hand auf die Schulter und tätschelte sie. »Komm, wir müssen gehorchen, ich kenne solche Typen, das sind Bestien.«

Der dicke Bauer beschwerte sich erneut: »Was soll das denn?«

Ramiro und Cucurucho folgten der Gruppe in einen der Räume und machten sich daran, sie zu fesseln und zu knebeln.

»Das ist barbarisch«, protestierte die Rothaarige, als sie feststellen musste, dass man sie Rücken an Rücken mit einem ihrer Kollegen aneinander fesseln wollte.

Damit die anderen es nicht hörten, flüsterte Ramiro ihr

ins Ohr: »Wenn Sie noch ein einziges Wort sagen, schneide ich Ihnen die Zungenspitze ab.«

Er steckte die Hand in die Tasche, zog das Klappmesser heraus und hielt es ihr unter die Nase. Die Frau fügte sich.

In der Schalterhalle ging Dante zum Safe und überprüfte, ob er abgeschlossen war. Er öffnete die Schalterkasse, durchsuchte sie und sah, dass dort nicht viel zu holen war. Der Filialleiter stand mit dem Rücken zu ihm. Er hatte die rechte Hand fest auf einen Schreibtisch gestützt. Er war von untersetzter Statur, mit schimmernder Glatze und dickem Bauch. Trotz der Hitze trug er einen Anzug mit Weste. Er starrte auf eine gerahmte Fotografie an der Wand; es war das Porträt eines alten Mannes mit gerunzelter Stirn und stechendem Blick.

Dante zündete sich eine Zigarette an, und bevor er zu ihm trat, um mit ihm zu reden, sah er sich um. Die Anspannung der letzten Stunden war verschwunden. Er fühlte sich gelöst und zufrieden. Er konnte seine beiden Kameraden durch die Tür bei der Arbeit beobachten und sah ihnen mit demselben Interesse zu, mit dem er sich einen Film angesehen hätte. Er inhalierte den Rauch und besah sich die Schmucklosigkeit der Bank, den Marmor, das dunkle Holz, und er hatte das wohlige Gefühl, im Zentrum von irgendetwas angekommen zu sein. Seine Anwesenheit dort war wie eine Vergewaltigung. Zu rauchen, sich ein wenig Zeit zu lassen, unter der Kuppel dieses Tempels umherzuspazieren, Herr der Lage zu sein und die Verletzlichkeit dieser Mauern und dessen, was sie repräsentierten, vorzuführen, war wie eine Rache. Was diesem Augenblick vorausgegangen war und überhaupt erst dazu geführt hatte, und auch das, was ihm folgen würde, war Teil einer anderen Geschichte, einer anderen Wirklichkeit, der Welt der anderen, derer, die raubten und beraubt wurden, aber dieser Moment gehörte ihm allein, niemand könnte ihm wegnehmen, was er darin für sich entdeckt hatte. Im Dämmerlicht und der Stille fühlte er sich zwischen den Säulen wie ein antiker Held, und was er wie die anderen Helden am Ende aus dieser Höhle mitnehmen würde, war ein Talisman der Macht. Er spielte. Und seine Naivität amüsierte ihn selbst.

Er stellte sich neben den Filialleiter. »Wir wollen, dass Sie den Tresor öffnen.«

Er sagte es auf liebenswürdige Art, bekam aber keine Antwort. So als richtete er seine ganze Konzentration auf eine enorme Anstrengung, stand der Mann mit verkrampften Gesichtsmuskeln und weit aufgerissenen Augen da. Seit Dante ihn von den anderen getrennt hatte, hatte er sich nicht gerührt.

»Wir wollen, dass Sie den Tresor öffnen«, wiederholte Dante. Er baute sich vor ihm auf. »Hören Sie mich?«

Der andere zuckte nicht einmal mit der Wimper. Er starrte weiter geradeaus, so als schaue er durch ihn hindurch. Unter der Glasplatte auf dem Schreibtisch sah Dante mehrere Fotos. Zwei Jungen bei der Erstkommunion, eine Frau mit einem Kind auf dem Arm, ein Heiligenbild.

»Ist das Ihr Schreibtisch?«, fragte er.

Schweigen. Kein Wort, keine Bewegung.

»Machen Sie mit, und das Ganze ist schnell vorbei.«

Der Mann schien aus Marmor zu sein.

»Seien Sie vernünftig. Wenn es nicht im Guten geht, müssen wir eben andere Saiten aufziehen. Wir haben nicht viel Zeit.«

Nichts.

Ramiro und Cucurucho kamen zurück. »Fertig.«

Dante trat ein wenig beiseite und zeigte Cucurucho das Geld in der Schalterkasse. Ramiro warf Dante einen fragenden Blick zu. Dante sprach mit leiser Stimme.

»Wir müssen ihn dazu bringen, ihn zu öffnen. Das wird nicht einfach sein.«

»Warum?«

»Er bockt.«

»Lass mich mal.«

»Na los.«

Ramiro trat zu dem Glatzkopf und hielt ihm den Revolverlauf an die Nase.

»Hör jetzt auf mit dem Quatsch«, sagte er zu ihm. »Ich habe nicht so viel Geduld wie mein Kumpel.«

Der Mann wurde immer blasser und verkrampfter und hielt den Blick starr auf das Porträt an der Wand gerichtet. Cucurucho hatte eingepackt, was er hatte finden können, stellte sich nun neben Dante und zeigte auf den Filialleiter.

»Was ist mit ihm?«, fragte er. »Sieht ja aus wie eine Leiche.«

Und wirklich war das einzige Anzeichen dafür, dass er lebte, die Tatsache, dass er zu schwitzen anfing. Ramiro blickte zu Dante und verzog fragend das Gesicht. »Soll ich ihm eine verpassen?« Dann schubste er ihn ein paar Mal, doch genauso gut hätte er versuchen können, einen Betonpfeiler in Bewegung zu setzen. Er holte aus, um ihn zu schlagen, doch Dante hielt ihn zurück. »Das bringt nichts. Dieser Zwerg lässt sich am Ende sogar noch umbringen. Warte, ich bin gleich zurück.«

»Was hast zu vor?«

»Ich bin gleich zurück.«

Er ging nach hinten in den Raum, wo die Geiseln waren. Als sie ihn sahen, gab es eine Welle der Unruhe.

»Keine Angst«, sagte Dante, »ich will nur reden.«

Er ging neben der Rothaarigen in die Hocke und nahm ihr den Knebel ab. Sie strich sich mit der Zunge über die Lippen, schluckte und wartete ab.

»Geht es Ihnen gut?«, fragte er.

»Kümmert Sie das?«, erwiderte die Frau.

Dante lächelte freundlich. »Darf ich Sie etwas fragen?«

Misstrauisch sah sie ihn an. »Was denn? Ich denke nicht daran, Ihnen zu helfen.«

»Nichts, was Sie in Schwierigkeiten bringen könnte.«

Die Frau schüttelte den Kopf. Dante sah ihren entschlossenen Blick und sagte sich, dass er sehr behutsam vorgehen müsse. Er machte eine Pause. »Ich wollte nur wissen, was für ein Typ der Filialleiter ist. Nur das.«

Die Frau erschrak. »Was meinen Sie?«

Dante zögerte. Im Grunde war er sich gar nicht sicher, wie er die Sache angehen sollte.

»Meine Frage ist, ob er ein anständiger Mann ist.«

Sie schaute ihn noch herausfordernder an als zuvor. »Hochanständig.«

Dante machte wieder eine Pause. »Er ist natürlich verheiratet.«

»Ja.«

»Und er hat Kinder.«

Ihr Ton wurde immer energischer. »Kinder und Enkel.«

»Und bestimmt geht er brav in die Kirche.«

»Was wollen Sie?« In ihrer wachsenden Empörung schrie sie beinahe. »Ich weiß nicht, warum Sie mich das fragen. Aber ich sage Ihnen etwas: Der Filialleiter ist einer der aufrichtigsten, unbescholtensten und rechtschaffensten Menschen, die ich in meinem Leben kennen gelernt habe. Wenn es das ist, was Sie herausfinden wollten, dann wissen Sie es jetzt. Und wenn Sie vorhaben sollten, ihn in irgendeiner Weise zu bestechen, dann können Sie sich das aus dem Kopf schlagen. Herr Fernández gehört nicht zu denen, die sich kaufen oder einschüchtern lassen.«

Dante wartete, bis sie sich beruhigt hatte.

»In Ordnung«, sagte er sanft. »Ich habe schon gemerkt, was für eine Art Mensch Herr Fernández ist.«

»Was wollen Sie damit sagen?«

»Nichts. Ich bin ganz Ihrer Meinung. Wollen Sie mir noch etwas über Herrn Fernández sagen?«

Die Frau war nicht nur wütend, sondern auch ausgesprochen kämpferisch. Ihr Gesicht war jetzt so rot wie ihr Haar. Sie fuhr fort: »Genügt es nicht, was ich Ihnen gesagt habe? Ein ehrlicher Mitarbeiter zu sein, ein anständiger Mensch, ein guter Ehemann und Vater, ein guter Katholik, finden Sie nicht, dass das genügt?«

Sie holte tief Luft und sah ihm in die Augen: »Dieb.«

Dante berührte ihre Schulter, damit sie sich beruhigte.

»Rühren Sie mich nicht an«, kreischte sie.

Er nahm den Knebel und band ihn ihr wieder um.

»Regen Sie sich nicht auf«, riet er ihr.

Er stand auf, und bevor er die Tür schloss und den Schlüssel umdrehte, sagte er: »Nochmals danke.«

Er kehrte zu Ramiro und Cucurucho zurück. »Lasst mich kurz mit ihm allein.«

Er setzte sich neben den Glatzkopf, der noch immer den Unerschütterlichen spielte, auf die Schreibtischkante und sprach langsam und mit beschwichtigenden Gesten auf ihn ein. Er wirkte wie ein Lehrer. Ramiro und Cucurucho hörten von ihrem Platz aus nur Gemurmel und den freundlichen Klang seiner Stimme. Und einen Satz, der etwas lauter ausgesprochen worden war: »Sie lassen mir also keine andere Wahl.«

Der Filialleiter hatte seine Position nicht verändert. Da machte Dante seinen Kameraden ein Zeichen.

»Wie Sie wollen«, ergänzte er.

Zum ersten Mal gab der Mann seine reglose Haltung auf und drehte sich um. Er sah die beiden, die auf ihn zukamen, und sein Gesicht wurde angespannt.

»Zieht ihm die Klamotten aus«, befahl Dante. »Alle.«

Sie begannen an seinen Sachen zu nesteln. Er versuchte sich zu wehren. Sie legten ihn auf den Schreibtisch. Während Ramiro ihn festhielt, knöpfte Cucurucho ihm die Hose auf und begann sie herunterzuziehen. Sie hing ihm bereits auf den Knien, als der Filialleiter sagte: »Warten Sie.«

Sie erlaubten ihm, sich aufzurichten. Er zögerte.

»Nun?«, drängte ihn Dante.

Resigniert zog der Filialleiter seine Hosen hoch, ging zum Safe und drehte an der Kombination. Er öffnete ihn. Während Dante und Ramiro die Taschen füllten, brachte Cucurucho ihn nach hinten zu den anderen.

»Was hast du ihm gesagt?«, fragte er, sobald er zurück war.

»Hilf uns, es ist nicht mehr viel«, sagte Dante.

Cucurucho gehorchte, ließ aber nicht locker. »Wie hast du ihn dazu gebracht?«

Während er die letzten Bündel Banknoten einpackte, erklärte Dante: »Ich hab ihm gesagt, dass wir ihn ausziehen, wenn er nicht gehorcht, und ihn nackt mit den anderen zusammen einschließen würden, gefesselt und direkt vor ihrer Nase, damit sie ihn genau ansehen könnten. Fertig, gehen wir, wir haben viel Zeit verloren.«

»Das hast du ihm gesagt?«, rief Cucurucho voller Bewunderung aus.

Sie liefen zur Seitentür, Ramiro voraus mit dem Schlüssel in der Hand.

11

Draußen im Wagen hatte sich Jorge gerade eine neue Zigarette angezündet. In den Sitz gesunken, stierte er gedankenverloren auf die leere Straße, die verschlossenen Häuser und die Platanenallee, die in der Ferne, wo die Konturen verschwammen und alles sich in einem Lichtflimmern auflöste, endete. Hin und wieder warf er einen Blick in den Rückspiegel; im Vordergrund die dunkle und schwere Seitentür der Bank, dahinter ein Stück vom Platz und der in der Hitze flirrende Himmel über den Häusern, die in der sich absenkenden Landschaft verschwanden.

Er machte sich keine Sorgen. Er vertraute seinen Kameraden. Er lauschte einem Geräusch in der Ferne, einem schleppenden, unbestimmten Klang, der Wasser oder ein Motor hätte sein können. Vor einem der Häuserblocks tauchten zwei Jungen auf. Unentschlossen und lustlos schlenderten sie den Gehsteig entlang, blieben zwischendurch stehen, setzten sich in Hauseingänge und schossen mit einer Steinschleuder in die Zweige. Er sah nicht, wie sie abbogen, doch plötzlich waren sie nicht mehr da. Man hörte eine Stimme; ein Rufen, das die Einsamkeit der Siesta nur noch vergrößerte. Auf der gegenüberliegenden Seite war ein Fenster mit einem Vorhang, was ihm das unangenehme Gefühl vermittelte, beobachtet zu werden. Während er sich eine neue Zigarette anzündete, warf er über die Flamme des Feuerzeugs hinweg erneut einen Blick hinüber. Die vagen Umrisse eines alten Ford-Pick-up, der auf der linken Seite aufgetaucht war, belebten die Straße. Er fuhr vorbei, und es klang wie ein Husten.

Über die Kreuzung radelte hell und blond ein Engel. Jorge dachte an Adriana und sagte sich, dass sich irgendwo dort hinter den Dächern der Park mit dem Swimmingpool und die Musik befanden. Die Bilder der vergangenen Nacht waren angenehm und bedrückend zugleich. In der Erinnerung hatte der Ort jedenfalls etwas so Friedliches und Sicheres, wie er es selten erlebt hatte. Er sagte sich, dass einer seiner Wünsche, etwas, das er in seinem Leben gerne gehabt hätte, wenn es möglich gewesen wäre, eine lange Nacht wie diese war. Eine Nacht, die nie enden würde. Die Freiheit, die Nacktheit, die Wärme auf der Haut, die Grenzenlosigkeit und vor allem die Stille der Umgebung und dieses Laternenlicht bei Tagesanbruch in den Zweigen. Er dachte sogar, dass die Frau, die in diesem Fall Adriana war, in seiner Vorstellung keine große Rolle spielte. Als er versuchte, die Szene zu rekonstruieren und sich zukünftige Szenen auszumalen, meinte er zu begreifen, dass Adriana in dem Moment wichtig geworden war, als sie eingeschlafen war und ihn allein gelassen hatte. Er fantasierte darüber, und solange die Zigarette brannte, vergaß er, wo er sich gerade befand, vergaß seine Freunde und die Tür, die sich nicht öffnete.

Dann tauchte etwas im Rückspiegel auf. Zuerst war es eine schemenhafte, menschliche Gestalt. Sie kam vom anderen Ende der Straße und schien aus dem Boden zu wachsen. Im Licht wurde sie größer und deutlicher und brach und zerfiel dann wieder wie ein Spiegelbild in einem Teich. Schließlich sah er sie in voller Größe. Sie hatte noch immer kein Gesicht und keine Farbe. Aber

Jorge wusste, dass es sich um einen Mann handelte. Und gleichzeitig befiel ihn die Ahnung, dass diese Erscheinung eine Gefahr darstellte.

Die Silhouette, die groß wie ein Pfahl war, hob sich vom Himmel ab und teilte den verschwommenen Horizont in zwei Teile. Sie wechselte auf die andere Straßenseite und löste sich im blauen Schatten eines Vordachs auf. Dort wurde sie unsichtbar. Dann tauchte sie wieder in die gleißende Helligkeit ein, welche die Straße durchflutete, und verließ den Platz. Auf einmal merkte Jorge, dass seine Augen womöglich gleich zu Beginn das registriert hatten, was seine Unruhe ausgelöst hatte; der Typ trug eine Uniform. »Ein Polizist«, sagte er sich. Und gleich darauf: »Ein Polizeioffizier.«

Der Uniformierte ging die Allee entlang. Er hatte einen langsamen, schwerfälligen und arroganten Gang. Er schwankte ein wenig. Auf den verfugten Pflastersteinen waren die Licht- und Schattenflecken so klar umrissen, dass sie zu knirschen schienen, sobald der Mann auf deren Grenzlinie trat.

Plötzlich spürte Jorge, dass die Gestalt diesen Ort und diese Straße beherrschte und auf ihn zukam, um ihn zur Rede zu stellen. Er sah in sich selbst einen Eindringling, und verschanzt in seinem Wagen hoffte er, dass dieser ihm ausreichend Schutz bot. Doch waren keine anderen Fahrzeuge oder Menschen zu sehen. Er war allein, und man hatte ihn entdeckt. Er bemerkte die Waffe, die am Gürtel des Polizisten hing, und streckte automatisch die Hand aus, öffnete das Handschuhfach, und ohne den Blick vom Rückspiegel abzuwenden, berührte er seine Pistole. Er fragte sich wie in Trance, was passieren würde, wenn er ausstieg und mit gespreizten Beinen in der prallen Sonne auftauchte, um ihn zu stellen. Während er wartete, malte er sich Dinge aus, die ihn für Augenblicke aus der Wirklichkeit rissen. »Ganz ruhig«, sagte er sich, »das ist kein Spiel.« Im Moment blieb ihm nichts anderes übrig, als sich passiv zu verhalten, Geduld zu üben, ruhig zu bleiben und im Zweifelsfall schnell zu reagieren.

Der Polizist ging an der Kirche vorbei. Er legte die letzten Meter zurück, die ihn von der nächsten Kreuzung trennten, und Jorge hoffte inständig, dass er abbiegen würde. »Geh schon«, dachte er, »geh schon um die Ecke, los.« Er schaute zum Eingang der Bank, dann zurück zu dem Mann, der weiter geradeaus ging, und wieder zum Eingang. »Jetzt bloß nicht rauskommen«, befahl er in Gedanken, »jetzt bloß nicht rauskommen, wartet, wartet ein paar Minuten.« Der Polizist war bereits auf dem Gehsteig. »Den kenne ich irgendwoher«, sagte er sich, »den kenne ich.« Diese Gewissheit und der fieberhafte Wunsch, sich zu erinnern, versetzten ihn in noch größere Aufregung. Plötzlich fiel ihm ein, dass der Typ derselbe war, der ihn auf dem Tanzfest angerempelt hatte. Und er hatte auf einmal die absurde Vorstellung, dass er kam, um die gescheiterte Auseinandersetzung der vergangenen Nacht nachzuholen.

Inständig bat er: »Jetzt nicht rauskommen.« Er kreuzte die Finger und biss sich auf die Unterlippe. Der Polizist befand sich bereits am Heck des Wagens, er konnte klar und deutlich seinen buschigen Schnauzer, die glänzende Haut und die gelblichen Augen erkennen. Jorge starrte geradeaus, als er an ihm vorbeiging, doch er spürte, dass der andere ihn ansah. »Bestimmt hat er mich erkannt«, dachte er, während er zusah, wie sich der andere entfernte. Der Typ hatte seinen Schritt verlangsamt und brauchte eine Ewigkeit bis zur nächsten Kreuzung. Dort machte er mit dem erkennbaren Ziel Halt, die Straße zu überqueren. Aber er blieb an der Bordsteinkante stehen und blickte zurück zu dem Wagen. »Er hat mich erkannt«, dachte Jorge. Und wieder flehte er: »Jetzt bloß nicht rauskommen, jetzt bloß nicht rauskommen, wartet noch ein wenig.«

Der Polizist rührte sich nicht vom Fleck. Er zündete sich eine Zigarette an und warf das Streichholz in einer ostentativen Geste, die Jorge provozierend vorkam, weit von sich.

»Worauf wartest du?«, sagte er jetzt laut. »Verschwinde schon, du verdammter Idiot.«

In diesem Moment tauchte Dante in der Tür auf und sah sich nach beiden Seiten um. Er konnte niemanden entdecken. Der Polizist stand genau am Ende der Baumreihe und wurde von einem der Stämme verdeckt. Jorge begriff die Situation und machte Anstalten auszusteigen, um sie zu warnen, doch ihm blieb keine Zeit dazu.

»Gehen wir«, sagte Dante.

Als die drei auf den Wagen zusteuerten, verließ der Polizist den Gehsteig, um die Straße zu überqueren. Noch hatte er sie nicht gesehen. Mitten auf der Straße wandte er den Kopf und entdeckte sie. Er blieb stehen. Jorge fuhr los. Der Polizist sah sie näher kommen und hob die Hand, um sie aufzuhalten.

»Gib Gas«, befahl Dante.

Sie hatten den Typen fast erreicht. Als er merkte, dass sie seinem Befehl nicht gehorchten, sprang er beiseite, um nicht überfahren zu werden. Trotzdem musste Jorge das Steuer herumreißen, um ihn nicht zu erwischen. Der

Wagen hatte bereits ziemlich Fahrt aufgenommen und geriet ein wenig außer Kontrolle. Ein Reifen stieß gegen die Bordsteinkante und stellte sich quer. Sofort lenkte er dagegen und gab erneut Gas. Es war eine Frage von Sekunden, doch sie genügten dem Polizisten, seine Waffe zu ziehen und sie in Anschlag zu bringen; er hielt sie mit beiden Händen und schoss. Der Wagen bog an der nächsten Kreuzung ab, und der Polizist rannte hinterher. Er sah einen Mann auftauchen und rief ihm zu: »Sag dem Revier Bescheid. Sie haben die Bank überfallen. Sag ihnen, sie sollen die Ausfahrten sperren. Ich glaube, ich habe einen Reifen erwischt.«

Er erreichte die Kreuzung und bog ebenfalls um die Ecke.

12

Sie kamen nicht weit. Ein Hinterreifen war platt, und sie mussten anhalten.

»Das Arschloch hat uns einen Reifen zerschossen«, sagte Ramiro.

»Wir brauchen einen anderen Wagen«, rief Dante.

Sie luden die Taschen aus und rannten zur nächsten Kreuzung. Um die Ecke parkte ein Chevrolet. Er war abgeschlossen. Jorge hob einen Pflasterstein auf und schlug damit die Seitenscheibe ein. Er öffnete die Tür, warf sich unter das Lenkrad und versuchte den Motor anzulassen. Die anderen standen wartend daneben. Sie befanden sich vor einem frisch gestrichenen Häuschen mit Vorgarten und einer Kletterrose an der Wand. Ein Fenster wurde geöffnet, und eine Frau tauchte auf.

»Was tun Sie da?«, bellte sie herrisch.

Dante trat zwei Schritte vor, zog die Pistole, zielte aber nicht auf sie. Er streckte lediglich den Arm aus und zeigte sie ihr, wie man in der offenen Handfläche eine Münze zeigt. Das genügte, damit die Frau eilig das Fenster schloss. Im Haus hörte man Rufe und den Riegel, der an der Eingangstür vorgeschoben wurde. Dante steckte die Waffe wieder weg und sagte: »Einer geht an die Kreuzung und sieht nach, ob sie uns gefolgt sind.«

Ramiro rannte los, blickte um die Ecke und sah den Polizisten, der sich auf der gegenüberliegenden Seite näherte. Er wich hinter die Hausecke zurück, als zwei Schüsse fielen. Ohne zu zielen, erwiderte Ramiro das

Feuer, um ihn aufzuhalten. Der Polizist ging hinter einem Laternenpfahl in Deckung.

»Wie viele sind es?«, fragte Dante.

»Bis jetzt nur einer«, antwortete Ramiro.

»Schnell«, sagte Dante, »in fünf Minuten ist die gesamte Polente da.«

»Ich krieg ihn nicht zum Laufen«, rief Jorge verzweifelt.

»Da kommt ein Wagen«, sagte Cucurucho.

Tatsächlich kam vom anderen Ende der Straße einer auf sie zu, und sie machten sich bereit, ihn anzuhalten. Doch der Fahrer musste irgendetwas geahnt haben, oder er wollte sowieso abbiegen, denn plötzlich verschwand der Wagen an der Kreuzung.

»Verdammte Scheiße«, stieß Ramiro hervor.

Dante trat zu Jorge, der sich noch immer an dem Wagen zu schaffen machte. »Klappt es?«

»Nein.«

Er wandte sich zu Ramiro. »Was ist?«

»Springt nicht an.«

Wieder zu Jorge. »Lass es. Wir suchen uns einen anderen.«

Er gab Ramiro ein Zeichen. »Verschwinden wir von hier.«

Sie rannten los und überquerten mehrere Straßen, während sie sich nach beiden Seiten umsahen. Sie entdeckten lediglich einen Lastwagen und ein Motorrad, das auf dem Gehsteig an einem Baum lehnte. Sie rannten einen Block weiter.

»Wo haben die in diesem Scheißort nur ihre Autos versteckt?«, fragte Ramiro.

Der Polizist hinter ihnen schoss erneut. In der Stille der

verlassenen Straße klangen die Schüsse wie Peitschenhiebe. Man hörte auch das dumpfe Geräusch eines Rollladens, der heruntergelassen wurde.

»Was machen wir?«, fragte Cucurucho. »Sie verfolgen uns.«

Ein Welpe hüpfte aus einer Tür, und eine Stimme rief nach ihm. Er folgte ihnen, sprang zwischen ihren Beinen herum und wollte spielen. Ramiro gab ihm einen Tritt, ohne ihn loszuwerden.

»Hau ab, Scheißköter«, schrie er ihn an.

Aber das Einzige, was er damit erreichte, war, dass der Hund sich für ihn entschied. Sie bogen um die Ecke, um aus dem Sichtfeld des Polizisten zu verschwinden. Drei Wagen parkten hintereinander. Alle drei waren abgeschlossen. Jorge hatte bereits eine Seitenscheibe eingeschlagen, als Dante sagte: »Da kommt einer.«

Es war ein grün glänzender Ford. Sie hielten ihn an, indem sie mit ihren Waffen auf ihn zielten. Der Alte am Steuer trat lediglich auf die Bremse. Sie mussten ihn herauszerren und an den Achseln stützen, weil er gelähmt war. Sie setzten ihn an der Bordsteinkante ab, stiegen ein und fuhren los. Der Hund rannte ein Stück hinter ihnen her, dann blieb er mitten auf der Straße stehen, bellte und wedelte mit dem Schwanz.

»Bieg an der nächsten Kreuzung ab, von dort kommen wir direkt auf die Landstraße«, befahl Dante.

Sie bogen auf die Hauptstraße ein. Keiner sagte etwas. Beinahe wären sie mit einem Pick-up, der von rechts kam, zusammengestoßen. Jorge gelang es, ihm auszuweichen, indem er das Lenkrad herumriss. Sie ließen das eng bebaute Ortszentrum hinter sich, und ungefähr auf Höhe der letzten Häuser sahen sie kurz vor dem Zementbogen zwei Fahrzeuge, die sich quer gestellt hatten und den Weg versperrten. Dahinter hatten sich ein paar Männer verschanzt. Sie konnten mehrere Uniformen erkennen, und Jorge bremste.

»Sie warten schon auf uns«, sagte Dante. »Hier kommen wir nicht durch. Wir fahren zum anderen Ortsausgang.«

Während sie wendeten, hörten sie Schüsse. Mit Vollgas brausten sie durchs Dorf.

»Sie folgen uns nicht«, sagte Cucurucho, der durch die Heckscheibe blickte.

Unterwegs wurden sie nicht aufgehalten. Sie fuhren vorbei am Club, an den Cafés, dem Platz, dem Saal, wo man die Hochzeit des verrückten Pedro gefeiert hatte, und fuhren hinunter zum Fluss. Hundert Meter vor der Brücke machte die Straße eine Kurve. Sie hatten sie kaum passiert, als sie einen Lastwagen sahen, der offenbar vorhatte, die Durchfahrt zu blockieren.

»Noch können wir vorbei«, sagte Dante.

Sie fuhren darauf zu. Der Lastwagenfahrer, der den Wagen bemerkt hatte, legte rasch den Rückwärtsgang ein und stieß quer in die Brückenauffahrt. Die Motorhaube des Ford hatte die Auffahrt bereits erreicht, doch musste der Wagen wegen des Manövers bremsen und wurde gegen die Zementbrüstung gedrängt. Beim Zurückstoßen riss ein Stück der vorderen Stoßstange ab, die sich am Heck des Lastwagens verkeilt hatte. Plötzlich tauchten an der Böschung, die zum Fluss abfiel, vier Männer auf und eröffneten das Feuer. Eine Scheibe zersprang.

»Bloß weg hier«, rief Dante.

Jorge stieß mit dem Wagen zurück, um aus dem Schussfeld zu kommen. Er versuchte zu wenden und geriet in den Straßengraben, es gab ein lautes Geräusch, und die vier wurden gegen die Decke geschleudert. Schließlich gelang es ihm, den Wagen zurück auf die Straße zu lenken. Da sahen sie, dass vor ihnen mitten auf der Fahrbahn ein Jeep aus der Kurve kam. Jorge gab Gas und fuhr direkt auf ihn zu. Im letzten Augenblick wich er nach links aus, wo zwischen zwei dornigen und blattlosen Buschreihen ein Sandweg entlangführte. Sie holperten darüber, zwischen umzäunten Feldern und vereinzelten Häusern hindurch, vorbei an Hunden, einem Reiter und dem Gegacker von Hühnern.

»Folgen sie uns?«, fragte Jorge.

»Weiß nicht«, erwiderte Dante. »Man kann nichts sehen bei dem Staub.«

»Gibt es noch eine Ausfahrt?«

»Nicht dass ich wüsste.«

»Wohin jetzt?«

»Fahr weiter.«

Cucurucho wischte sich mit der Hand übers Gesicht und zog sie weg; sie war blutverschmiert. Er sah sie an, als begriffe er nicht. Er wischte noch einmal darüber.

»Es ist nichts«, sagte Ramiro zu ihm, »nur ein Glassplitter.«

Zweimal bogen sie ab und fuhren ein gutes Stück von der Brücke entfernt auf den Fluss zu. Rechts und links der Uferstraße standen zwei Fahrzeuge. Sie bewegten sich nicht. Man konnte Menschen darin erkennen.

»Sie sind überall«, stellte Ramiro fest.

»Zurück«, befahl Dante, »hier kommen wir nicht weiter.«

Vorbei an kleinen Bauernhöfen fuhren sie zurück und kamen wieder auf eine befestigte Straße.

»Ich sehe niemanden«, sagte Dante, der zurückschaute. »Sie wollen vorerst wohl nur sichergehen, dass wir das Dorf nicht verlassen.«

»Und wenn wir es über die Hauptstraße noch einmal versuchen?«, fragte Ramiro. »Vielleicht können wir durchbrechen.«

Sie näherten sich der Ausfahrt, sahen aber schon von weitem, dass noch mehr Fahrzeuge und Leute da waren. Sie fuhren weiter. Wieder Sandwege, Gräben und verwitterte Mauern aus Lehm. Sie fuhren an einem Fußballfeld entlang, vorbei an einem Silo und sahen zwei schlafende Männer im Schatten von Bäumen.

Es schien, als wären sie allein, aber manchmal, wenn sie Kreuzungen passierten, bemerkten sie in den Parallelstraßen Autos, die sich in dieselbe Richtung bewegten.

Dann bogen sie in eine Gasse ein, wo alles zu enden schien. Dahinter konnte man eine Wiese, eine einzelne Kuh und das Glitzern der Sonne auf einem Teich sehen. Wieder wussten sie nicht weiter und drosselten die Geschwindigkeit. Dann, ohne dass sie hätten feststellen können, aus welcher Richtung, wurde wieder auf sie geschossen. Man versuchte es aus sicherer Entfernung. Durch die Büsche am Wegrand schaute stumm die Motorhaube eines Pick-up hervor. Vor ihnen hielt ein zweiter, der quer durch das Gelände gekommen war. Hinter ihnen tauchten langsam und ohne Eile mindestens drei weitere Fahrzeuge auf.

Sie machten, dass sie wegkamen, und was dann folgte, war eine lange und wilde Fahrt kreuz und quer durch den ganzen Ort. Gejagt von ihren bewaffneten Verfolgern und gefangen wie Käfer in einem Glas fuhren sie aufs Geratewohl hin und her und suchten nach dem rettenden

Schlupfloch, durch das sie aus diesem Labyrinth entwischen konnten.

Dante hatte aufgehört, Befehle zu erteilen, und sie schwiegen. In ihrem Fluchtfahrzeug schienen die vier Männer keine Identität zu besitzen, waren ein spannungsgeladener Haufen auf der Flucht und im Lärm und der Hitze dem Dorf und seinen tödlichen Straßen ausgesetzt. Ihnen blieb keine andere Möglichkeit, und sie taten mit dem Mut der Verzweiflung alles, um in Bewegung zu bleiben, den Wagen dahinfliegen zu spüren, die Hoffnung zu nähren, von dort fortzukommen, auf einen Horizont zu und nicht im Kreis zu fahren, wie sie es in Wirklichkeit taten.

Hin und wieder versuchte irgendein Heckenschütze sie zu erwischen. Sie wurden jetzt auch von Fenstern und Dächern aus beschossen. Der Wagen hatte mehrere Schüsse abbekommen. Die Windschutzscheibe war schon vor einer Weile zerborsten. Der einzige Verletzte war bisher Ramiro. Nichts Schwerwiegendes. Die Kugel hatte seinen linken Arm gestreift und eine kurze blutige Spur hinterlassen.

Die Verfolger nahmen sich Zeit. Sie schienen keine Eile zu haben. Etwas Unheilvolles lag in der Langsamkeit dieses Spiels um die Beute. Die Fahrzeuge bewegten sich mit einer nervösen Ruhe, ohne allzu viel Aufsehen zu erregen, warteten, zögerten, griffen an, zogen den Kreis enger. Verglichen mit dem vorhergehenden Nachmittag hatte sich die Szenerie nicht wesentlich verändert. Dieselbe Sonne, dieselbe Trägheit, derselbe leere Himmel, an dem sich alles aufzulösen schien. Eine Siesta wie jede andere im Sommer, bis auf die vereinzelten Schüsse und das Brummen des Fords der flüchtigen Bankräuber, der wie ein gefangenes wildes Tier aufbegehrte und sich rastlos hin und her bewegte.

Währenddessen tauchten die Dorfbewohner, die aus ihrem Schlummer gerissen worden waren, auf der Straße auf und gesellten sich nach und nach dem Reigen zu.

13

Eine halbe Stunde später war die gewohnte Ruhe von Bosque wie weggewischt. Es war, als wäre der Fluss in seinem engen Bett angeschwollen und hätte sich in einem reißenden Strom zwischen Häuser und über Straßen ergossen. Männer und Frauen erschienen in Türen und Fenstern, traten auf den Rasen hinaus, tauschten Fragen und Informationen aus, rüsteten sich, stachelten sich gegenseitig an und liefen geeint von derselben Euphorie mit glänzenden Augen und pochendem Blut Schulter an Schulter los. Die Musik und das Feuerwerk der vergangenen Nacht und die Hochzeit des verrückten Pedro schienen nichts dagegen zu sein.

Der Aufruhr erreichte sogar das Haus, das am Ende eines Zitronenhains hinter dem Elektrizitätswerk lag. Dorthin hatte sich Varini, der Anwalt mit der Hasenscharte, mit zwei Freunden zurückgezogen, einem Glatzkopf, der Buchhalter war, und einem dürren Kerl, der ein Schuhgeschäft besaß. Sie hatten das Fest im Morgengrauen verlassen und ein paar Flaschen und das Mädchen namens Beatriz mitgenommen, die sie durch eine Hintertür hinausschleusten, während zwei lärmende dicke Weiber den verrückten Pedro ablenkten. Sie waren mit Vollgas durch das Dorf gebraust, hatten es sich gemütlich gemacht und die Gaudi allein fortgesetzt, indem sie die falsche Braut bis weit in den Morgen hinein ordentlich rannahmen. Erst gegen Mittag waren sie ausgestreckt auf Betten und Sesseln schließlich eingeschlafen.

Sie wurden von einem Bekannten geweckt, der so lange auf die Klingel drückte, bis sie ihm aufmachten. Sie verfluchten ihn ein halbes Dutzend Mal, bis er sie schließlich dazu bringen konnte, ihm zuzuhören. Zuerst sahen sie ihn verständnislos an, doch langsam dämmerte ihnen, dass da draußen irgendetwas Ungewöhnliches vor sich ging und es ihre Pflicht war, dabei zu sein. Jedenfalls war der Überbringer der Nachricht zu aufgeregt, um sich klar auszudrücken, und sie zu verschlafen, um ihm folgen zu können. Nach ein paar Minuten Durcheinander übernahm der Anwalt das Kommando und brachte die anderen zum Schweigen.

»Das Ganze noch mal von vorn«, sagte Varini. »Wenn ich richtig verstanden habe, wurde die Bank überfallen.«

»Ja«, bestätigte der Bote.

»Wann?«

»Vor kurzem erst.«

»Haben sie das Geld bekommen?«

»Ja.«

»Sind sie weg?«

»Nein, sie konnten nicht abhauen.«

»Wo sind sie?«

»Sie fahren mit einem Auto durchs Dorf. Wir versuchen sie zu kriegen. Wir haben alle Ausfahrten gesperrt.«

»Wie viele sind es?«

»Vier.«

Die anderen drei sahen sich an.

»Gehen wir«, sagten sie.

Sie zogen sich an.

Die Einzige, die nichts mitbekam, war die Frau. Den Kopf von einem Laken verhüllt und den nackten Hintern rausgestreckt, schlief sie mit einem Kissen im Arm weiter.

Der Mann, der die Nachricht überbracht hatte, grüßte und rannte davon. Als der Anwalt und die beiden anderen in den Garten traten und die Hitze spürten, waren sie beinahe genauso betrunken wie zuvor, als sie sich hingelegt hatten. Bevor sie den Wagen starteten, nahmen sie einen Schluck aus einer Flasche, um munter zu werden, den Magen zu beruhigen und in Schwung zu kommen. Sie hörten mehrere Schüsse und fuhren zusammen.

»Da sind sie«, sagte der Anwalt, der sich umgesehen hatte.

»Beeilen wir uns«, meinte der Dürre.

»Zuerst müssen wir bei mir zu Hause vorbei«, sagte der Buchhalter.

Sie hielten ein paar Blocks weiter. Der Glatzkopf stieg aus, ging hinein und kam mit zwei Revolvern zurück. Hinter ihm tauchte eine Frau auf und rief: »Wo willst du mit den Waffen hin?«

»Jemand hat die Bank überfallen«, erwiderte er, ohne stehen zu bleiben. »Mach dir keine Sorgen.«

Noch ein Schluck aus der Flasche, und sie fuhren los, um sich mit derselben Euphorie wie die übrigen Bewohner dem Pulk anzuschließen.

Sie fuhren den Motorgeräuschen und Schüssen nach, und es dauerte nicht lange, bis sie im Zentrum des Geschehens waren. In diesem Moment führte die Verfolgungsfahrt nah am Bahnhof durch ein Viertel mit einfachen Häusern und Lehmwegen. In wenigen Minuten waren sie dort. Sie versuchten ein paar Informationen zu ergattern und riefen sich von Seitenfenster zu Seitenfenster etwas zu.

»Irgendjemand verletzt?«, fragte Anwalt Varini.

»Bisher nicht«, teilte man ihm mit, »aber seid vorsichtig, sie sind gefährlich.«

Der Buchhalter schwang den Revolver und schoss zweimal in die Luft. Sie tauchten in die Staubwolke der anderen Fahrzeuge ein, gaben Gas und versuchten nach vorne durchzustoßen. Sie gingen ins Rennen gegen einen Renault und ließen Funken sprühen, provozierten brenzlige Situationen, indem sie bremsten und auswichen, bis sie ihn in einer Kurve schnitten und mit den Vorderrädern in den Straßengraben drängten. Auf der Suche nach einem neuen Gegner entfernten sie sich unter Jubelgeschrei und mit winkenden Armen. Den Wagen der Bankräuber hatten sie noch nicht entdeckt, aber sie wussten, dass er ganz in ihrer Nähe sein musste, weiter vorn, wo er von Bremsmanövern und durchdrehenden Reifen in Staub gehüllt war. Der Buchhalter schoss noch einmal.

»*Wir* müssen sie kriegen«, sagte der Anwalt aufgeregt.

Währenddessen taten die Flüchtigen das Einzige, was ihnen übrig blieb: sie fuhren weiter. Auch wenn sich der Kreis um sie immer enger schloss, hatte es noch niemand gewagt, ihnen den Weg abzuschneiden. Die anderen beschränkten sich darauf, sie zu verfolgen und von weitem auf sie zu schießen, sie bis zur Erschöpfung zu hetzen, wie man es bei der Treibjagd mit einem Tier tat. Bis sie in eine Einbahnstraße fuhren; sie bremsten vor einem umgefallenen Gitterzaun und einer Gruppe Nopalbäume. Hektisch versuchte Jorge zu wenden, doch an der Kreuzung versperrte man ihnen bereits den Weg. Zwei Fahrzeuge hatten sich im Abstand von wenigen Metern mit der Motorhaube zueinander aufgestellt. Dahinter rannten Leute hin und her. Ein paar Minuten maßen sich die beiden Gruppen über dieses Niemandsland hinweg, wo sich der Staub nicht setzen wollte. In dem grünen Ford wurde kein Wort gesprochen. Eine Wolke gelber Schmetterlinge tauchte hinter den Verfolgern auf, schwebte die Straße entlang und verschwand hinter den Nopalbäumen. Nicht weit entfernt erklang der Pfiff einer Lokomotive, und über beiden Gruppen hallte der Himmel wie ein Amboss wider. Dann konnte man das endlose und laute Rattern eines Güterzugs vernehmen. Zwischen beiden Seiten ergab sich so etwas wie ein unausgesprochener Waffenstillstand. Ein zweiter kurzer Pfiff beendete die Zäsur. Stille breitete sich aus, und sie war größer als zuvor. Die Unterbrechung gab der Szenerie etwas Unwirkliches.

»Und nun?«, fragte Jorge.

Dante strich sich mit der Hand über das verschwitzte Gesicht. Cucurucho sah ihn an. Ramiro und Jorge ebenfalls. Sie warteten. Dante wischte sich erneut den Schweiß ab.

»Fahr direkt auf die Lücke zu«, sagte er.

»Glaubst du, wir passen durch?«

»Ja.«

Jorge machte sich bereit. Er gab Gas.

»Ich komme«, murmelte er. »Haltet euch fest.«

Bereit zum Angriff, beschleunigte der Ford und raste in eine Staubwolke gehüllt über die Piste.

Als er sich zwischen die beiden Autos quetschte, hörte man Blech kreischen, Schreie und einen Schuss.

»Olé«, presste Ramiro hasserfüllt zwischen zusammengebissenen Zähnen hervor.

Sie schossen die leere Straße entlang, während sich hinter ihnen alles wieder in Bewegung setzte. Doch sie kamen nicht weit. Der Wagen blieb liegen und wollte nicht mehr anspringen. Sie ließen ihn zurück und rannten zu Fuß weiter. An der nächsten Kreuzung bogen sie ab, rannten an einer Ligusterhecke entlang, bis sie den Eingang fanden, und schlüpften hinein. Sie durchquerten einen Garten, liefen um das Haus herum und blieben auf der Rückseite stehen. Die vier keuchten. Cucurucho setzte sich auf eine Kiste und berührte seine Wange.

»Ohne Auto sind wir geliefert«, sagte Jorge.

Wieder war Dantes kämpferische Stimme zu vernehmen. »Noch haben sie uns nicht erwischt.«

Draußen rannten Leute die Straße auf und ab. Ein Mann war an einem Fenster aufgetaucht und rief Anwalt Varini etwas zu. »Sie sind in Ihrem Haus, Doktor.«

Die vier hörten den Lärm und den Hinweis und wussten, dass man sie entdeckt hatte. Im Türrahmen tauchte eine Gestalt auf. Ramiro sah sie als Erster und hob seine Waffe. Die Frau begann hysterisch zu schreien.

»Wir verschwinden durch den Hinterausgang«, sagte Dante.

Die auf der Straße hörten den Schrei ebenfalls.

»Das ist meine Frau«, sagte Anwalt Varini.

Alle wollten hineinstürmen.

»Vorsicht«, rief jemand, »bleibt in Deckung.«

»Umstellt das Haus«, befahl ein anderer.

Sie wollten sich gerade verteilen, als zwei junge Burschen auf einem Motorrad an der Ecke auftauchten und mitteilten: »Sie sind durch den Hinterausgang raus, alle vier.«

Die Leute rannten zu ihren Wagen zurück.

»Geht schon«, sagte Anwalt Varini zu seinen beiden Begleitern. »Ich sehe nach dem Rechten und komme dann nach.«

»Ich begleite dich«, sagte der Buchhalter.

»Nicht nötig. Geht schon, lasst sie nicht entkommen, wir müssen sie kriegen.«

Er durchquerte den Garten und trat ins Haus. Die Frau stand mitten im Wohnzimmer, blass und sichtbar wütend. Sie war dünn und hatte ein kränkliches Aussehen, und man sah auf den ersten Blick, dass sie mindestens zehn Jahre älter war als er.

»Was ist los?«, fragte sie. »Was hat dieser Krawall zu bedeuten? Gerade waren da draußen ein paar Typen an der Küchentür, sie waren bewaffnet.«

Der Anwalt antwortete nicht.

»In diesem Haus kann einem alles Mögliche passieren«, fuhr sie fort. »Wo warst du heute Nacht? Bestimmt hast du dich mit deinen nichtsnutzigen Freunden betrunken, und bestimmt hattet ihr eine Nutte dabei. Aber das war das letzte Mal.«

Ohne sie anzuschauen, näherte sich der Mann mit wenigen Schritten einer Wand, die mit Waffen dekoriert war. Er nahm einen langen Dolch herunter, trat vor seine Frau hin und stieß ihn ihr in den Bauch. Sie krümmte sich zusammen und fiel zu Boden. Dann schubste er sie mit dem Fuß, damit sie auf den Rücken rollte, und stieß ihr den Dolch zweimal in die Brust, wobei er versuchte, das Herz zu treffen. Dabei wiederholte er mehrmals: »Verreck endlich.«

Dann rannte er hinaus auf die Straße und schrie, sie hätten seine Frau ermordet.

14

Ein junger Sperber, der vergangenes Frühjahr geboren worden war und sein Nest auf der anderen Uferseite hatte, hob, aufgeschreckt von den nahen Schüssen, ab und schwebte durch den Nachmittag, erkannte unter sich das Wasser und die Ufer, umrundete den Eukalyptushügel, überflog Häuser, Straßen und Menschen, die zu Fuß oder in Fahrzeugen aller Art ein Chaos bildeten, dessen Lärm gedämpft und doch klar bis dorthin drang, wo der Vogel langsam seine weiten Kreise zog, höher und immer höher stieg, bis sämtliche Geräusche verschwanden und nur noch der Sperber in der knisternden Sonne übrig blieb, erhaben und teilnahmslos, umhüllt und getragen vom Licht, während das Dorf zu einer geometrischen Fläche zusammenschrumpfte, umgeben vom dunklen Flusslauf und eingebettet zwischen Äckern und ausgedehnten Viehweiden, die von reglosen Tieren gesprenkelt waren. Dann stieg der Sperber noch höher, bis er eine Zone erreichte, wo nur noch er und das Licht existierten, und die Ebene unten wurde zu einer unregelmäßigen Fläche, zu einem Gewirr von Flecken und Farben, die ineinander übergingen, sich voneinander abhoben und sich bis zum weiten Bogen des Horizonts ausdehnten, wo sich die Helligkeit, die von der Erde aufstieg, mit der Helligkeit, die sich von oben herabsenkte, mischte. So sah es von weit oben gesehen in östlicher Richtung aus, wo sich zum Horizont hin die Landschaft aus den ihr vorgelagerten Unreinheiten löste und sich ein geschwungener

Fächer entfaltete, eine riesige Leinwand, eine Wüste oder ein Salzsee, wo an der Oberfläche kleine, braune, bläuliche und grünliche Felder hervorstachen, die ebenfalls in einem Grenzgraben verschwanden, wo ein drohender Schatten wogte und das Aufeinandertreffen zweier Elemente erahnen ließ. Auch im Norden begann ein reines Meer, das sich mühsam von einer zerklüfteten Küste löste, ein Zerfließen sanfter Farben, deren schimmernde Töne von zartem Violett bis Gelb reichten, die wie vom Atem eines großen schlafenden Tiers unter freiem Himmel hervorgerufen wurden und an dessen Fell, das sich hob und senkte, leise Wellen schlugen. Auf der anderen Seite befand sich, angeordnet wie ein Stoßtrupp, eine Lawinenwand, und dahinter strömten fliehende Truppen auf eine neutrale Zone zu, wo das Weiß reines Weiß war und von der Öffnung eines Trichters verschluckt wurde, der sich in Richtung Westen schob. Und im Süden eine undurchdringliche Zone, wabernder Dunst, von Eruptionen erschütterte, steil aufragende Berge, die sich in einer unregelmäßigen Reihe fortsetzten bis dahin, wo alles zu Wasser oder Metall zu werden schien, bis auf eine Mulde rechter Hand, in der umgeben von einer unerklärlichen Dunkelheit ein roter Schimmer pulste, eine blutende und tiefe Wunde, ein kristallenes Feuer in der Pracht des Tages. Und im Zentrum dieser Weite, direkt unter dem Sperber, unter dem klar umrissenen Zeichen seines wie ein Kreuz am Himmel gespreizten Körpers, das Dorf, das Wenige, was in dieser Höhe von ihm blieb, nur noch ein Fleck, eine dünne Spur in der Bewegung und dem Licht, wo alles aufschien und wieder verschwand, wo außer der Vereinigung von Himmel und Erde nichts existierte.

15

Im Laufschritt überquerten die vier Männer die Straße und rannten über ein Feld, das sich auf der gegenüberliegenden Seite erstreckte, sprangen über eine Mauer, durchquerten einen Innenhof, in dem Wäsche hing, scheuchten eine schlafende Katze auf und verbargen sich schließlich im Schatten einer Baustelle. Die Kühle des halbfertigen Gebäudes verschaffte ihnen für einen Moment Linderung. Sie lehnten sich an die unverputzten Wände und ruhten aus. Sie sprachen nicht. Vor sich hatten sie noch eine staubige Straße und die Sonne. Und dahinter noch mehr Häuser, Felder, Gärten, Höfe und die Menschen, die hinter ihnen her waren, und ganz am Ende dieser endlosen Stunden, im hintersten Winkel ihrer Vorstellungskraft war, wie ein winziger Hoffnungsschimmer, die schützende Nacht. Und irgendwo die Erinnerung an den Fluss und die Felder, die sich dahinter erstreckten.

»Hier können wir nicht bleiben«, sagte Dante, »wir müssen weiter.«

»Wohin denn?«, fragte Cucurucho.

Gleichmütig antwortete Dante: »Ich weiß nicht wohin. Wir müssen einfach weiter.«

Er überquerte die Straße als Erster. Sie sahen, wie er die andere Seite erreichte und sich über eine niedrige Mauer warf. Sie warteten. Nichts geschah. Er machte ihnen Zeichen. Auch Ramiro und Jorge schafften es auf die andere Seite. Doch Cucurucho, der unentschlossen und erschöpft war, ließ sich ein wenig Zeit, und als er schließlich den Kopf herausstreckte, sah er einen Jeep mit zwei Polizisten, der in diesem Moment in die Straße einbog. Er wich zurück und versteckte sich hinter aufgeschüttetem Sand. Er hörte, wie der Jeep vorbeifuhr. Er vernahm Stimmen, und jemand rief: »Da sind sie.«

Er wusste, dass er jetzt allein war, und er bekam Panik. Doch er begriff auch, dass sie ihn eine Zeit lang nicht suchen würden. Jedenfalls so lange nicht, wie sie nicht merkten, dass sich die Gruppe geteilt hatte. Er dachte, dass er die Gelegenheit nutzen müsste, um ein Versteck zu finden. Er sah sich um und war entmutigt. Außerhalb der Wände mit ihren Öffnungen, die noch keine Türen und Fenster hatten, sah er nur das erbarmungslose Licht. Er träumte von einem kühlen Loch in der Erde, irgendwo, weit weg von allem. Er stellte sich vor, wie er dort zusammengekauert säße, wie ein vergessenes Tier, und die Idee gab ihm neuen Mut.

Stimmen, die jetzt so nah waren, als befänden sie sich im Haus, rissen ihn aus seinen Träumereien. Dann entstand eine lange Stille, und Cucurucho redete sich ein, dass die Typen bestimmt auf der anderen Seite des Sandbergs standen und warteten. Er meinte Schritte zu hören, schleichende Bewegungen und ein Flüstern. »Sie haben mich entdeckt«, dachte er. Er hielt es nicht länger aus, richtete sich auf und trat vor. Da war niemand. Er konnte es kaum glauben und rührte sich nicht von der Stelle, so dass ihn jeder hätte sehen können, der die Straße entlangkam. Irgendwo erschallte auf einmal ein Hupkonzert; bestimmt ein Zeichen dafür, dass sie die Flüchtenden wieder entdeckt hatten. Cucurucho warf sich zu Boden. »Sie haben sie eingekreist«, dachte er. Auf Ellbogen wich er zurück, doch konnte er sich nicht entschließen, von dort zu verschwinden. Er sagte sich: »Ich muss gehen, sie können jeden Augenblick kommen.« Sich wieder der Sonne auszusetzen, war nicht sehr verlockend. Schließlich verließ er den überdachten Teil und kroch zwischen Ziegelsteinen und Bohlen entlang, unter einem Zaun hindurch und befand sich auf einem kleinen Feld mit Beeten.

Das Hupen entfernte sich. Zwei Schüsse erklangen. Drei. Cucurucho legte die Stirn auf den Unterarm und schloss die Augen. Er ruhte sich aus. Er lag zwischen zwei Reihen Tomatenpflanzen. Er kroch weiter in der den Schüssen entgegengesetzten Richtung. Er stieß gegen einen Zaun und hob den Kopf. Er sah nichts als verdorrtes Gras und an der einen Seite einen Müllberg. Er sah sich kurz um und sprang, ruhte kurz aus, raffte sich erneut auf und rannte geduckt zum anderen Feldrand. Er erreichte eine Reihe Büsche; dahinter war die Straße. Er spähte durch die Zweige und sah nur trockene Erde.

Da hörte er neben sich eine Stimme, die sagte: »Komm.«

Er blickte sich um und sah unter einem Feigenbaum einen weißhaarigen, bärtigen Alten. Er stand in einer merkwürdigen Haltung da, die Füße dicht nebeneinander und den Oberkörper schräg nach vorn geneigt. Das Muster aus Licht und Schatten, das die Gestalt überzog, war wie eine Tarnung. Cucurucho versuchte Gesicht und Augen zu erkennen.

»Komm, komm«, wiederholte der Alte mit dünner, ungeduldiger Stimme. In dem ganzen Wahnsinn des Tages kam Cucurucho das Ganze für einen kurzen Moment wie ein schlechter Traum vor. Der Alte hatte sich nicht vom Fleck gerührt. Er konnte ihn jetzt besser erkennen und entdeckte das künstliche, zahnlose Lächeln, die schmale Nase und die beiden Augenschlitze.

»Komm«, insistierte er.

Ohne genau zu wissen, warum, und angestoßen von der Unwirklichkeit und dem Bedürfnis nach Hilfe irgendeiner Art, machte Cucurucho ein paar Schritte auf ihn zu, blieb stehen, machte noch ein paar Schritte und näherte sich ihm bis auf wenige Meter. Cucurucho schossen Fragen durch den Kopf, doch brachte er keine einzige über die Lippen. Er hätte gerne irgendein Gespräch angefangen, weil er spürte, dass das eine Zuflucht, eine Pause bedeutet hätte. Er dachte an Sätze, die er nicht zu formulieren imstande war. So blöde Sätze wie »Guten Tag. Wer sind Sie? Wie heißen Sie? Wo wohnen Sie?« Schließlich flüsterte er verwirrt: »Ich brauche Hilfe.«

Aber so leise, dass man es unmöglich hören konnte. Seine eigene Stimme zu hören, rührte ihn so, dass es ihm die Kehle zuschnürte. Er dachte: »Ich bin verloren.«

»Komm.«

Er machte noch einen Schritt. Erst da bemerkte er, dass der Alte die rechte Hand hinter seinem Rücken versteckte. Augenblicklich war er alarmiert. Doch er hatte keine Zeit, darüber nachzudenken, denn der Arm bewegte sich und brachte eine Waffe zum Vorschein.

Cucurucho sah die Mündung des Laufs vor seinem Gesicht und erstarrte. Überraschung und Verwirrung waren so groß, dass er nicht einmal die Kraft gehabt hätte, sich auf den Boden fallen zu lassen. Sekundenlang konnte er die Augen nicht von diesem anderen Auge abwenden, das auf seinen Mund zielte. Er nahm den Alten und alles, was ihn umgab, nicht mehr wahr, doch hatte er genügend Zeit, um die Sonnenglut auf seinen Schläfen zu spüren, das Summen eines Insekts, das um seinen Kopf schwirrte, und einen dicken Schweißtropfen, der ihm am Nasenflügel herunterlief und am Rand seiner Oberlippe hängen blieb. Er spürte ebenfalls, dass er mit einem Bein nicht fest auf dem Boden stand und auf etwas Beweglichem, einem Ziegelstein oder einem Schuttbrocken, wackelte. Das nahm er wahr und noch mehr: den Tag mit seiner drückenden Hitze und die Stille, die auf seinen Schultern lastete. Und nicht nur den Tag, sondern seine eigene Geschichte, die ihn niederdrückte und ihn in diesen Brunnen ohne Grund stieß. Diese kleine schwarze Öffnung umfasste sein ganzes Leben.

»Bumm«, sagte der Alte.

Dann ließ er den Arm sinken.

Erst da sah Cucurucho die Waffe, einen alten verrosteten Revolver, der offensichtlich unbrauchbar war. Er suchte den Blick des Alten und entdeckte einen umnachteten und leeren Glanz. Das Gesicht lächelte noch immer, überschattet von einer gewissen Enttäuschung. Nach dieser Handlung, nach diesem »Bumm« schien er erstarrt zu sein. Er war wieder zu seiner seltsamen Verbeugung zurückgekehrt und erinnerte an eine Vogelscheuche, die man in den Schatten gestellt hatte.

Als Cucurucho nicht mehr von der Waffe bedroht wurde, musste er feststellen, dass sich nichts gebessert hatte. Ganz im Gegenteil. Zu der Flucht, den Schüssen, der Gewalt und der Angst kam nun dieses Grundstück mit seinem Feigenbaum und dem verrückten Alten hinzu. Erschöpft wich er zurück, ohne ihm den Rücken zuzuwenden. Er erreichte wieder die Büsche und schaute zwischen den Zweigen hindurch auf die andere Seite; niemand da. Hinter sich hörte er mehrere Schüsse. Das gab ihm den entscheidenden Ruck. Er sprang. Aus irgendwelchen Gründen kam ihm die Baumgruppe, die er rechter Hand in der Ferne sah, vielversprechender vor als das Gelände auf der anderen Seite. Er rannte in die Richtung. Ein paar Blocks schaffte er ohne Zwischenfälle. Doch bevor er die nächste Kreuzung erreichte, hörte er ein Motorengeräusch näher kommen. Neben ihm war eine Tür. Er stieß sie auf und schlüpfte hinein.

16

Dante, Ramiro und Jorge hatten sich hinter einer Mauer versteckt. Gegenüber war ein altes Haus, das verlassen zu sein schien und in dessen Innenhof ein Wassertank vor sich hin rostete.

»Und Cucurucho?«, fragte Jorge tonlos.

»Wir haben ihn verloren«, sagte Dante, »er hat es nicht über die Straße geschafft.«

»Ob sie ihn erwischt haben?«

Keiner antwortete. Dante schlich an der Mauer entlang, kletterte hinauf und sah nichts als Häuser und die Sonne. Er kehrte zurück. »Auf dieser Seite ist niemand.«

»Sie müssen dort sein«, meinte Ramiro und zeigte zu der anderen Kreuzung. »Seit wir zurückgeschossen haben, sind sie etwas vorsichtiger.«

»Was machen wir?«, fragte Jorge. »Versuchen wir ein anderes Auto zu kriegen?«

»Das wird uns nicht viel nützen.«

»Wenn wir es bis zum Einbruch der Dunkelheit schaffen, wird es leichter sein.«

Jetzt warf Ramiro einen Blick über die Mauer. »Die scheinen sich ein wenig beruhigt zu haben.«

»Bestimmt hecken sie irgendetwas aus«, meinte Jorge.

»Eines Tages werde ich in dieses Dorf zurückkommen«, sagte Ramiro.

»Wozu?«

»Ich werde herumlaufen und es mit den Augen eines Touristen sehen.«

Dante sagte: »Vielleicht sollten wir uns trennen.«

Stumm sahen sie sich an.

»Geht«, sagte Ramiro schließlich, »ich bleibe noch eine Weile.«

»Wieso du?«, widersprach Dante.

»Das ist nicht der richtige Moment für Höflichkeiten. Haut schon ab«, sagte Ramiro bestimmt und drehte ihnen den Rücken zu.

Von der Kreuzung aus wurde geschossen. Ramiro beugte sich vor und erwiderte das Feuer.

Er ging wieder in Deckung. »Sie kommen, beeilt euch. Danach verschwinde ich.«

Die beiden anderen zögerten.

»Worauf wartet ihr?«, fragte Ramiro.

Dante und Jorge gaben sich einen Ruck. Bevor sie gingen, klopften sie ihm auf die Schulter.

»Viel Glück«, sagte Jorge.

Sie rannten davon, während Ramiro die Deckung verließ und mehrere Schüsse abgab. Er ging wieder in Deckung, wartete ein paar Minuten, schoss und lief dann in entgegengesetzter Richtung seinen Kameraden hinterher. Er rannte ein Stück und sah sich um, verwundert darüber, dass niemand hinter ihm auftauchte. Er stolperte, fiel hin und fluchte stumm. Er stellte fest, dass er am Zaun eines Parks entlangging. Er kletterte hinüber, doch als er sich auf der anderen Seite herunterlassen wollte, verhedderte er sich mit einem Hosenbein an einem der hochragenden Stäbe und blieb hängen. Wieder begann er zu schimpfen und verfluchte sich selbst, diesmal mit lauter Stimme. Er zerriss den Stoff und sprang. Er hielt Ausschau nach einem schützenden Ort zwischen den Bäumen, warf sich zwischen ein paar Beete und lugte dahinter hervor: alles ruhig. Auf allen vieren kroch er rückwärts, bis ihn die Pflanzen vor der Straße schützten.

Er schöpfte Atem und zog das Taschentuch fest, mit dem er sich den Arm verbunden hatte. Dann bog er auf einen Pfad zwischen zwei hohen Ligusterreihen ein. Er bewegte sich vorsichtig und mit gespitzten Ohren, während er sich fragte, wo er war. Er kam in einen gepflasterten Hof, wo stumm ungefähr fünfzehn Mädchen und zwei Nonnen umhergingen. Er wollte zurück, doch es war zu spät.

Als sie ihn mit der Pistole in der Hand entdeckten, gab es einen allgemeinen Aufruhr, erstickte Schreie, Gemurmel und dann wieder Stille. Die Nonnen traten einen Schritt vor und breiteten die Arme aus, wie um die Mädchen, die sich hinter ihnen zusammengeschart hatten, zu beschützen.

»Wer sind Sie? Was wollen Sie?«

Die Nonne, die gesprochen hatte, war eine stattliche Frau in den Fünfzigern, über einen Meter achtzig groß. Die andere hingegen war jung, ein dickes, blasses Ding mit einer Brille. Sie wirkte verängstigt, und ihre Hände zitterten.

»Geht hinein, schnell«, befahl die Riesin, ohne ihn aus den Augen zu lassen.

Zögernd setzten sich die Mädchen in Bewegung. Hinter ihnen zwischen den Zweigen konnte man die Mauern eines weißen Gebäudes sehen.

»Stillgestanden!«, befahl Ramiro.

Seine Stimme musste sehr bestimmt geklungen haben, denn sie gehorchten.

»Rein mit euch, schnell«, rief die Nonne.

Die Mädchen in ihren Schuluniformen versuchten erneut, wegzukommen. Und wieder befahl Ramiro: »Stehen bleiben!«

Er trat einen Schritt vor. Die Köpfe der jungen Mädchen wichen zurück, wie Blumen, die im Wind wehen. Das amüsierte ihn, und er fand langsam Gefallen an der Situation. Er machte noch einen Schritt, und die Nonnen breiteten weit ihre Arme aus. Die Unterwürfigkeit der einen und die Furcht der anderen führten Ramiro seine Macht vor Augen. Er trat noch näher auf sie zu. In diesem Hof, wo er Herr der Lage und einziger Mann diesen jungen Gesichtern gegenüber war, vergaß er alles andere.

Noch ein Schritt, langsam diesmal, zögernd, theatralisch. Er hatte Freude an seinen Bewegungen und ging nun im Kreis, um den Mädchen den Rückweg abzuschneiden. Er steckte die Pistole in den Hosenbund und verschränkte die Arme. So stand er da und genoss die Situation.

»Gehen Sie«, rief die stattliche Nonne.

Sie bekreuzigte sich, nahm all ihren Mut zusammen und trat ihm entgegen. Ramiro taxierte ihren Körper und schätzte, dass es nicht einfach sein würde, sie im offenen Kampf zu besiegen. Er sagte sich, dass er sie nicht aus den Augen lassen und die Möglichkeit eines Angriffs nicht unterschätzen dürfe. »Wenn sie mich zu fassen kriegt, zerquetscht sie mich«, dachte er.

»Gehen Sie«, wiederholte sie, »verlassen Sie diesen Ort.«

Sie umklammerte das Kruzifix, das sie um den Hals trug, und hob es auf Augenhöhe, als stünde sie vor einem Vampir. Die kleine Kurzsichtige tat es ihr gleich und richtete ebenfalls ihr Kruzifix auf ihn. Auch wenn sie sich nicht näher herantrauten, kreischten sie so ermutigt im Chor: »Gehen Sie, weg hier.«

Ramiro fand die Konfrontation mit den beiden Nonnen immer unterhaltsamer, und er hätte sich gerne ganz darauf eingelassen, wären da nicht die jungen Mädchen gewesen. In Wirklichkeit sah er nur die fünfzehn Augenpaare, die ihn, ängstlich und erregt zugleich, ansahen. Besonders eine Sommersprossige mit Rehaugen, die er gerade entdeckt hatte, schien ihn amüsiert und provozierend anzuschauen.

Da begann er im Kreis zu gehen, langsam, kerzengerade und majestätisch, versuchte sich größer zu machen, als er war, und setzte ein boshaftes Lächeln auf. Die Mädchen, die dicht gedrängt in der Hofmitte standen, drehten sich, seinen Bewegungen folgend, im Kreis, so dass sie ihm stets das Gesicht zuwandten. Hin und wieder blieb Ramiro stehen, und die Gruppe ebenfalls. Wenn er den Schritt beschleunigte, beschleunigten sie ihren. Auch die beiden Ordensfrauen drehten sich mit und standen die ganze Zeit mit ausgestrecktem Arm und erhobenem Kruzifix dazwischen.

»Gehen Sie. Was wollen Sie?«, rief die Riesin noch einmal.

»Gehen Sie«, rief die Kleine.

Ramiro fühlte sich pudelwohl. Er blieb stehen, suchte nach den Rehaugen und legte sich für sie ins Zeug. Er schnalzte mit den Fingern und tanzte einen Volkstanz. Er war nicht besonders geschickt darin, doch er strengte sich an, um eine gute Figur zu machen. Entgeistert und alarmierter als zuvor sahen die Nonnen ihm dabei zu. Die jungen Mädchen hingegen, ein paar wenigstens, entspannten sich und schienen an dem Schauspiel Spaß zu haben. Ramiro meinte hier und da ein Lächeln zu entdecken und konnte sehen, dass die Sommersprossige ein paar Sätze mit einer Mitschülerin wechselte. Das ermunterte ihn, und er versuchte, seine Vorführung noch zu verbessern. Er tanzte weiter, stampfte mit den Füßen auf und klatschte in die Hände. Schließlich blieb er stehen und machte eine lange Pause, um die Anspannung in den Blicken zu genießen, den Umstand, dass sie seiner Willkür ausgeliefert waren.

»Ich rufe die Polizei«, kreischte die Nonne in einem letzten Versuch, ihn zu vertreiben.

Ramiro machte eine beruhigende Geste und sagte: »Ich bin noch nicht zu Ende.« Dann verkündete er: »Ich wollte Ihnen eine Ansprache halten.«

»Keine Ansprache«, sagte die Riesin, »Sie dürfen gar nicht hier sein.«

Ramiro kreiste wieder um die Gruppe. Er zog die Sache in die Länge, kostete sie aus. Dann wandte er sich den Mädchen zu und fragte sie, ob sie wüssten, was Liebe sei. Er sah den erschrockenen Ausdruck in den Gesichtern der Nonnen und genoss die erwartungsvolle Haltung der jungen Mädchen. Er suchte nach den Rehaugen und wurde nicht enttäuscht. Er wurde immer zufriedener mit sich selbst.

»Ich versuche es zu erklären«, sagte er mit erhobener Stimme.

»Nein«, rief die Nonne, »gehen Sie weg, Sie Unhold.«

Ramiro nahm die Beleidigung mit einer Verneigung entgegen. Er steigerte die Spannung noch, begann langsam zu sprechen, bedächtig und weitschweifig. Doch je länger er redete, umso mehr berauschte er sich an seinen eigenen Worten. In immer größere Erregung versetzt, ließ er die jungen Gesichter mit ihren glänzenden Augen und halb geöffneten Mündern, aus denen die Furcht endgültig verschwunden war und etwas anderem Platz gemacht hatte, nicht aus den Augen. Ramiro meinte die Signale zu erkennen und wiegte sich in der Gewissheit, auf dem richtigen Weg zu sein. Er war doppelt fasziniert, einmal von der Rolle, die er spielte, und von dem Schauspiel, das ihm die aufmerksamen Blicke boten. Vor allem sah er immer wieder zu der Sommersprossigen hin; sie war es, die ihm Sicherheit gab und ihn inspirierte.

Es war eine lange, feurige Ansprache über die Liebe, das Erhabene der Liebe und vor allem die körperliche Lust, den Körper der Frau und den Körper des Mannes, wie sie sich gegenseitig anzogen und liebten und sich gebrauchten und einen großen Auftrag der Natur erfüllten, die große Begegnung, die große Botschaft, die große Arterhaltung, der große Akt, der würdevollste von allen, der großartigste, der ehrenhafteste, der Kampf der Körper, die absolute Hingabe und das Ruhen der Körper, die Haut, die Mittlerin war, die Körper, hingerissen von ihrer eigenen Schönheit, erregt von ihrer Perfektion, bezaubert von dem großen Mysterium ihrer Kraft, von dieser enormen und triumphalen Bedeutung des Lebens und der Jugend, dem nicht zu stillenden Hunger der Körper, dem Aufeinanderprallen der Körper, dem Ritual der Körper, der stolzen, gefälligen, ihrer Macht so dankbaren Körper, ihrer Wärme, ihrer Freiheit, ihrer Sanftheit, ihrer Würde bewusst, das einzigartige Fest der Verschmelzung, der Respekt und das absolute Fehlen von Respekt eines nackten Körpers gegenüber einem anderen nackten Körper, der Kampf der Geschlechter, die sich fortwährend gegenseitig herausforderten, gegenseitig provozierten, neu verbündeten, sich brauchten, sich befriedigten, die unerschöpfliche Energie des Körpers, der sich auf die Suche machte nach seinem Gegenstück, seiner Ergänzung, die Empfindsamkeit der Liebenden, die Körper, die keiner Worte bedurften, diese große Stille, in der eine kleine Stille nichts bedeutete, das große Abenteuer der Liebe, die große Herausforderung der Liebe, die sich dem Tod entgegenstellte, die große Stimme der Körper, die Sprache der Welt. Und so weiter.

»Hört nicht hin, hört nicht hin, haltet euch die Ohren zu«, kreischte die Nonne verzweifelt.

Ein paar der Mädchen gehorchten scheinbar, doch offensichtlich taten sie nur so.

»Verschwindet, geht, lauft«, flehte die Nonne.

Und sie versuchte, sie in Richtung Gebäude zu treiben. Aber das war nicht so einfach. Erstens, weil sie nicht besonders kooperationsbereit waren. Kaum dass sie aufhörte, die einen vor sich herzuschubsen, um sich ein paar anderen zuzuwenden, blieben diese stehen. Zweitens, weil Ramiro, während er redete, die ganze Zeit auf und ab schritt und ihnen so den Weg versperrte und sie zwang, zurückzuweichen.

Schließlich verließ die Riesin die Gruppe wütend und im Laufschritt. Es war kaum zu fassen, dass sie sich bei ihrer Größe so flink bewegen konnte. Sie verschwand zwischen den Bäumen und kehrte mit einem großen Stock zurück. Sie baute sich vor Ramiro auf und drohte ihm. Die Mädchen und die andere Nonne wichen seitlich zurück. Sie holte zu ein paar Schlägen aus, denen Ramiro mühelos auswich. Dann ging die Riesin entschlossen zum Angriff über und vollführte einen Schlag von oben nach unten, mit dem sie einer Kuh das Genick gebrochen hätte.

Sie stürmte mehrmals auf ihn los, ohne ihn zu erwischen. Sie schnaufte und ließ ihm keine Ruhe, holte zu einem neuen Schlag aus, diesmal horizontal. Der eigene Schwung brachte die Riesin ins Wanken, und unbeholfen und mit vorgerecktem Kinn blieb sie schließlich stehen. Ramiro nutzte die Gelegenheit, machte einen Schritt und verpasste ihr eine Gerade aufs Kinn. Es war ein dumpfer, fester Schlag, vielleicht nicht besonders gewalttätig, aber er genügte, damit sie sich auf den Hintern setzte.

»Sie haben es so gewollt, Schwester«, sagte er.

Dann zog er sich an den Rand des Innenhofs zurück. Von dort aus warf er in einer letzten Geste und auf dieselbe galante Art, wie D'Artagnan es getan hätte, den Mädchen eine filmreife Kusshand zu. Er entfernte sich im Laufschritt zwischen den Bäumen, dankbar für dieses verrückte Zwischenspiel in diesem anderen Wahnsinn, den Flucht und Verfolgung an einem Sommernachmittag bedeuteten.

17

Dante und Jorge rannten im spärlichen Schatten der Linden den Gehsteig entlang. Eine Frau trat aus einem Hauseingang auf die Straße. Jorge, der sich dicht an der Wand hielt, prallte mit ihr zusammen und warf sie zu Boden. Der Zusammenstoß war heftig, doch bis auf das Aufschlagen beim Sturz hörte man nichts, keinen Schrei, nicht einmal ein Wehklagen. Ohne seinen Schritt zu verlangsamen, blickte Dante zurück und sah den am Boden ausgestreckten Körper und Jorge, der darüber sprang. Weiter hinten erblickte er außerdem zwei Fahrzeuge, die in die Straße einbogen.

»Schneller«, rief er, »da hinten kommen sie.«

An der Kreuzung vor ihnen tauchte ebenfalls ein Fahrzeug auf. Sie verlangsamten ihren Schritt, während sie sich nach einem Fluchtweg oder einem Versteck umsahen. Der Häuserblock unterschied sich nicht von den anderen. Da war ein Schuppen mit einem Schild, auf dem stand: Autowerkstatt. Die Schiebetür stand nur einen Spalt breit offen.

»In den Schuppen«, sagte Dante.

Sie schlüpften hinein, schoben die Tür zu und legten den Riegel vor. Durch ein paar Fensterbänder fast unter der Decke fiel ein wenig Licht herein. Sie sahen einen Pick-up, daneben das Fahrgestell eines Autos ohne Räder und Motor, Werkzeuge und Ersatzteile. Sie wandten sich zur Rückseite. An der Wand bewegte sich etwas und versetzte sie in Alarmbereitschaft. Ein Typ, der anscheinend auf ein paar Planen geschlafen hatte, richtete sich auf den Ellbogen gestützt auf und fragte: »Wer ist da?«

Sie zückten ihre Waffen.

»Bleiben Sie, wo Sie sind«, sagte Dante.

»Was ist?«, fragte der Mann eher verschlafen als erschrocken.

»Nichts, bleiben Sie ganz ruhig. Gibt es einen Hinterausgang?«

»Hinterausgang? Was für einen Hinterausgang?«

»Eine Tür.«

»Ich verstehe nicht«, sagte der Mann noch immer ganz benommen.

Unterdessen hatte Jorge den restlichen Schuppen inspiziert. Er kehrte zurück. »Es gibt keine andere Tür.«

Der Mann hatte sich aufgesetzt. Er wischte sich mit der Hand über sein unrasiertes Gesicht und rieb sich ein paar Mal die Augen.

»Was ist denn los?«, fragte er mit ziemlich lauter Stimme, blickte dabei jedoch zu Boden, so als redete er mit sich selbst.

Dante ging zum Tor zurück und spähte durch eine Öffnung.

»Kannst du was sehen?«, fragte Jorge.

»Sie sind da draußen.«

Sie hörten die Stimme des Mannes. »Wen suchen Sie?«

»Niemanden. Halten Sie den Mund.«

Der Typ begann auf einmal zu jammern, als wäre ihm ein großes Unglück widerfahren, und strich sich erneut mit der Hand übers Gesicht. Er blickte zu den beiden Männern neben dem Tor und fing an zu jammern. Er glich einem Hund, und er hörte nicht mehr auf damit.

»Maul halten!«, schrie Jorge.

Der Mann verstummte und umklammerte seinen Kopf. Kurz darauf ging das Gejammer wieder los. »Seit fünfzehn Jahren arbeite ich in dieser Werkstatt, und noch nie ist mir so etwas passiert, ich bin ein anständiger Mann, ich spiele nicht, manchmal trinke ich ein wenig Wein, nur Wein, ich weiß nicht, warum mir solche Sachen passieren müssen, ich hab keinem was zu Leide getan, das können Sie jeden fragen, nicht nur Juan Carlos, den Werkstattbesitzer, jeden im Dorf, alle kennen mich hier, respektieren mich, fragen Sie nur, Sie werden schon sehen, es gibt nur einen, der mich nicht leiden kann, Ordóñez, der Metzger, er behauptet, ich hätte ihm ein Radio geklaut, schon vor langer Zeit, aber das ist eine Lüge.«

Sie mussten ihn noch einmal anherrschen. Da fing der Mann an zu schluchzen.

»Ich bin ein armes Schwein.«

Dante presste noch immer das Auge an die Öffnung. Jorge hatte sich auf einen Lastwagenreifen gesetzt. Er fragte: »Was tun sie?«

»Ich kann sie nicht sehen. Aber sie sind da.«

Dante trat von dem Tor zurück und setzte sich Jorge gegenüber auf eine Bank.

»Jetzt sitzen wir wirklich in der Scheiße«, sagte Jorge.

Dante antwortete nicht gleich. Dann sagte er: »Wir müssen nachdenken.«

Jorge warf ihm eine brennende Zigarette zu. Sie rauchten schweigend und lauschten nach draußen. Man hörte nichts als die gedämpften Sommergeräusche und das laute Tropfen eines Wasserhahns irgendwo im Schuppen. Der Mann in der Ecke rülpste. Durch die Fensteröffnungen konnte man den blassen Himmel erahnen. Trotz der

Stille und der Reglosigkeit der Männer schien in dem Halbdunkel des Schuppens eine fiebrige Emsigkeit zu herrschen. Jorge ergriff wieder das Wort. »Hab ich dir mal erzählt, dass meine Alten noch leben?«

»Ja, ich glaube, du hast es mal erwähnt.«

»Und hab ich dir erzählt, dass ich einen fünfjährigen Sohn habe, der bei ihnen lebt?«

»Nein, das hab ich nicht gewusst.«

»Ich habe sie schon über ein halbes Jahr nicht mehr gesehen. Wenn wir hier lebend rauskommen, besuche ich sie und bleibe eine Weile bei ihnen.«

Etwas schlug gegen das Stahltor; eine Kugel oder ein Stein. Dante stand auf und spähte durch die Öffnung. Er kehrte zurück.

»Und?«, fragte Jorge.

»Nichts.«

Die Stimme in der Ecke sagte: »Mein Herr.«

»Was ist?«

»Darf ich rauchen?«

»Rauchen Sie.«

»Geben Sie mir eine?«

Jorge drehte sich um und warf ihm eine Zigarette zu. Er fing sie in der Luft auf und legte sie neben sich auf die Plane. Dann reckte er sich, hob eine Fünfliterkorbflasche hoch und nahm einen großen Schluck. Als er die Flasche absetzte, atmete er tief durch, wischte sich das verkleckerte Kinn ab, und erst dann zündete er sich die Zigarette an.

Dante sprang auf und ging zu dem Pick-up. Er schaute hinein und sah, dass die Schlüssel steckten. Er wandte sich an den am Boden sitzenden Mann. »Fährt der?«

»Er gehört Juan Carlos«, antwortete dieser.

»Ich hab Sie gefragt, ob er fährt.«

»Natürlich, wieso sollte er nicht fahren.«

Dante stieg ein und ließ den Motor an. Er stellte ihn wieder ab und kletterte heraus. »Gibt es kein Benzin hier?«

»Irgendwo dort hinten ist ein Kanister.«

Dante wandte sich zu Jorge. »Schau nach.«

Jorge fand ihn, und sie füllten den Tank.

»Was hast du vor?«, fragte Jorge.

»Wir verschwinden von hier«, sagte Dante.

Er setzte sich ans Steuer und drückte ein paar Mal das Gaspedal durch. »Steig ein.« Dann rief er: »Los, machen Sie das Tor auf.«

Der Mann zögerte.

»Was wird Juan Carlos nur dazu sagen«, beklagte er sich.

»Beeilen Sie sich.«

Er nahm noch einen Schluck aus der Korbflasche. Dann stand er auf. Da erst sahen sie, dass er ein verkürztes Bein hatte. Er humpelte bei jedem Schritt und brauchte eine Weile, bis er das Tor erreichte. Schließlich entfernte er den Riegel, hängte sich an den Griff und fing an zu ziehen. Als das Tor zurückglitt, flutete Licht in den Schuppen. Drei Schatten huschten auf der gegenüberliegenden Straßenseite vorbei. Dante legte den ersten Gang ein, löste die Handbremse, und der Wagen machte einen Satz nach vorn. Sie fuhren auf die Straße hinaus, bogen nach links ab und begegneten einer kleinen Menschenansammlung, die bei ihrem Anblick über die Gehsteige rannte, um sich in Deckung zu bringen. Es wurde nicht geschossen. Bevor sie abbogen, konnte Dante im Rückspiegel die Fahrzeuge sehen, die sich erneut in Bewegung setzten.

»Die haben wir noch einmal verarscht«, sagte er.

Sie nahmen eine unbefestigte Straße, und in einer Minute hatten sie das Flussufer erreicht.

»Ich biege an der nächsten Ecke ab«, sagte Dante, »du springst raus und schleichst dich auf irgendein Grundstück und versuchst dich zu verstecken, bis es dunkel ist.«

»Und du?«

»Ich komm schon zurecht.«

Die Straße machte eine Kurve. Dante nahm sie, ohne die Geschwindigkeit zu vermindern, und trat direkt dahinter auf die Bremse.

»Jetzt«, sagte er.

Jorge hielt den Türgriff umklammert, und bevor er sprang, drückte er ihm mit der freien Hand die Schulter. Dante sah aus dem Augenwinkel, wie er die Böschung hinabrollte, und verlor ihn dann aus dem Blickfeld. Er hielt im Rückspiegel nach ihm Ausschau, und durch die Staubwolke hindurch konnte er ganz in der Nähe ein paar Gestalten ausmachen. »Sie haben ihn gesehen«, sagte er sich.

Er beschleunigte, bog zweimal ab und hatte das Gefühl, dass ihm niemand folgte. Er fuhr an Röhricht entlang, entdeckte einen Pfad, der ins Dickicht führte, verließ den Weg wieder und fuhr weiter. Er fuhr so weit er konnte, ließ dann den Wagen stehen und ging zu Fuß weiter. Dem Ried schloss sich eine Weide an, auf der Lämmer grasten. Er ging auf alle viere. Auf der anderen Seite, ungefähr zweihundert Meter entfernt, sah er das Dach eines fahrenden Autos und warf sich auf den Bauch. Er kroch weiter, bis er zu einem Zaun kam, sprang hinüber und landete in einem Koben. Er scheuchte ein paar Ferkel auf, als er geduckt an ihnen vorbeirannte. Hinter dem Koben war ein weitläufiges Depot mit Alteisen und leeren Flaschen. Ziellos lief er in dem Durcheinander umher. Auf der Höhe der Wade verhedderte er sich mit seiner Hose an einem Eisen oder Draht und holte sich eine Kratzwunde. Er überquerte mehrere Felder mit Bäumen und Häusern, die eher Ruinen glichen. Eine Frau wusch Wäsche an einem Brunnen und sah ungerührt zu, wie er vorbeiging. Ganz in ihrer Nähe saß ein nackter Junge auf dem Boden. Er hatte gerade gepinkelt und manschte in dem feuchten Sand, der sich zwischen seinen Beinen gebildet hatte, und steckte ihn sich in den Mund.

Dante erreichte eine andere Straße und sah einen geparkten Lieferwagen. Der Aufbau war aus lackiertem Holz und hinten offen. Er war mit Kisten beladen. Er rannte los, kletterte hinein, warf sich in einem Spalt zwischen der Ware auf den Bauch und kroch nach hinten durch. In einer Nische, die er sich geschaffen hatte, indem er mit Armen und Beinen die leeren Kisten beiseite schob, lehnte er sich gegen das Fahrerhaus. Dort blieb er sitzen und sagte sich, dass er im Moment nichts anderes tun konnte, als abzuwarten.

18

Nachdem er aus dem Pick-up gesprungen war, rollte Jorge die Böschung hinunter und versteckte sich zwischen ein paar Büschen. Über Gras und trockene Blätter kroch er tief hinein, wartete und spähte durch die Blätter. Er hörte Motorenlärm und wagte es nicht, den Kopf rauszustrecken, aber er hatte den Eindruck, dass sie nicht vorbeigefahren waren, sondern angehalten hatten. Er hörte Stimmen auf der Straße. Jemand sagte klar vernehmbar: »Er muss hier sein, wir haben gesehen, wie er hinuntergerollt ist.«

Mehrere Befehle wurden erteilt, und jemand sagte warnend: »Vorsichtig, er ist bewaffnet.«

»Überlasst ihn mir.«

Jorge konnte sie jetzt sehen. Sie standen oben und schauten auf seine Seite. Leise trat er den Rückzug an. Das Rascheln von toten Dingen unter seinem Körper schien lauter zu sein als die Rufe. Er stieß gegen eine Mauer, kroch auf allen vieren an ihr entlang, und ohne es zu bemerken, war er ohne Deckung plötzlich wieder auf der Straße. Mehrere Stimmen riefen: »Da ist er.«

Er begann zu rennen. Vor ihm lag nur ein Graben und eine flache und verbrannte Ebene, die keinerlei Schutz bot. Schüsse knallten. Einer streckte ihn nieder, und als er auf dem Boden lag, merkte er, dass sie ihn in den rechten Oberschenkel getroffen hatten. Er wandte den Kopf und sah die Männer fächerförmig langsam auf sich zukommen. Sie hatten ihre Fahrzeuge verlassen und näherten sich zu Fuß. Nachdem sie über den Zaun gesprungen waren, liefen ein paar über die benachbarten Felder, die weiter weg von der Straße lagen. Er stand auf und ging ein Stück, wobei er das verletzte Bein nachzog. Unschlüssig blieb er stehen. Die Männer ebenfalls. Ein paar von ihnen trugen Knüppel. Nur einer schien eine Waffe zu haben. Zwischendurch blieb er mit gespreizten Beinen stehen und zielte auf ihn. Die anderen warteten jedes Mal gespannt.

Ein Junge bettelte die ganze Zeit: »Lass mich mal, nur einen Schuss.«

Jorge ging erneut zu Boden. Sein Fuß hatte sich in einer Wurzel verfangen. Nachdem er sich wieder aufgerappelt hatte, sah er sich um und hob seine Waffe. Die anderen beeilten sich, in Deckung zu kommen. Er ging weiter. Zwei Hunde tauchten auf und liefen bellend und nach seinen Knöcheln schnappend neben ihm her. Angelockt von dem Lärm, tauchten augenblicklich drei weitere Hunde aus dem Gestrüpp auf. Jorge merkte, wie sie um ihn herumtollten, und manchmal spürte er ihre Zähne, die an seiner Hose zerrten. Die Stimmen der Verfolger hetzten sie auf. »Ich brauche eine Chance«, sagte sich Jorge, »eine einzige.« Er biss die Zähne zusammen und rannte los.

An einer Wegbiegung tauchten zwei Typen auf, von denen jeder eine Stange auf der Schulter trug. Die hinter ihm riefen: »Haltet ihn auf, haltet ihn auf.«

Doch die beiden verließen rasch die Straße und sprangen ebenfalls über den Zaun. Sie gingen auf sichere Distanz, blieben dann stehen und sahen zu, wie er vorbeirannte. Zwischen der Vegetation sah Jorge jetzt flüchtig ein paar vereinzelte Bauernhäuser und Höfe, Frauen und

Kinder, die ihn im Schatten beobachteten. Wieder erklangen die Stimmen: »Macht den Weg frei, macht den Weg frei.«

Hinter sich hörte Jorge das Galoppieren eines Pferdes, das näher kam. Er blickte über die Schulter und sah das heranstürmende Tier und den Reiter, der ein Lasso schwang und jauchzte. Sie waren schon ganz nah. Als sie ihn fast erreicht hatten, bückte er sich ein wenig, drehte sich um und schoss. Er spürte, wie ihn das Seil am Rücken traf, und sah gleichzeitig, wie sich das am Bauch getroffene Pferd aufbäumte. Der Schwung des Galopps hob es in die Luft, drehte es quer zum Weg, bis es dann zu Boden stürzte und den Reiter unter sich begrub. Mit zurückgeworfenem Kopf und weit aufgerissenen Augen schleuderte es seine mächtigen Hufe in die Luft und auf den Boden. Für einen Moment war es in der Stille, die es umgab, nur ein Berg Muskeln und Hilflosigkeit. Schließlich griffen seine Hufe, und es stand auf und floh ohne einen Laut.

Alles war sehr schnell gegangen, und auch diese Szenerie beruhigte sich und wurde von der Zeit, der Hitze und dem Licht verwischt. Die gescheiterte Attacke schien die Leute besänftigt zu haben; sie standen da und warteten darauf, was der flüchtige Bankräuber tun würde. Jorge ließ den Mann zurück, der sich stöhnend auf dem Boden wand, und lief weiter in dem verzweifelten und sinnlosen Versuch, von dort fortzukommen. Linker Hand sah er eine anscheinend leer stehende Holzhütte. Er verließ den Weg, erreichte sie und verschwand darin. Neben der Türöffnung lehnte er sich an die Wand. Es gab keine Fenster. Keuchend blieb er dort stehen.

Er berührte seinen Schenkel; er tat weh, und die Hose

klebte an der Haut fest. »Ich bin am Ende«, dachte er, »jetzt gibt es wirklich keinen Ausweg mehr, gleich sind sie da und machen mich kalt.« Mit der Waffe im Anschlag hielt er den Blick auf das helle Rechteck gerichtet. Doch niemand kam. Durch das durchlöcherte Blechdach fielen Lichtstreifen. Einer schien schräg durch ein riesiges Spinnennetz und gab ihm einen silbernen Glanz. An einer Seite konnte man die Überreste von etwas ausmachen, das einmal ein Herd gewesen war. Er hörte die Hunde bellen, die draußen um die Hütte liefen. Er hörte auch die Männer, so als würden sie einen geheimen Plan aushecken, mit gedämpften Stimmen reden. Er lauschte gespannt. »Was haben sie vor?«, fragte er sich.

Dann der Befehl: »Gib her, schnell.«

Dann schoss ein Strahl Flüssigkeit durch die Türöffnung und ergoss sich auf den Boden. Jorge registrierte den seltsamen Geruch, doch hatte er nicht einmal Zeit, ihn zu identifizieren. Als er merkte, dass sie das Häuschen mit Kerosin begossen hatten, füllte es sich innen bereits mit Rauch. In der Öffnung des Eingangs, wo sie außerdem einen Arm voll trockenes Gras hingeworfen hatten, loderten Flammen.

Jorge suchte ringsherum nach einem Ausgang, wohl wissend, dass es keinen gab. Er ging auf und ab, nahm schließlich Anlauf, sprang durch das Feuer und stürzte auf der anderen Seite zu Boden. Er versuchte aufzustehen und fiel auf den Rücken. So blieb er liegen, ungeschützt, verwundbar und wehrlos wie eine Kakerlake. Geblendet hob er ein wenig den Kopf und erkannte den Jungen, der beinahe über ihm stand und sorgfältig auf ihn zielte. Er konnte den grimmigen Blick sehen, das krause Haar und das boshafte Grinsen. Er spürte seitlich, ein wenig über der linken Hüfte, einen Schlag. Dann sah er, wie der andere erneut auf ihn anlegte. Auf beide Ellbogen gestützt, hielt Jorge noch immer die Waffe in der Hand. Er schoss aus dieser Position, ohne zu zielen. Mit einer Bewegung, welche die Langsamkeit, Grazie und Anmutung einer Tanzfigur hatte, beugte sich der Junge nach vorn. Er sackte in sich zusammen, als besäße er keine Knochen.

Dann rollte Jorge auf den Bauch und gab mehrere Schüsse über die Köpfe der Menschen hinweg ab, die in sicherer Entfernung auf der Straße standen, um dem Spektakel beizuwohnen. Alle stoben auseinander. Auf allen vieren kroch Jorge zu der anderen Waffe, schnappte sie sich, stand auf und überquerte ein Grundstück. Er sprang in einen Graben, kletterte auf der anderen Seite wieder heraus und befand sich auf einer Straße, die wahrscheinlich wenig befahren war, weil in der Mitte Gras wuchs. Er sah ein weißes Häuschen und vor der Tür einen Baum, an den ein Fahrrad gelehnt war. Er schaffte es bis dorthin, stieg auf und radelte davon. Er blutete aus beiden Wunden und betastete seine Hüfte. »Übel haben die mich zugerichtet«, dachte er.

Er vergewisserte sich nicht einmal, ob sie ihm folgten. Wie zuvor im Wagen war sein einziges Ziel zu verschwinden. Wie schon früher versuchte er sich durch Hartnäckigkeit zu retten. Nur, dass er jetzt allein war und zwei Kugeln im Körper hatte. Im Sonnenlicht fuhr er dahin, blickte geradeaus und achtete nicht darauf, wohin er lenkte. Es war der pure Willensakt. Er hielt den Oberkörper kerzengerade, hatte die Arme ausgestreckt und den Blick starr nach vorn gerichtet. Langsam und gleichmäßig trat er in die Pedale, schien gar nicht schneller fahren zu wollen und bemühte sich lediglich darum, korrekt und vorsichtig geradeaus zu lenken. Und während er mit einem Schwindelgefühl, das seinen Blick trübte, dahinradelte, befiel ihn ein Staunen, als wäre das Ganze unwirklich und alles nur ein schlechter Scherz. Die vage, unbegreifliche Vorstellung, dass ihm nichts geschehen konnte und all das, die Straße, die Hunde, die Schüsse, das Pferd, das Feuer, eine teuflische Übertreibung sei. Mit einem letzten Rest geistiger Klarheit suchte er nach einer Möglichkeit, den Albtraum zu beenden. Er spürte, wie sich der Himmel über ihm drehte, wie ihn in der weiten Landschaft und dem gleißenden Licht die seltsame und uralte Gewissheit befiel, dass er im Grunde keine Schuld trug. Doch anstatt erleichtert zu sein, vergrößerte es nur die Kluft zwischen ihm und allem anderen, so als wäre er ein kaputter Gegenstand, der an irgendeinen Strand angeschwemmt worden war, angeschwemmt von den gleichmäßigen und dunklen Brandungswellen. Und als es ihm gelang, ein Bild zu fixieren, von dem er bereits nicht mehr wusste, ob es der Wirklichkeit, der Erinnerung oder dem Delirium entsprang, ahnte er, dass die Ordnung seiner Welt für immer zerstört war und zwischen dieser Welt und dem Rest keine Verbindung mehr bestand.

Der Himmel über ihm drehte sich immer schneller und senkte sich immer tiefer herab. Unter ihm fuhr Jorge mit letzter Kraft weiter. Vage begriff er, dass er irgendwann einmal viele Dinge zu verlieren gehabt hatte und dass er sie nun verloren hatte.

Noch fuhr er und saß mit dieser erhabenen und übertriebenen Haltung eines Betrunkenen, der seinen Zustand verbergen will, kerzengerade im Sattel. Er fuhr immer weiter, ließ Häuser, Bäume und den Himmel hinter sich und sagte sich hin und wieder automatisch: »Die haben mich so richtig fertig gemacht.« Er fuhr an mehreren Schuppen und Getreidelastern vorbei und erreichte ein großes Feld, auf dem ein Schwarm Tauben im Gras pickte. Die Sonne schien auf die zuckenden Körper und verursachte ein Meer von wechselnden Lichtreflexen. Als Jorge durch sie hindurchfuhr, teilten sich die Tauben in zwei aufsteigende Wolken, die sich in Bäumen und auf Schuppendächern niederließen.

Danach fuhr er an einer endlos langen Ziegelmauer entlang. Schweiß bedeckte seine Augen und trennte ihn so noch mehr von allem anderen. Hinter diesem Schleier aus Wasser und Salz war es, als wäre er auf dem Fahrrad in einem beweglichen Gefängnis eingeschlossen. Zu diesem Zeitpunkt wurde sein Durchhaltevermögen nur noch aus einem dunklen Glauben jenseits des Bewusstseins genährt, einer sinnlosen Wette, einem puren Willensakt. Als die Mauer aufhörte, musste er abbiegen, weil die Straße auf einen Zaun zuführte. Da entdeckte er Adrianas Bungalow, wo er in der vergangenen Nacht gewesen war. Er suchte den Hintereingang und fand ihn. Das Tor stand offen. Er radelte über den Kiesweg vor das Gebäude, legte das Fahrrad auf die Erde und ging wankend zur Tür.

19

Nachdem Cucurucho in das Haus geschlüpft war, schloss er vorsichtig die Tür und warf einen Blick in das dunkle Wohnzimmer. Niemand zu sehen. Er hörte einen Wagen vor der Tür und fürchtete, er könnte stehen bleiben. Es dauerte lange, bis er sich entfernte.

Auf einmal fragte eine Frauenstimme: »Wer ist da?«

Cucurucho sah sich um, konnte aber nur leere Stühle, einen kleinen Tisch, das Klavier und die Bilder an den Wänden (offensichtlich Vergrößerungen alter Fotografien, ein paar davon rechteckig, andere oval) erkennen. Es waren dicke Frauen und Männer mit Schnurrbärten; alte, strenge, herablassende Gesichter mit starrem Blick. Aus allen Richtungen schauten sie ihn an, und er hatte das Gefühl, auf einem Friedhof zu sein. Das Einzige, was sich gleichmäßig und lautlos bewegte, war das Pendel einer Uhr.

Wieder die Stimme: »Bist du das, Julia?«

Wie angewurzelt blieb er stehen und sah sich um. Er entdeckte weitere Einzelheiten: eine Porzellankatze, ein Regal mit gebundenen Büchern, eine Vitrine mit Schnapsflaschen, zwei Wimpel, ein Diplom, Vasen, frische Blumen und Kerzenhalter.

»Julia.«

Dann tauchte mit schleppendem Schritt eine träge und große Gestalt aus einem Zimmer auf, die trotz ihrer gebeugten Haltung beeindruckend war. Cucurucho griff nach der Türklinke. Auf der Straße hörte man lautes und aufgeregtes Stimmengewirr, auch wenn man nicht verstehen konnte, was gesagt wurde. Er wusste, dass er das Haus nicht verlassen konnte, und presste sich an die Wand.

Die Frau blieb stehen und fragte erneut: »Wer ist da?«

Herrisch diesmal, jedoch ohne die Stimme zu heben. Die alte Frau machte noch einen Schritt, während sie mit hochgerecktem Kinn in seine Richtung zu blicken schien, aber so als würde sie ihn nicht sehen und schnuppernd seine Fährte aufnehmen, um ihn zu finden. Sie streckte den Arm aus und strich über die Seite des Klaviers, bevor sie den nächsten Schritt machte. Ihr Kopf bewegte sich wie ein Radar, und ihre Augen, die in dem Dunkel nicht zu sehen waren, glitten ohne zu erschrecken immer wieder über die Stelle, wo der Eindringling stand. Da wusste Cucurucho, dass sie blind war. Doch die Entdeckung beruhigte ihn nicht. Er fühlte sich ihr nur noch mehr ausgeliefert. Er sah die Hand, die sich ihm entgegenstreckte, und den Stock, auf den sie, wie er jetzt erst bemerkte, die andere stützte. Er wäre am liebsten verschwunden, aber draußen waren noch immer Stimmen zu hören. Am Ende des Flurs befand sich eine Tür, und er beschloss, dorthin zu gehen. Er hob einen Fuß und zog den Schuh aus. Dann den anderen. Vorsichtig schlich er über die kühlen Fliesen und passte genau auf, wo er hintrat. Er hatte den Blick von der Frau abgewandt.

»Julia, wo bist du?«, kreischte die Alte.

Der unerwartete und hysterische Schrei überraschte ihn mit dem Fuß in der Luft und ließ ihn erstarren. Um ein Haar wäre er umgefallen, doch gelang es ihm, sein Gleichgewicht wiederzugewinnen. Mit gespreizten Beinen, ausgestreckten Armen und einem Schuh in jeder

Hand verharrte er so, wie eine Statue in übertriebener Pose. Er hielt den Atem an. Die Alte hatte sich nicht von der Stelle gerührt und starrte ihn noch immer mit ihren toten Augen an. Er fühlte sich ertappt und war kurz davor, etwas zu sagen, als von irgendwoher im Haus eine andere Stimme ertönte: »Was ist denn, Mutter?«

Behutsam huschte Cucurucho zur Tür und schlüpfte in einen geräumigen, hellen Raum: die Küche. Er trat ans Fenster. Draußen sah er Geranien, Rosen, Dahlien, einen Weinstock und eine Wand mit Kletterpflanzen. Er hatte gerade beschlossen, dort hinaufzuklettern und zu verschwinden, als die Alte wieder rief: »Julia.«

Eine Stimme antwortete von draußen und ließ ihn zusammenfahren: »Ich komme.«

Vor dem Fenster richtete sich mit dem Rücken zu ihm eine Gestalt auf. Cucurucho hätte nur ein wenig den Kopf senken müssen, und er hätte an ihrem Haar riechen können. Er ging rückwärts, ohne sie aus den Augen zu lassen, und lehnte sich geschützt vor ihrem Blick an die Wand. Seine Gedanken kamen ihm so laut vor wie jene Rufe: »Was soll ich tun?« Neben ihm befand sich eine Art Kammer, eine Nische, vor der ein Vorhang hing. Er zog ihn zurück. Dahinter wurden Putzmittel aufbewahrt. Die Kammer war voller Besen, Bürsten, Wäscheständern und Lappen. Auf den Regalen türmten sich Seifen, Blechbüchsen, Dosen mit Politur und Flaschen. Er ging hinein. Die Rufe waren verstummt, doch hörte er fast im selben Augenblick die Stimme der jüngeren Frau im Nebenzimmer. Sie klang gereizt.

»Was ist denn, Mutter?«

»Wo warst du?«

»Im Garten.«

»Hast du nichts gehört?«

»Nein, warum?«

»Mir war so, als wäre jemand hereingekommen.«

»Das hast du dir eingebildet, sei ganz beruhigt.«

»Ich habe gehört, wie die Tür aufging und jemand hereingekommen ist.«

»Hier ist niemand. Die Tür ist zu.«

»Du schließt nie ab, eines Tages werden wir eine schöne Überraschung erleben.«

»Mutter, bitte, hör auf damit.«

»Von wegen hör auf damit, du wirst schon sehen.«

Dann war es still, und Cucurucho dachte, die beiden Frauen hätten den Raum verlassen. Doch ein paar Minuten später ergriff die Alte erneut das Wort. »Ist es schon Zeit für die Medizin?«

»Noch nicht.«

»Wie lange dauert es noch?«

»Anderthalb Stunden.«

»So lang? Ich dachte, es wäre schon später. Dann essen wir heute früher.«

»Wir essen wie immer.«

»Was machst du?«

»Ich mach mir die Fingernägel schön.«

»Mir tut die Hüfte wieder weh.«

»Der Doktor kommt gleich. Beruhige dich.«

»Bist du sicher, dass er kommt?«

»Bestimmt. Ich habe heute Morgen mit ihm gesprochen.«

»Manchmal sagt er, er kommt, und dann kommt er doch nicht.«

»Er hat noch andere Patienten.«

»Und was bin ich?«

»Eine Patientin.«

»Na dann?«

»Warum legst du dich nicht hin und ruhst dich ein bisschen aus?«

»Ich kann nicht schlafen, ich bin nicht müde.«

»Dann setz dich doch so lange nach draußen, bis ich fertig bin.«

»Draußen sind so viele Fliegen.«

Von seinem Platz aus konnte Cucurucho die offene Küchentür, einen Teil des Raums und den Hauseingang sehen. Aber nicht die beiden Frauen. Er hörte sie sagen: »Bist du fertig mit den Fingernägeln?«

»Nein.«

»Heute ist es so heiß wie nie. Wie viel Grad hat es?«

»Ich weiß nicht.«

»Es ist unerträglich.«

»Soll ich dir was Kühles zum Trinken bringen?«

»Nein, ich leg mich einen Moment hin.«

»Tu das, ich ruf dich, wenn es so weit ist.«

Dann herrschte völlige Stille. Hin und wieder erreichten Cucurucho undefinierbare gedämpfte Geräusche, die aus dem Haus oder von draußen kamen. Er hatte sich seinen nächsten Schritt noch nicht überlegt.

»Wenn ich bis Einbruch der Dunkelheit bleiben könnte«, sagte er sich. Aber die Vorstellung, an diesem Ort so lange ausharren zu müssen, löste leise Panik in ihm aus. »Ich habe keine andere Wahl«, tröstete er sich. »Sofern sie nicht auf die Idee kommen, hier irgendetwas zu holen.« Er versuchte sich zu beruhigen, indem er sich sagte, dass die Frauen normalerweise morgens den Hausputz erledigen. »Ich habe keine Zigaretten.« Und gleich darauf: »Ich könnte sowieso nicht rauchen.«

Er beschloss, sich in Geduld zu üben, verlagerte das Gewicht erst auf das eine Bein, dann auf das andere. Er las jedes einzelne Etikett auf den Behältern, die auf den Regalen standen, auch die Gebrauchsanleitungen. »Man lernt nie aus«, dachte er. Er öffnete eine Flasche und roch daran. Er kratzte sich am Rücken, spähte nach draußen und konnte nichts Besonderes entdecken. An einem Haken hing ein Käfig aus Korbgeflecht mit einem einbalsamierten Kanarienvogel darin. Auf der marmornen Arbeitsfläche lag ein Messer, und da bemerkte er, dass er seinen Revolver verloren hatte. Er zog die Schuhe an.

Jemand klingelte. Die Tochter der Blinden ging zur Tür. Jetzt konnte Cucurucho sie sehen. Es war eine dicke, große Frau mit einem Rücken wie ein Athlet. Herein kam ein spindeldürrer Typ von unbestimmtem Alter mit Brille und dünnem blondem Haar, der mindestens zehn Zentimeter kleiner war als sie. Er trug einen Koffer.

»Kommen Sie herein«, sagte die Frau, »Mutter ist im Schlafzimmer.«

Sie kündigte ihn an: »Der Doktor ist da, Mutter.«

Als sie sich umdrehte, sah Cucurucho ihr Gesicht. Es war dieselbe Frau, die am Abend vorher die leidenschaftliche Ansprache auf der Tribüne am Platz gehalten hatte. Die beiden verschwanden.

Kurz darauf kam sie in die Küche zurück, machte das Radio an, das auf dem Tisch stand, und ging hin und her. Sie stellte es lauter. Einmal blieb sie dicht vor dem Vorhang stehen, berührte ihn fast, und durch den Stoff hindurch konnte Cucurucho ihr Gesicht mit seinen kräftigen und angenehmen Zügen und die großen grünen Augen sehen. Sie ging. Die Minuten verstrichen. Cucurucho lenkte sich ab, indem er einem Hörspiel und den Ansagen lauschte. Er hörte Schritte und sah, wie die Frau zur Haustür ging, sie öffnete und geräuschvoll wieder schloss.

Doch der Mann war nicht gegangen. Eilig traten beide in die Küche. Dann, ohne Worte oder Blicke zu wechseln und ohne sich überhaupt berührt zu haben, zog sie den Rock bis zur Taille hoch und beugte sich, die Arme auf einen Stuhl gestützt, nach vorn. Unten herum war sie nackt. So blieb sie mit herausgestrecktem Hintern stehen. Sie hatte Krampfadern an den Beinen und einen behaarten Leberfleck von der Größe einer Pflaume auf einer der Hinterbacken, aber ihr Fleisch war fest. Sie tat das alles sehr schnell, so als dränge die Zeit.

Der Mann, der nicht so ungestüm war, stellte seinen Koffer auf den Tisch und legte seine Brille oben drauf. Dann zog er sein Jackett aus und hängte es über eine Stuhllehne. Er lockerte den Krawattenknoten und stellte sich dann hinter die Dicke. Er öffnete seine Hose und zog sie herunter, die – weiße – Unterhose ebenfalls, und beide Kleidungsstücke fielen auf seine Schuhe und drapierten sich um die Knöchel. Er hatte einen seltsamen Apparat, ziemlich lang, dafür ungewöhnlich dünn und mit einer tiefroten Spitze wie bei einem Hund. Er klammerte sich an der Frau fest und fing an zu stoßen. Er tat es mit zurückgelegtem Kopf und blickte in den wolkenlosen Himmel, so als denke er dabei an etwas anderes. Die Frau empfing die Stöße gelassen und stumm, und ihr Kopf und das Haar fielen zwischen ihren Armen herab. Der Typ wirkte viel zu schwächlich, um ein so üppiges Weib überhaupt in Fahrt bringen zu können. Doch nach einer Weile begann sie darauf zu reagieren.

Im Wohnzimmer hörte man schleppende Schritte und das Klopfen des Stocks. Die Blinde kam herein und fragte: »Bist du da, Julia?«

Das Paar hielt inne. Eine Antwort blieb jedoch aus.

Die Alte reckte die Nase in die Luft und wiederholte: »Julia?«

»Ja, Mutter.«

Der dürre Mann wollte sich langsam zurückziehen, aber die Dicke streckte den Arm nach hinten, packte ihn an einer Hinterbacke und zwang ihn so, an seinem Platz zu bleiben.

»Was machst du?«, fragte die Alte.

»Ich schreibe einen Brief an Teresa.«

»Vergiss nicht, sie von mir zu grüßen.«

»In Ordnung.«

»Sag ihr, sie soll mit den Süßigkeiten aufpassen.«

»Mach ich.«

»Sag ihr auch, dass wir sie zum Geburtstag von Chichita erwarten.«

»Ja.«

»Und dass der Welpe, den sie uns gebracht hat, gestorben ist.«

»Das weiß sie bereits.«

Die Alte schwieg, und die Dicke nutzte den Moment, um sich ein wenig zu bewegen. Der Typ machte lustlos und ohne den Blick von der Alten abzuwenden mit.

Die Alte nahm das Gespräch wieder auf. »Hat der Doktor etwas gesagt?«

»Nichts Besonderes. Ist er zufrieden mit dir?«

»Der ist immer zufrieden mit mir«, beschwerte sie sich. »Ich sterbe, und der sagt, mir geht's gut. Ich frage mich, was das für ein Arzt ist.«

Die Dicke wurde ungeduldig. »Warum setzt du dich nicht ein wenig nach draußen, Mutter? Ich möchte das gern zu Ende bringen. Ich bin gleich da.«

»Wenn du nur auf mich hören würdest, dann hätten wir schon längst einen anderen Arzt.«

Währenddessen bewegte sich die Dicke sanft. »Warte draußen auf mich, Mutter, dann reden wir.«

»Wenn dein Vater noch leben würde, wäre das anders, der hätte nicht lange gefackelt.«

»Mutter.«

»Dieser Typ taugt nicht einmal zum Tierarzt.«

»Mutter, jetzt hör aber auf.«

»Moderne Ärzte.«

Schließlich schwieg die Alte, aber sie ging nicht. Das Hörspiel erreichte einen seiner dramatischen Höhepunkte. Eine schluchzende Frauenstimme sagte: »Du hast mir geschworen, dass du mich liebst, und ich habe dir geglaubt.« Dann eine männliche, besänftigende Stimme, die sagte: »Das war auch so, aber die Liebe währt nicht ewig.« Wieder die weibliche Stimme: »Für mich schon.« Der Arzt und die Dicke bewegten sich langsam und behutsam.

»Ich meine, ich hätte ein paar Schüsse gehört«, sagte die Blinde. »Hast du nichts gehört?«

Die Dicke hatte angefangen, ihre Bewegungen zu beschleunigen, und war zu beschäftigt, um zu antworten.

»Hast du nichts gehört?«, drängte die Mutter.

»Nein, Mutter, ich habe nichts gehört.«

»Du hörst auch nie etwas. Was kann das nur sein? Es waren mehrere. Sie klangen ziemlich nah.«

Die beiden waren in einen schnelleren Rhythmus gefallen, und die Dicke redete, ohne sich etwas anmerken zu lassen.

»Ich weiß nicht, Mutter, sie werden irgendein Fußballspiel feiern.«

»Fußball? Aber heute ist doch nicht Sonntag.«

»Dann weiß ich auch nicht.«

In der Ferne hörte man es deutlich zweimal knallen.

»Da ist es wieder«, sagte die Blinde. »Es wird doch nichts passiert sein? Klingt wie Schüsse. Hast du heute Morgen Radio gehört? Hast du das Mädchen gesehen, das sie entführt haben? Man hat ihre Leiche gefunden. Jemand hat sie vergewaltigt und umgebracht und dann den Körper in einen Bach geworfen. Zwanzig Jahre. Es war die Tochter eines Industriellen. Die Polizei vermutet, dass es irgendein Freund der Familie war. Da waren bestimmt Drogen im Spiel. Die Jugend ist verdorben. Es ist schon der zweite Vorfall diesen Monat. Ich weiß nicht, wo das noch hinführen soll. Und immer vergisst du die Tür abzuschließen.«

Die Dicke hatte den Sermon genutzt, um ihre Sache voranzubringen. Sie bewegte sich immer lustvoller. Die Radioansagen übertönten alles. Wieder hörte man einen Schuss.

»Schon wieder«, sagte die Alte. »Hast du's gehört?«

»Ja.«

»Was ist das nur?«

»Ich habe dir schon gesagt, dass ich es nicht weiß. Ich geh gleich raus und schau nach. Gib mir noch eine Minute, ich will das hier zu Ende bringen. Ich möchte gerne zur Post, bevor sie schließt.«

»Wenn du zur Post gehst, könntest du bei Pater Palmieri vorbeigehen und mit ihm sprechen. Denk dran, dass in drei Wochen der Todestag deines Vaters ist. Wir müssen das mit dem Gottesdienst regeln.«

»Ja, Mutter.«

»Nicht, dass es wieder so läuft wie im letzten Jahr und wir uns erst im letzten Moment darum kümmern.«

»Nein, Mutter. Warum setzt du dich nicht ein bisschen nach draußen. Ich bin gleich da, und dann reden wir. Du lenkst mich ab.«

Die Dicke war gerade heftig erschauert und hatte den Kopf zurückgeworfen. Das Haar fiel ihr übers Gesicht, und man konnte sehen, dass sie den Mund offen hatte. Sie stieß ein paar Mal kräftig mit ihren Hüften zu und stöhnte.

»Ist was mit dir?«, fragte die Alte.

Die Dicke gab keine Antwort. Sie hatte den Kopf wieder zwischen den Armen versenkt und beschleunigte die Sache.

»Julia, ist was mit dir?«

»Nein, was soll sein«, rief sie aus.

»Bist du sicher? Deine Stimme klingt so seltsam.«

»Es ist nichts.«

Ihr Körper verkrampfte sich, und sie umklammerte mit den Fingern die Stuhllehne. Sie stieß ein paar kurze Schreie aus, stöhnte lang und entspannte sich wieder.

»Julia«, rief die Alte aus.

Die Dicke richtete sich auf. Sie fasste den Saum ihres Rockes und rieb sich damit zwischen den Beinen, um sich abzutrocknen.

»Ja, Mutter, ich komme ja schon.«

Sie ging zu ihrer Mutter und fasste sie am Arm. »Komm, wir gehen in den Hof.«

»Bist du schon fertig?«

»Ja, ich bin fertig.«

»Was hast du geschrieben?«

»Gleich lese ich es dir vor.«

Die Stimmen der beiden Frauen verschwanden in dem anderen Raum. Der Arzt hatte sich noch nicht gerührt. Mit den Hosen auf seinen Schuhen und den dürren behaarten Beinen sah er noch grotesker aus als vorher. Langsam und sorgfältig zog er sich wieder an. Kurz darauf kehrte die Dicke zurück und machte ihm ein Zeichen.

Sie begleitete ihn zur Tür. Wortlos nickten sie sich zum Abschied zu.

20

Dante wusste nicht, wie viel Zeit vergangen war, doch viel konnte es nicht gewesen sein. Er hörte Schüsse und die Stimme eines Mannes, der näher kam. Dann eine zweite, die eindeutig von einem jüngeren Mann stammte. Er konnte nicht verstehen, was sie sagten, doch er wusste, dass sie von dem Überfall sprachen. Sie stiegen in den Lieferwagen ein und fuhren los. Ein paar Blocks weiter hielten sie an. Der Ältere rief: »Irgendetwas Neues?«

Jemand antwortete: »Weiß nicht. Ich komme gerade vom Feld. Ich habe auf der Brücke davon erfahren.«

»Man muss sie schnappen, bevor es dunkel wird.«

»Sie organisieren Gruppen.«

»Wiedersehen.«

»Wiedersehen.«

Sie fuhren wieder los. Auf einmal sah Dante sich selbst, wie er zwischen den Kartons saß und ihm nichts anderes übrig blieb, als den Dingen ihren Lauf zu lassen, und er spürte, dass sich eine alte Geschichte wiederholte. Er gehörte nirgendwo hin, er war niemand, er konnte nichts unternehmen und war sich seiner selbst nur gewahr aufgrund der unbequemen Körperhaltung und seiner schmerzenden Knochen. Er sagte sich, dass dieser Ort vielen anderen glich und dieser Trip nur einer von vielen war. Auch bei diesem absurden Abenteuer überraschte ihn, wie stimmig es sich in seine gesamte Geschichte einfügte. Wieder einmal erwies sich, dass er gezeichnet und sein Schicksal vorherbestimmt war.

Der Gedanke erstaunte ihn eher, als dass er ihn erschreckte. So war es bisher gewesen, und so würde es immer sein. Sein ganzes Leben bestand aus diesem ziellosen Vagabundieren, aus diesem Sich-treiben-Lassen. Hier in seinem stillen Versteck, auf sich selbst zurückgeworfen und der Situation ausgeliefert, tauchten flüchtig andere Momente auf, Nächte und Tage, fremde Gegenden und Gesichter, unbekannte und ungewohnte Kräfte, die ihn beherrschten und seinen Weg bestimmten. Er erinnerte sich an Züge und Busse, an Straßen und Sonnenaufgänge. In gewisser Weise war das hier nur eine von vielen Reisen, geformt aus derselben Materie der Unsicherheit, eine Reise mit ungewissem Ausgang, ungewisser denn je.

Der Lieferwagen setzte seinen Weg durch das Dorf fort, das er jetzt nicht sehen konnte. Manchmal hielt er an, und seine Insassen tauschten Informationen aus. Dante wurde sich der merkwürdigen Situation bewusst, in der er sich befand. In gewisser Weise begleitete er die beiden nicht nur bei der Suche nach seinen drei Kameraden, sondern auch nach sich selbst. Er sagte sich, dass er nicht Gefahr lief, entdeckt zu werden, solange er sich dort versteckt hielt. Diese Jagd konnte ewig gehen. Doch die Vorstellung verschaffte ihm keine Erleichterung. Eher gab sie ihm das erschreckende Gefühl, in ein nicht enden wollendes Spiel verstrickt zu sein.

Sie hielten wieder an. Jemand teilte ihnen mit: »Einer sitzt im Haus von Garrido fest; sie haben es umstellt. Er hat dem Sohn von Jáuregui eine Kugel verpasst.«

»Lass uns hinfahren.«

Mit spürbar erhöhter Geschwindigkeit machten sie sich auf den Weg. Sie fuhren eine Weile und hielten dann an. Die beiden Männer sprangen aus dem Wagen. Dante hörte, wie sie sich im Laufschritt entfernten und dabei sprachen. Er presste sich gegen die Verkleidung, verstand jedoch nicht, was sie sagten. Er erriet, dass draußen viele Leute waren und große Betriebsamkeit herrschte.

21

Nachdem Ramiro den Park mit den Nonnen verlassen hatte und zurück auf die Straße gesprungen war, versuchte er sich zu orientieren und marschierte rasch in Richtung Fluss. Die asphaltierte Straße endete und ging in Sandwege über. Das munterte ihn auf, so als könne er in diesem Abschnitt des Dorfes unbemerkt bleiben. Er ging im Schatten von Paradiesbäumen und blieb an jeder Kreuzung stehen, bevor er die Straße überquerte. Ihm wurde klar, dass es keine Fluchtmöglichkeit gab, wenn sie ihn hier entdeckten. Er kam an einem Feld vorbei, in dem er sich hätte verstecken können, doch er nahm das Risiko in Kauf und ging weiter. Mehrmals sagte er sich: »Noch einen Block.« Und sobald er die nächste Kreuzung erreichte, machte er sich wieder Mut: »Noch bis zur nächsten Kreuzung.«

Er war recht weit gekommen, ohne jemandem zu begegnen. So viel Glück schien ihm unfassbar zu sein, und er fand, er sollte es nicht herausfordern. Doch er ging immer weiter. Vor sich entdeckte er unter ein paar Bäumen einen alten Mann, der auf einem Holzstuhl saß. Er war dick, und sein Kinn war auf die Brust herabgesunken, so als döste er. Er hatte die Beine quer über den Gehsteig ausgestreckt. Ramiro verlangsamte seinen Schritt, blieb jedoch nicht stehen. Während er näher kam, betrachtete er das weiße löchrige Hemd, die nackten Füße und das an den vier Ecken geknotete Taschentuch auf der Glatze. Als er neben ihm anlangte, entdeckte er außerdem ein Augenpaar, das ihn von unten ansah. Er machte einen kleinen Schlenker, um ihm auszuweichen, und sagte: »Tag.«

»Tag auch«, erwiderte der Alte freundlich und bedächtig.

Ramiro ging ein paar Schritte und hörte, wie er rief: »Junger Mann.«

Er blieb stehen und drehte sich um.

»Haben Sie zufällig Feuer?«

Er steckte die Hand in die Tasche und ging zurück. Er reichte ihm eine Streichholzschachtel. Der Alte hielt eine halb aufgerauchte Zigarette zwischen den Fingern.

»Heiß«, bemerkte er.

»Ja«, sagte Ramiro.

»Zum Glück gibt es dieses Jahr keine Mücken.«

»Zum Glück.«

»Der Sommer bringt mich um. Ich kann nicht einmal mehr Siesta halten, ich finde kaum noch Schlaf. Alle anderen schlafen. Ich setz mich hier draußen hin und langweile mich.«

»Sie können sie behalten«, unterbrach ihn Ramiro.

»Wie bitte?«, fragte der Alte.

»Behalten Sie die Streichhölzer, ich brauche sie nicht.«

»Danke«, sagte der Alte schlicht, »ich höre ein wenig schlecht.«

Ramiro machte eine Abschiedsgeste. In einem Versuch, ihn aufzuhalten, fragte der Alte: »Sie sind nicht von hier, oder? Ihr Gesicht kommt mir nicht bekannt vor.«

»Nein, ich bin auf der Durchreise.«

»Haben Sie Verwandte im Dorf?«

»Freunde.«

Ramiro entwischte, bevor er ihm weitere Fragen stellen konnte. Er kam an die nächste Kreuzung und sah sich um. Er bemerkte, wie sich auf der Windschutzscheibe eines herannahenden Wagens die Sonne spiegelte. Er wich zurück und suchte nach einem Ort, wo er sich verstecken konnte. Seiner Einschätzung nach würde er es bis zur nächsten Querstraße nicht schaffen. Der Alte sah ihn nicht an. Da war ein zweiflügeliges Metalltor, das jedoch mit einer Kette und einem Vorhängeschloss verriegelt war. Als er sich dagegen warf, gelang es ihm, es einen Spalt breit zu öffnen. Genug für seinen schlanken Körper. Er zwängte sich seitlich hindurch, indem er erst den Kopf durchsteckte und eine Hand auf den Boden aufstützte, da die breiteste Stelle unten war. Auf allen vieren kroch er hinein, und als er auf der anderen Seite auf dem Boden lag, musste er die Beine freistrampeln, die zwischen den zugefallenen Türblättern klemmten.

Während er noch immer auf dem Boden saß, blickte er sich um und entdeckte einen jungen Burschen, der vor der Tür eines Schuppens stand und ihn anblickte. In seiner Rechten hielt er einen Hammer. Er war spindeldürr, und von seinem länglichen Kopf standen zwei große und durchscheinende Ohren ab. Er hatte die Hosen mit einem Stück Draht festgebunden und trug Leinenschuhe. Er rührte sich nicht und sagte kein Wort. Ramiro stand langsam auf und blieb, wo er war. Eine Zeit lang maßen sie sich mit Blicken, und die Atmosphäre wurde gespannt. Der Dürre, dem die Sonne voll ins Gesicht schien, sah ihn mit zusammengekniffenen Augen an. Er schien nicht einmal überrascht zu sein. Ramiro fragte sich, ob noch andere Leute da waren. Er dachte an seine Pistole, aber er sagte sich, dass es zu früh war, sie zu ziehen. Ohne den Hammer und die Tür aus den Augen zu lassen, warf er einen Blick über das Grundstück. Hinter dem Schuppen breitete sich ein verwilderter Garten mit ein paar Gemüsebeeten aus. Im Schutz des einzigen Baumes, einer Weide, entdeckte er ein paar Hühner und ein Schaf. Sein Blick wanderte zurück zu dem Gesicht des Dürren, der noch immer auf seinem Schatten stand. Hinter sich hörte er Motorengeräusche.

Er unterdrückte das Bedürfnis, sich umzudrehen. Einmal zwinkerte der Dürre; es war die einzige Regung. »Wenn er mich angreift, ziehe ich die Pistole«, dachte Ramiro, »nur wenn er mich angreift.« Schließlich machte der andere den Mund auf. »Suchen Sie etwas?«

Er antwortete nicht, starrte nur auf den Hammer, der noch immer neben dem Knie hing. Sie verharrten noch einen Moment lang reglos und schweigend in der Hitze. Dann drehte ihm der Dürre den Rücken zu und ging zum Schuppeneingang. Im Türrahmen blieb er stehen und wandte den Kopf. Er sagte: »Von mir aus können Sie bleiben. Ich bin allein.«

Er verschwand. Ramiro blieb, wo er war, und wusste nicht, ob sich seine Lage verbessert oder verschlechtert hatte. Er sah erst zu dem Tor hinter sich und dann zu dem Schaf und der dahinter liegenden Mauer. Langsam ging er auf die Tür zu und spähte vorsichtig hinein. Er sah den Dürren am anderen Ende mit irgendetwas hantieren. Er betrat den Schuppen. Tatsächlich war sonst niemand da. Durch zwei Fenster, die für die Größe des Raums viel zu klein waren, fiel Licht herein. Der Fußboden war aus gestampftem Lehm. Es herrschte großes Durcheinander, und der erste erkennbare Gegenstand war eine Hobelbank in der Mitte. In einer Ecke stand ein Bettgestell aus Eisen mit einer Matratze ohne Laken. Ein Tisch, übersät mit Böcken und Brettern, ein Gaskocher, Regale voller

Blechbüchsen und Flaschen. Und überall an den Wänden und auf dem Fußboden standen Holzfiguren; Figuren von Menschen, Menschengruppen, Köpfe, Engel, Heilige. Von einem der Trägerbalken hing außerdem ein Seil mit einer Schlinge.

»Ein Galgen«, dachte Ramiro.

»Nur herein«, lud ihn der Dürre ein, als er sah, dass er gleich hinter dem Türrahmen stehen geblieben war.

Ramiro machte zögernd ein paar Schritte. Dann sah er, dass der andere ein Stück Holz bearbeitete. Er klopfte und sägte daran herum.

»Setzen Sie sich«, sagte er, »ich bin gleich fertig.«

»Danke«, sagte Ramiro, blieb jedoch stehen.

Er drehte sich auf der Stelle und sah sich um. Er fühlte sich ganz erschlagen von dieser Figurengalerie; ein Gewimmel erstarrter Gesichtszüge und toter Augen, die ihn aus allen Richtungen anstarrten. Offene Münder, Grimassen, eingefrorene Gesten des Schreckens, doch von einer Spannung, als wäre sie kurz davor sich zu entladen, so dass die Luft unter dem aufgeheizten Blechdach zu vibrieren schien. Der darin verborgene Wahnsinn und Seelenschmerz schienen in dem Halbdunkel aufzuschreien. Berührt und fasziniert verschwand Ramiros Misstrauen, das er gegenüber dem Burschen verspürt hatte, und machte Wachsamkeit Platz. Das Grundstück, der klapperdürre Mann, die starren und zugleich dynamischen Figuren, dieser Ansturm gequälter Mienen, an denen man noch immer die Kraft ablesen konnte, die man ihnen mit den Schlägen des Hohlmeißels entlockt hatte, flößten ihm Furcht ein. Doch nicht nur das, sie faszinierten ihn auch. Für einen Moment von der drohenden Gefahr befreit und in gewisser Weise geschützt, überließ er sich dieser Welt, in der jeder Gegenstand irgendwie unantastbar und beinahe heilig war und wo er für sich eine Dimension zurückgewann, die ihm nicht fremd war, die zu ihm gehörte oder zumindest gehört hatte. Er spürte, wie in der Stille und dem Halbdunkel fortwährend ein Opfer dargebracht wurde. Dann kam ihm folgender Gedanke: »Er ist verrückt, völlig verrückt.« Und in dem Gedanken lag Verständnis, Komplizenschaft und vielleicht ein Anflug von Neid, was die Gegenstände, die diese Verrücktheit hervorgebracht hatte, betraf.

Der Dürre war völlig in seine Arbeit vertieft, so als wäre er ganz allein. Hin und wieder hielt er das Holzstück hoch, strich darüber, blies über die Oberfläche und betrachtete es aus verschiedenen Winkeln.

Schließlich verkündete er: »Es ist so weit.«

Er blickte aus seiner Ecke zu ihm hinüber und erklärte: »Ich habe gerade gearbeitet, als ich Sie hereinkommen hörte. Und ich wollte nicht mittendrin aufhören.«

»Ist es fertig?«, fragte Ramiro.

»Nein, noch lange nicht. Doch ich komme voran.«

Ramiro dachte, er würde ihm etwas zeigen. Doch der Dürre ging von einem Ende des Schuppens zum anderen und räumte Werkzeug auf. Seine Bewegungen waren langsam, und das schwache Licht betonte sie einzeln. Er glich selbst einer Holzschnitzerei. Er zündete den Gaskocher an und stellte einen Kessel auf die Flamme. Während er herumhantierte, ignorierte er Ramiro und hielt sich in sicherem Abstand. Schließlich kam er näher, und die beiden standen einander gegenüber und musterten sich gegenseitig. Der rechte Arm des Dürren hing noch immer herab. Er hielt jetzt keinen Hammer mehr, sondern eine kleine Axt.

»Ich mach mir Matetee«, sagte der Dürre. »Möchten Sie auch einen?«

»Danke«, sagte Ramiro.

Der Dürre legte die Axt auf die Hobelbank und nahm den Kessel von der Flamme. Er kam zurück und stellte ihn auf den Fußboden, nahm dann einen Lappen und wedelte damit über eine kleine Metallbank. Als er fertig war, reichte er sie Ramiro. Er wies auf das Durcheinander, und wie um sich zu entschuldigen, sagte er: »Ich habe keine Frau.«

Ramiro fühlte sich verpflichtet, etwas zu sagen, doch ihm fiel nichts ein.

Der Dürre fügte hinzu: »Ich kriege keine.«

»Warum?«

»Weil ich sie nicht verstehe.«

Dann ging er wieder weg. Er brachte eine Flasche, den Matebecher und die Teeblätter. Er setzte sich Ramiro gegenüber hin.

»Einmal habe ich es mit einer probiert.«

»Und wie lief's?«

»Sie war zu ordentlich.«

Er streute Blätter in den Matebecher. Er brauchte lang, verrichtete alles mit Bedacht, ohne den Blick zu heben. In diesem Moment entdeckte Ramiro einen breiten Streifen um seinen Hals. Sein Blick wanderte zu dem Galgen, der von der Decke hing. Der Dürre sagte: »Ich nehme ihn mit Gin.«

»In Ordnung.«

Er braute den ersten Mate und reichte ihm den Becher. Ramiro nahm ihn und stellte fest, dass mehr Gin als Wasser drin war. Er sog noch immer an dem Trinkhalm, als er den anderen sagen hörte: »Sie müssen einer der Bankräuber sein.«

Er hatte es gesagt, als messe er der Sache keinerlei Bedeutung bei. Er erhielt den Becher zurück, und als erwarte er keine Antwort, goss er einen neuen Mate auf.

Ramiro erwiderte nichts. Er dachte an den Revolver. Der Dürre sog an dem Trinkhalm und sagte: »Was ist passiert?«

»Was meinen Sie?«

»Die Sache ist wohl schief gegangen.«

»Etwas hat im letzten Moment nicht funktioniert.«

»Schade.«

Sie schwiegen.

Der Dürre fragte: »Wollen Sie eine Zigarette?«

»Danke.«

Sie rauchten und tranken schweigend Mate, bis der Dürre fragte: »Was haben Sie vor?«

»Ich weiß nicht.«

»Es wird schwierig sein, das Dorf zu verlassen.«

»Sie haben es abgeriegelt.«

»Man hat es mir erzählt. Und Ihre Freunde?«

»Wir mussten uns trennen.«

Nach zwei weiteren Mates hakte der Dürre noch einmal nach. »Warum ausgerechnet dieses Dorf?«

»Einer meiner Freunde war schon einmal hier.«

»Nur aus diesem Grund?«

»Nur deswegen.«

Im Sitzen spannte sich die Hose über dem Schenkel, und man konnte den Abdruck von Ramiros Waffe sehen.

»Ich habe noch nie eine Pistole bedient«, sagte der Dürre. »Was fühlt man dabei?«

Er hatte die Hand ausgestreckt, so als bäte er um die Waffe. Ramiro ignorierte ihn, und der Dürre zog den Arm zurück. Sie verfielen in unbehagliches Schweigen.

Ramiro hob den Blick und begegnete den Augen des Dürren, der ihn unverwandt anstarrte. Er wich dem Blick aus und entdeckte neben sich auf einer Kiste eine Bibel. Um die gespannte Atmosphäre aufzulockern, fragte er: »Lesen Sie die Bibel?«

»Manchmal. Es ist das Einzige, was ich lese.«

Wieder entstand eine Pause.

Dann fügte der Dürre hinzu: »Ich wollte zum Judentum konvertieren.«

»Warum zum Judentum?«

»Das wäre mein Beitrag gegen Intoleranz.«

»Ich verstehe.«

Der Teekessel, den sie benutzten, war klein. Das Wasser ging zur Neige. Der Dürre sagte: »Ich trinke ihn mit Gin weiter. Wollen Sie auch mischen, oder soll ich Ihnen ein Glas geben?

»Lieber ein Glas.«

»Nehmen Sie sich bitte eins. Dort vom Regal.«

Ramiro erhob sich, ging an der Hobelbank vorbei und sah die Axt. Er nahm ein Glas und setzte sich wieder. Der Dürre schenkte ihm ein. Das Schaf kam herein und blieb neben dem Dürren stehen. Langsam streichelte er seinen Kopf und die Flanke, packte es an der Nase und sagte seinen Namen: Dorita. Dann stand er auf und schlug es auf das Hinterteil, während er es zur Tür schob.

»Geh schon«, sagte er, »ich hab zu tun.«

Er kam zurück. Er umklammerte seine linke Hand mit der Rechten und verzog das Gesicht.

»Mir tut der Finger weh«, sagte er, »ein Zeichen dafür, dass es ein Gewitter geben wird. Bestimmt regnet es heute Nacht. So wie mir der Finger weh tut, werden wir ein Mordsgewitter bekommen.«

»Was ist passiert? Haben Sie ihn gebrochen?«

»Eine Wette. Ist Jahre her.«

Ramiro wartete gespannt, aber mehr sagte der andere nicht dazu. Das Schaf tauchte erneut in der Tür auf, und der Dürre verscheuchte es mit einer Armbewegung. Man hörte Motorengeräusche und Hupen.

»Das ganze Dorf ist auf den Beinen«, sagte der Dürre. »Möchten Sie noch ein wenig?«

»Danke. Ich wollte mich bis Einbruch der Dunkelheit irgendwo verstecken. Wenn es stimmt, dass es ein Gewitter gibt, wird es einfacher sein, zu verschwinden.«

»Was das angeht, brauchen Sie sich keine Sorgen zu machen, mein Finger täuscht mich nicht.«

Und ohne die Stimmlage zu verändern, fügte er wie beiläufig hinzu: »Es heißt, Sie hätten eine Frau getötet.«

Ramiro suchte vergeblich seinen Blick. Er fragte: »Eine Frau? Welche Frau?«

»Es heißt, Sie hätten sie erstochen.«

»Wir haben niemanden umgebracht.«

»Man hat es mir erzählt.«

Ramiro sog ein paar Mal an dem Trinkhalm. Er fragte sich, was der Typ, der ihm gegenübersaß, dachte.

»Wer ist die Frau?«

»Eine Alte mit Geld, die Frau von Anwalt Varini, ein Riesenarschloch, hätten Sie bloß ihn umgebracht.«

»Wir haben niemanden umgebracht«, wehrte sich Ramiro erneut.

»Schon gut«, sagte der Dürre, ohne ihn ein einziges Mal anzusehen. »Aber die Frau ist tot.«

22

Als Jorge eintrat, lag Adriana auf dem Sofa, nackt und mit zwei Kissen im Nacken. Sie hatte sich gerade eine Zigarette angesteckt. Der Kassettenrekorder spielte leise griechische Musik. In dem Raum herrschte noch dieselbe Unordnung vom Vorabend. Überall lagen Kleider, Gläser, Kosmetika und Flaschen herum. Durch den angelehnten Fensterladen drang ein Lichtstrahl herein, durchsetzt von umherfliegenden Staubpartikeln, der die Beine des Mädchens erhellte. Der restliche Körper, wie alles andere im Raum, lag im Halbdunkel. Sie sah Jorge und legte den Kopf übertrieben schief auf die Schulter, wie bei einem Spiel, so als versuche sie, eine flüchtige und unwirkliche Erscheinung zu erhaschen, die aus dem Rauch oder ihren Fantasien aufgestiegen war. Dann richtete sie sich langsam auf, stützte sich zuerst auf die Ellbogen, dann auf die Hände, bis sie saß und ihr Gesicht in den Lichtstreifen eintauchte.

Sie blieb an ihrem Platz, starrte ihn an mit einem Ausdruck, der zwischen Schrecken und Ungläubigkeit oszillierte. Ihre Lippen zuckten leicht, doch kein Laut kam über sie. Eines ihrer Beine glitt zu Boden.

Jorge schloss die Tür, lehnte sich mit dem Rücken dagegen, tastete neben sich nach dem Schlüssel und drehte ihn um. Dann zog er ihn umständlich heraus und steckte ihn ein. Er blieb so stehen, völlig erschöpft, so als hätte ihm das Hantieren am Schloss die letzten Kräfte geraubt.

Er hatte die Stirn gesenkt und sah aus wie jemand, der meditierte oder tot war. Seine linke untere Körperhälfte war schwarz vor Blut, und der große Fleck breitete sich auf der hellen Hose bis nach unten aus. Irgendwann musste er sich mit der Hand über das Gesicht gestrichen haben, denn es war ebenfalls blutverschmiert.

Adriana war es gelungen aufzustehen. Eine Haarsträhne hing über das eine Auge. Um ihren Mund herum, auf ihren Schultern und Brüsten konnte man noch Spuren der Kosmetika entdecken, mit denen sie Stunden zuvor gespielt hatten. Sie brachte noch immer kein Wort heraus. Schließlich gab sie ein unbestimmtes Flüstern von sich. Jorge zeigte keine Reaktion, wahrscheinlich hatte er sie nicht gehört. Sie nahm sich Zeit und versuchte es noch einmal, strengte sich so sehr an, dass ihr ein heiserer, spitzer Schrei entfuhr, der sie erschreckte. Es war, als hätte in der Stille des Raums ihre Stimme gerade diese unerwartete und so andere Erscheinung des Mannes realisiert, mit dem sie die Nacht verbracht hatte. Da wusste sie, dass es stimmte und dass sie mit dem Durchbrechen der Stille etwas in Gang gesetzt hatte, dessen Dimension und Folgen sie nicht mehr unter Kontrolle hatte. Erschrocken strich sie sich die Strähne aus dem Gesicht und starrte den Mann, der blutete und sie gar nicht zu sehen schien, an. Sie versuchte es ein drittes Mal, und mit klarer Stimme konnte sie folgende Frage formulieren: »Was ist passiert?«

Sie bekam keine Antwort. Jorge stieß sich von der Tür ab, ging zu einem Sessel und setzte sich. Er tat es mit langsamen, mechanischen Bewegungen, wobei er jeden Schritt bemaß. Ein paar Minuten vergingen. Adriana wurde klar, dass er sich ihrer Anwesenheit bewusst war, als er sagte: »Gib mir Wasser.«

Es war eine tonlose, heisere, nicht wiederzuerkennende

Stimme, so als spräche ein anderer durch ihn. Lautlos tappte sie über den Fliesenboden. Sie öffnete einen kleinen Eisschrank, füllte ein Glas und brachte es ihm. Dann zog sie sich wieder zurück. Unter den Blicken des Mädchens, das nackt völlig schutzlos und gedankenleer wirkte, begann er langsam an dem Glas zu nippen. Eine lange Stille entstand, während der man die Geräusche der Flüssigkeit vernehmen konnte, die sich gurgelnd ihren Weg durch die trockene Kehle bahnte. Die Musik verstummte, und man konnte deutlich das Klacken des Kassettenrekorders vernehmen, als sie heraussprang. Jorge trank aus und stellte das Glas neben sich, und zum ersten Mal sah er sie an. Da löste sich etwas in seinem Gesicht und gab ihm etwas Menschliches zurück.

»Hilf mir«, sagte er.

Gelähmt und ohne zu wissen, was sie tun sollte, rührte sich Adriana nicht von der Stelle. Sie blickte zur Tür, dann zum Fenster und wieder zu Jorge.

»Hilf mir das Hemd auszuziehen«, bat er.

Er schloss die Augen und schien zusammenzusacken. Als er sie wieder öffnete, saß sie noch immer an derselben Stelle.

»Komm«, sagte er, »sie haben mir zwei Kugeln verpasst.«

Adriana legte das kurze Stück, das sie trennte, mit drei unsicheren Schritten zurück und blieb neben ihm stehen. Jorge nahm die beiden Waffen aus dem Hosenbund und legte sie auf den Sessel. Dann knöpfte er sich mit starrem Blick auf die gegenüberliegende Wand mit der Rechten das Hemd auf. Er hob den Arm.

»Fass an«, sagte er.

Sie packte das Ende des Ärmels.

»Soll ich ziehen?«, fragte sie ängstlich.

»Zieh.«

Sie zog an dem Ärmel.

»Jetzt der andere Arm«, sagte Jorge. »Vorsichtig.«

Als sie es geschafft hatten, knüllte er das Hemd zusammen und drückte es auf die Wunde an der Seite.

»Was soll ich tun?«, fragte sie.

»Hast du Laken?«

Das Mädchen nickte.

»Schneide eins in Streifen und verbinde mich.«

Plötzlich schien es, als kenne Adriana den Ort nicht, an dem sie sich befand. Sie drehte sich um und ging hin und her, öffnete Schubladen, wühlte darin herum, suchte, stieß auf alle möglichen Dinge, ohne das Richtige zu finden.

»Beeil dich«, sagte Jorge.

Seine Stimme wollte oder konnte nicht herrisch klingen. Adriana kramte weiter planlos Dinge hervor und legte sie wieder zurück.

»Was ist denn?«, fragte Jorge.

»Ich kann die Schere nicht finden.«

»Nimm ein Messer, irgendetwas.«

Schließlich kam eine Nagelschere zum Vorschein. Das Mädchen setzte sich, schnitt und riss ein Laken in lange Streifen. Dann kniete sie sich auf den Boden und begann ihn zu verbinden. Als sie sich über Jorge beugte, um ihm den Stoff um den Rücken zu wickeln, presste sie sich an ihn, und ihre Brüste wurden mit Blut verschmiert.

Als sie fertig war, sagte Jorge matt: »Jetzt die Hose.«

Adriana öffnete den Gürtel und zog ihm den Reißverschluss herunter. Dann, wobei er sich auf beide Hände aufstützte und versuchte, sich vom Sessel hochzustemmen, zog sie sanft an den Hosenbeinen. Jorge stöhnte und sank in den Sessel zurück. Er wartete einen Moment und sagte dann: »Noch mal, und mach, zieh kräftig.«

Schließlich gelang es ihr, die Hose auszuziehen, und sie verband ihm den Schenkel. Jorge sank in den Sessel zurück, legte den Nacken auf die Rückenlehne und schloss die Augen.

»Mehr Wasser«, bat er.

Sie reichte es ihm. Jorge nahm es und hielt das Glas in der Hand.

»Gib mir ein wenig Whisky.«

Adriana holte die Flasche, schenkte ein und sah ihm dabei zu, wie er die Flüssigkeit hinunterkippte. Dann fragte sie erneut verängstigt: »Was ist passiert?«

Jorge blinzelte. Der Alkohol schien seine Lebensgeister zu wecken. Seine Stimme klang zum ersten Mal fest. »Du weißt nicht, was passiert ist?«

»Ich habe Schüsse gehört, aber ich habe keine Ahnung.«

Jorge versuchte zu lächeln. »Den Leuten hier gefällt es nicht, wenn man sich an ihren Sachen vergreift. Weder an den Frauen noch am Geld.«

»Ich verstehe nicht.«

»Macht nichts.« Er zuckte zusammen. »Ich brauche einen Arzt.«

Sie hob die Hose und das Hemd auf. »Ich hole einen.«

Jorge wiegte den Kopf hin und her. Er sagte: »Nein.«

Sie sah ihn an. »Warum nicht?«

»Ich will nicht, dass du weggehst.«

»Du verblutest.«

Er stieß einen langen Seufzer aus und zeigte auf das Telefon. »Ruf ihn an.«

Sie stand mit den Kleidern im Arm da. »Ich habe die Nummer nicht, ich müsste sie erst holen.«

»Wo?«

»Nebenan, im Haus.«

Jorge schloss erneut die Augen und fuhr sich mit der Zunge über die Lippen. Er sah aus, als würde er gleich zusammenbrechen. Er verspürte Brechreiz, erholte sich wieder und sagte: »Ist jemand dort?«

»Ich glaube schon.«

»Ruf an, sie sollen sie dir geben.«

Sie wählte, legte auf, wählte erneut und legte wieder auf.

»Und?«, fragte Jorge.

»Es ist besetzt.«

»Versuch es noch mal.«

In diesem Moment klingelte das Telefon. Adriana schaute den Apparat an, blickte zu Jorge, zögerte.

»Geh ran«, befahl er.

Sie nahm den Hörer ab und lauschte. Sie sagte: »Ja.«

Es entstand eine Pause, und noch einmal sagte sie: »Ja.« Und dann: »Ja, es geht mir gut.«

Pause.

»Ich kann nicht weg.« Sie fügte hinzu: »Er ist verletzt, er will, dass ein Arzt kommt.«

Sie presste den Hörer ans Ohr und lauschte. Wieder sagte sie: »Ja.« Sie legte auf.

»Wer war das?«, fragte Jorge.

»Mein Vater.«

»Sie wissen, dass ich hier bin?«

»Ja.«

»Was hat er gesagt?«

»Er ruft sofort einen Arzt.«

»Was hat er noch gesagt?«

»Nichts.«

»Hat er dir irgendetwas über meine Freunde gesagt?«

»Nein.«

»Gib mir eine Zigarette.«

Sie steckte ihm eine zwischen die Lippen und zündete sie an.

Jorge nahm ein paar Züge und wies auf das Fenster. »Schau nach, ob draußen jemand ist.«

Adriana öffnete den Fensterladen einen Spalt. »Sieht aus, als wären Leute auf der Straße.«

»Was tun sie?«

»Ich weiß nicht, ich kann nichts sehen wegen dem Zaun, sie schauen herüber.«

»Sind es viele?«

»Ich kann es nicht erkennen.«

»Mach zu.«

Sie gehorchte, und im Raum wurde es fast vollkommen dunkel. Jorge konnte ihre Silhouette sehen. Er dachte wieder an die Straße und die Sonne. Einen Moment lang trennte ihn die Dunkelheit von allem anderen, außer seinem verletzten Körper, der ihm wegen der Schmerzen riesig vorkam. Er sagte: »Mach Licht.«

Adriana durchquerte den Raum und drehte an einem Knopf; es wurde ein wenig heller, aber nicht viel.

»Komm«, sagte Jorge, »komm näher.«

Zögernd ging sie zu ihm. Jorge umklammerte eines ihrer Handgelenke und hielt es fest, ohne sie zu sich heranzuziehen oder wegzustoßen. Er drückte es einfach nur ganz fest, als wollte er die Kraft spüren, die noch in seinem Körper steckte.

Das Mädchen wehrte sich nicht und beklagte sich auch

nicht. Er ließ sie los und sagte: »Gib mir noch etwas Whisky.«

Sie ging in die Hocke, nahm die Flasche, die neben dem Sessel auf dem Boden stand, und schenkte ein.

»Mehr, schenk mehr ein.«

Sie schenkte das Glas beinahe randvoll. Dann trat sie wieder ein paar Schritte zurück und sah ihm beim Trinken zu. Sie fragte: »Kann ich mich anziehen?«

»Nein.«

Das Telefon klingelte. Adriana ging ran.

»Wer ist es?«, fragte Jorge.

»Mein Vater.«

»Was ist mit dem Arzt?«

Sie gab die Frage weiter.

Sie wandte sich an Jorge. »Er will mit dir sprechen.«

Sie trug den Apparat zum Sessel. Bevor Jorge den Hörer nahm, wischte er sich zweimal über die feuchte Stirn. Er sagte: »Ich höre.«

Der andere sagte: »Ich bin der Vater von Adriana, das Mädchen, das bei Ihnen ist. Der Arzt ist auf dem Weg. Lassen Sie meine Tochter gehen. Ich verspreche Ihnen, dass er sich um Sie kümmern wird. Sie sind in meinem Haus. Sie haben mein Wort.«

»Der Arzt soll kommen«, sagte Jorge.

Er spürte, wie ihm schwindlig wurde und ihm die Kraft fehlte, den Hörer und das Glas zu halten. Er ließ los, und beides fiel lärmend zu Boden, während man am anderen Ende der Leitung hörte: »Hallo, hallo.«

Adriana ging in die Hocke und sagte: »Ich bin's.«

Es entstand eine Pause.

»Ich glaube, es geht ihm sehr schlecht«, sagte das Mädchen, »er hat viel Blut verloren.«

Wieder Pause.

»Ich versuch's.«

Sie blickte zu Jorge, der sich wieder ein wenig erholt hatte, er atmete schwer und wartete auf das Ergebnis des Gesprächs. »Der Kommissar ist dran, er will mit dir reden.«

Jorge bewegte sich ein wenig und streckte den Arm aus. Er nahm sich ein paar Sekunden Zeit, schüttelte den Kopf, legte den Nacken gegen das Rückenpolster. So blieb er, erschöpft und sichtbar atemlos. Mehrmals schloss und öffnete er die Augen und sagte: »Ja.«

Er hörte eine metallisch klingende Stimme, die sagte: »Der Arzt ist gerade gekommen, er ist hier bei mir. Er verlässt jetzt das Haus und kommt zu Ihnen rüber. Er muss lediglich durch den Park, es sind nur ein paar Meter. Übergeben Sie dem Mädchen Ihre Waffe und lassen Sie sie gehen. Sie werden sofort versorgt.«

»Schicken Sie den Arzt«, wiederholte Jorge.

Diesmal ließ er den Hörer absichtlich fallen. Er hörte Adrianas Stimme sagen: »Bitte, tun Sie doch irgendetwas.«

Sie wandte sich an ihn. »Sie sagen, du sollst mich gehen lassen. Der Arzt wartet draußen.«

Jorge verneinte mit einem Kopfschütteln.

»Er soll kommen, du bleibst hier.«

Sie sprach wieder in den Hörer. »Er will nicht, er lässt mich nicht gehen.«

Jorge griff nach seiner Waffe und legte sie auf seinen unversehrten Oberschenkel.

»Leg auf«, sagte er.

Adriana versuchte weiterzusprechen.

»Leg auf!«, schrie er. Und dann: »Gib mir die Flasche.«

23

Der Lieferwagen war lange stehen geblieben, ohne dass Dante herausgefunden hätte, was draußen vor sich ging. Die Menschen waren nicht weit weg, auf der anderen Straßenseite vielleicht, doch vernahm er lediglich gedämpftes Stimmengewirr und vereinzelt Worte, die nichts besagten. Bremsgeräusche, Türenschlagen und eilige Schritte verrieten ihm, dass immer mehr Fahrzeuge kamen. Eingezwängt in seinem Versteck und etwas benommen von der Hitze und dem starken Geruch der Kartons, musste er – warum auch immer – an die letzte Winternacht denken, die er gemeinsam mit seiner Frau verbracht hatte (wegen der Kinder und aus diversen anderen Gründen hatten sie sich noch oft danach gesehen, sogar ein paar Mal miteinander geschlafen, doch dies war die letzte gemeinsame Nacht gewesen). Er erinnerte sich, dass sie in einem Restaurant zu Abend gegessen hatten, wo sie zu Anfang, als alles noch im Lot war, häufig waren. Schon ziemlich angeheitert hatten sie noch eine Flasche Wein gekauft und waren hastig durch die schneidende Kälte zur Wohnung eines Freundes gegangen, der verreist war; sie lag im zehnten Stock, und von den Fenstern aus konnte man den Fluss und das kalte Licht der Schiffe im Hafen sehen. Es herrschte Gasknappheit in der Stadt, und nach dem vergeblichen Versuch, die Wohnung zu heizen, hatten sie Musik aufgelegt und bemühten sich, fröhlich und entspannt zu wirken, obwohl sie beide wussten, dass es vorbei war, dass dies der Abschied war. Er erinnerte sich, dass er später, während er sie liebte, während er sie küsste und umarmte, daran dachte, dass sie gemeinsam dort übernachten und sie am nächsten Morgen gehen würde, bevor er erwachte. Und genauso war es geschehen; obwohl er schon eine Weile wach lag, als sie das Bett verließ, stellte er sich schlafend, um sich die Demütigung zu ersparen, sie gehen zu sehen und all diese Sätze sagen zu müssen, die man in solchen Fällen sagt. Er hatte gehört, wie sie ins Badezimmer ging und wieder zurückkam, ihre Sachen packte und sich anzog. Er hatte jede ihrer Bewegungen erraten und sich gewünscht, dass sie doch bald fertig wäre und er die Tür hinter ihr zuschlagen hörte, damit es endlich vollzogen wurde, wenn es sich schon vollziehen musste, um schließlich ohne Zeugen aufzustehen, sich einen kräftigen Schluck zu genehmigen und die in der nebligen Morgendämmerung noch immer beleuchteten Schiffe zu betrachten und zu denken, dass die Sache jetzt tatsächlich vorbei sei. Versessen auf jedes Detail, erinnerte er sich sogar an den Klang ihrer Stimmen, an jeden einzelnen Augenblick, an den Ort, ob sie gestanden oder gesessen hatten, ob sie sich bereits ins Bett gelegt hatten, ob es vor oder nach dem Sex gewesen war, dass einer von ihnen gesagt hatte: »Ich glaube, wir waren glücklich miteinander.« Und der andere, sie oder er, unmöglich, das genau zu erinnern, betrunken und ironisch bemerkt hatte: »Was uns beweist, dass es in diesem Leben keine festen Regeln gibt, alles hat seinen Preis, auch das Glück will bezahlt sein.«

Und jetzt, eingeklemmt zwischen stinkenden Kartons und abgelenkt von dem, was draußen geschah, bemühte er sich eine Zeit lang verzweifelt darum, festzustellen, wer von beiden den ersten Satz gesagt hatte und wer den zweiten, als ob dies irgendwie von Bedeutung wäre, als ob man all dem, was geschehen war, im Nachhinein irgendetwas hinzufügen oder wegnehmen könnte.

Eine Stimme, die nicht aus seinen Erinnerungen, sondern von der Straße kam, holte ihn in die Wirklichkeit zurück. »Da ist er, am Fenster.«

»Es ist das Mädchen«, rief ein anderer.

Dante reckte sich ein wenig und versuchte über die Kartons hinweg nach draußen zu schauen. Doch das Heck des Fahrzeugs stand in entgegengesetzter Richtung zu der Stelle, an der sich die Menschen drängten. Er sah die Straße, das Licht und ein paar Männer, die aus der Ferne angerannt kamen. Er versteckte sich wieder.

24

Cucurucho musste schon seit geraumer Zeit pinkeln. Zuerst machte es ihn unruhig, dann trieb es ihn zur Verzweiflung. Er verlagerte sein Gewicht von einem Bein auf das andere, presste die Knie zusammen, litt. Der Druck auf seiner Blase wurde wichtiger als alles andere. Die Flucht, die ganzen Schwierigkeiten konnten warten. Seine Blase nicht. Es gab keinen Eimer in seinem Versteck. Unmöglich, auf den Fußboden zu pinkeln, denn das hätte die Küche überschwemmt. Er suchte in allen Ecken: nichts, was brauchbar gewesen wäre.

Seit der Szene mit der Dicken, dem Arzt und der Blinden war es still im Haus. Cucurucho überlegte, durch das Fenster in den Garten zu springen und dann wieder zurückzukommen. Doch es war zu riskant, und er verwarf den Gedanken. Er hatte das Gefühl, dass alles andere sich finden würde, wenn er nur dieses Problem löste. Er griff nach einer Glasflasche und entkorkte sie mit den Zähnen. Er öffnete seinen Reißverschluss und versuchte zu zielen. Es war nicht leicht. Er verfehlte die Öffnung, und es spritzte nach allen Seiten. Er sah, wie die Flüssigkeit auf dem Fußboden in Richtung Vorhang lief. Er warf einen Lappen darauf und wischte mit dem Fuß hin und her. Die Flasche füllte sich schnell, und er musste den Vorgang unter großen Schwierigkeiten und Schmerzen unterbrechen. Während er mit einer Hand zudrückte, suchte er ein anderes Gefäß. Er entdeckte eine ziemlich große Büchse, die Seifenpulver enthielt. Das Gesicht zur

Decke gewandt und seufzend vor Behagen pinkelte er hinein.

So erleichtert, stieg ein wenig Optimismus in ihm auf. Hin und wieder spähte er nach draußen, erkannte Gegenstände, und mit dem Verstreichen der Minuten wurde ihm der Ort vertraut und wirkte nicht mehr so feindlich. Er entsann sich einer Sache, die ihn beruhigte. In seiner Erinnerung gab es eine ähnliche Küche wie diese. Ein wenig anders, aber mit ein paar verwandten Elementen. Er konnte nicht genau sagen, wann er dort gewesen war. Vielleicht als kleiner Junge in dem Haus von Freunden oder Verwandten. Jedenfalls war er sich sicher, irgendwann einmal durch eine Helligkeit wie diese spaziert zu sein, allein und glücklich vor einem ähnlichen Fenster, inmitten derselben Kacheln, derselben Fliegen, demselben Frieden.

Für einen Augenblick durchströmte ihn ein Gefühl von Unschuld, das ihm sämtliche Ängste nahm. Und er sagte sich: »Ich habe niemanden getötet, ich habe niemandem weh getan, ich habe nur versucht, eine Bank auszurauben, das ist nicht so schwer wiegend, ich habe nichts zu befürchten.« Erleichtert, seine Situation richtig erfasst zu haben, dachte er weiter in diese Richtung. Er hörte seinen eigenen Argumenten zu, als würde ein anderer sie darlegen, während er bereit war, sie zu akzeptieren. Er fühlte sich stark und sogar irgendwie ermutigt. Er stellte sich vor, wie er diesen Ort verlassen, auf die Straße hinaustreten und auf die Leute zugehen würde, wie er sich stellen, mit ihnen reden, alles erklären und mit ihnen darüber diskutieren würde.

Immer wieder hörte er in seinem Kopf den entschlossenen und überzeugenden Tonfall einer Stimme, die er nie gehabt hatte. »Meine Herrschaften, hier bin ich, hören wir auf mit dem Versteckspiel.« Er war wirklich zufrieden mit sich und versuchte es weiter mit dieser Art von Autosuggestion. »Wer nimmt denn Schaden bei einem Banküberfall? Eigentlich niemand. Das Geld ist versichert. Okay, sie verhaften mich, sie verurteilen mich auch, aber sie können mich nicht lange einsperren, und sie werden mir Bewährung geben, weil ich keine Vorstrafen habe.«

Auf diese Weise gelang es ihm tatsächlich, sich davon zu überzeugen, dass seine Situation nicht schlimm war, und er hätte gerne eine Zigarette gehabt, um sie in aller Ruhe zu rauchen. Er sagte sich, dass er sich alles sorgfältig überlegen und nach Analyse der Situation eine Entscheidung treffen und handeln musste. Er fragte sich ein ums andere Mal: »Was soll ich tun? Mein Versteck verlassen? Riskiere ich das? Bleibe ich? Was soll ich tun?«

Nachdem er die Angelegenheit endlose Male hin und her gewendet hatte, kam er zu dem simplen und am wenigsten riskanten Schluss: »Ich bleibe hier. Wenn sie mich finden sollen, dann finden sie mich eben. Wenn ich irgendwann der Meinung bin, dass es besser ist, den Ort zu verlassen, verlasse ich ihn.« Er überließ die Sache dem Schicksal, und das schien ihm die beste Methode zu sein, keinen Fehler zu begehen. Mit entleerter Blase und befreit von unmittelbar anstehenden Entscheidungen fühlte sich Cucurucho doppelt erleichtert.

Er stellte sich anders hin, streifte dabei ein Regal und bemerkte, dass etwas herunterfiel. Instinktiv wollte er es mit dem Fuß festhalten. Der Gegenstand stieß gegen seine Schuhspitze und rollte unter dem Vorhang hindurch. Erschrocken sah er nach und bemerkte eine Plastikflasche, wahrscheinlich Waschmittel, die an einem Stuhlbein liegen blieb. »Gleich kommt die Dicke«, dachte er, »sieht die Flasche, hebt sie auf, zieht den Vorhang zurück und entdeckt mich.«

Er lauschte. Nichts war zu hören. »Ich muss sie holen«, sagte er sich. Doch er stand da wie gelähmt und starrte auf den Markennamen, der in großen grünen Lettern auf der Flasche stand: Purísima. Ein Name, den Cucurucho mit Unglück zu assoziieren begann. Schließlich verließ er seinen Platz, machte zwei lange Schritte, bückte sich und kehrte ohne Schwierigkeiten in sein Versteck zurück.

Doch der kleine Zwischenfall hatte ihn verstört. Die ganze mit optimistischen Gedankenspielereien herbeigezwungene Ruhe war mit einem Schlag dahin. Er sah, was er in Wirklichkeit war: ein ängstlicher Typ, der sich hinter einem Vorhang an einem jämmerlichen Ort versteckte, ohne die Möglichkeit, sich zu bewegen, ohne sich zu getrauen, überhaupt irgendetwas zu tun, mit der Dicken und der Blinden, die im Haus umhergingen, und draußen dem gesamten Dorf auf seinen Fersen. Er spürte Mitleid mit sich selbst und fühlte sich so einsam und verlassen, dass er kurz davor war, in Tränen auszubrechen.

25

Nachdem sie über die ermordete Frau gesprochen hatten, sagten die beiden Männer eine Zeit lang nichts. Sie rauchten stumm und tranken Gin, als wären sie alte Bekannte und von der Sache gleichermaßen betroffen. Ramiro, den die Nachricht beunruhigte, dachte ein wenig verstört darüber nach und fragte schließlich: »Erstochen?«

»Mit mehreren Stichen.«

»Wo ist das passiert?«

»In seinem Haus. Sie sollen dort gewesen sein. Hat man mir gesagt.«

»Das muss ein Irrtum sein.«

»Sie stecken ganz schön in der Klemme«, bemerkte der Dürre.

Sie verfielen wieder in Schweigen. Ramiro trank sein Glas leer und hustete. Hin und wieder wurde ihm die Absurdität der Situation bewusst, nun erschwert durch die Nachricht von dem Mord. Wahrscheinlich war es der Gin, der ihm half, das Chaos, das noch vor kurzem um ihn herum geherrscht hatte, von der Ruhe und dem unterschwelligen Wahnsinn des Ortes zu trennen. Er betrachtete den Dürren, seine großen Ohren, die von einem Draht gehaltene Hose, und wieder sagte er sich, dass ihm das alles nicht fremd war und dass ihn mit diesem Typen vieles verband. Hätte es das, was ihn draußen erwartete, nicht gegeben, hätte er diese stumme Gastfreundschaft richtig genießen können.

Hinter den beiden Fenstern flirrte unverändert die

Sommerhitze. Manchmal tauchte irgendein Insekt oder eine Fliege in einem der hellen Rechtecke auf und verschwand rasch im Halbdunkel.

Auf einmal war draußen eine Stimme zu hören. Durch das Fenster, das auf das rückwärtige Grundstück zeigte, rief jemand nach ihm: »Alberto.«

Ramiro schnellte mit dem Kopf herum und blickte dann wieder zu dem Dürren. Dieser hatte sich nicht gerührt und starrte die ganze Zeit auf den Boden. Es war, als hätte er nichts mitbekommen, weder die Stimme noch Ramiros erschrockene Reaktion. Er verzog lediglich das Gesicht und ließ den Rauch durch seine gelben Zähne entweichen. Er sah zu, wie er sich auflöste, und nahm einen neuen Zug. Dieser Vorgang wiederholte sich vier oder fünf Mal. Wieder wurde er gerufen: »Alberto.«

Der Dürre schaute auf und begegnete Ramiros fragendem Blick, sagte jedoch nichts. In seinem Ausdruck lag eine gewisse Abscheu und so etwas wie grimmige Geduld. Er nahm die Flasche und stellte sie woanders hin. Dasselbe tat er mit der Bibel, einem Metallstück, das einmal zu einem Motor gehört haben musste, einer Wurzel in Form einer Schlange und einer langen handgeschnitzten Pfeife. Dann legte er die Bibel wieder an ihren alten Platz zurück. Von draußen war erneut die Stimme zu vernehmen. »Alberto, wo bist du?«

Es war eine hohe Stimme, die freundlich klingen wollte. Der Dürre ließ ein paar Sekunden verstreichen, bis er schließlich sagte: »Keine Sorge, der kommt nicht hierher.«

Er schenkte ein wenig Gin nach, Ramiro in sein Glas und sich selbst in den Mate.

»Wenn ich einen Kühlschrank hätte, könnte ich Ihnen Eis anbieten«, sagte er.

Wieder die Stimme: »Alberto, kommst du nun oder nicht?«

Ohne besonderen Nachdruck sagte der Dürre: »Das ist Gómez, der Nachbar.«

»Nach wem ruft er?«, fragte Ramiro.

»Nach mir.«

»Wollen Sie nicht mit ihm sprechen?«

»Gehen Sie nicht ans Fenster, er könnte Sie sehen«, gab er lediglich zur Antwort.

Es folgte eine längere Pause, und der Nachbar schien aufgegeben zu haben.

Doch die Stimme gab keine Ruhe und klang ungeduldiger als zuvor: »Alberto.«

»Er hört schon irgendwann auf«, sagte der Dürre.

Ramiro traute sich nicht, irgendetwas zu fragen. In dem stillen Schuppen maßen die beiden Männer jetzt das Schweigen zwischen den einzelnen Rufen. Der nächste ließ nicht lange auf sich warten. »Alberto, du verdammter Mistkerl, komm schon her, ich muss dir was erzählen.«

Wieder dieser schmeichlerische Tonfall, der diesmal schriller und trotz der Beleidigung freundschaftlich klang.

Der Dürre spuckte neben sich auf den Boden und sagte: »Beachten Sie ihn nicht.«

Draußen wieder: »Alberto, du gehörnter Hornochse.«

Immer in diesem Falsett und das letzte Wort gedehnt. Und weiter: »Du klapprige Missgeburt, komm schon raus, los, ich habe eine gute Nachricht für dich.«

Ramiro beobachtete den Dürren und sah, dass er so ungerührt war wie zu Beginn. Er hatte einen stumpfen Blick und wirkte, als wäre er mit seinen Gedanken weit weg. Er legte die Bibel erneut an einen anderen Platz.

»Was will er denn?«, fragte Ramiro.

»Jedes Mal, wenn er einen in der Krone hat, stellt er einen Stuhl an die Mauer, steigt hinauf, schaut zu mir herüber und fängt an mich zu piesacken.«

»Besäuft er sich oft?«

»Jeden Tag.«

»Alberto«, sagte die Stimme des Nachbarn, »ich hab's mit deiner Tante Elvira getrieben, und mit deinen Cousinen Matilda und Berta auch.«

Der Dürre ließ den Zigarettenstummel fallen und trat ihn mit dem Stoffschuh aus. Er nahm den Matebecher und schüttete ordentlich Gin hinein. Bevor er die Flasche wieder hinstellte, überprüfte er, wie viel noch drin war.

Wieder die Stimme: »Ich habe es mit deiner Schwester Silvia und deiner Schwester Luisa getrieben.«

Den Trinkhalm auf der Unterlippe und so, als spräche er zu sich selbst, murmelte der Dürre mit abwesendem Blick: »Von wegen getrieben.«

Er verharrte in dieser nachdenklichen Pose. Der andere draußen ließ nicht locker. »Ich hab's mit deiner Mutter getrieben, und wie ich's mit ihr getrieben habe!«

»Von wegen getrieben«, sagte der Dürre.

Er sog langsam und bedächtig an dem Trinkhalm, bis der Gin leer war. Er stellte den Matebecher neben sich, fuhr sich mit der Zunge über die Lippen und seufzte. Ramiro dachte, dass er irgendwann darauf reagieren würde, doch nichts geschah.

»Ich habe es mit sämtlichen Frauen aus deiner Familie getrieben, und irgendwann werde ich es auch mit dir treiben«, sagte draußen der Typ.

»Von wegen getrieben.«

Ohne hinzuschauen, streckte er die Hand aus und griff

nach der Schachtel Zigaretten. Er bot Ramiro eine an und strich ein Streichholz an. Sie rauchten abwartend. Der Nachbar schien sich beruhigt zu haben. Sie rauchten ihre Zigaretten zu Ende, ohne dass etwas geschah. Der Dürre trat ans Fenster und kehrte wieder zurück.

»Ich kann nichts pflanzen«, sagte er. »Jedes Mal, wenn etwas auf dem Grundstück wächst, wartet er, bis ich einmal weg bin, und schüttet dann irgendeine Schweinerei darüber und verbrennt alles. Ich mach dasselbe bei ihm, sein Grundstück ist genauso karg wie meins. Nur das Schaf lässt er in Ruhe, weil er weiß, dass es heilig ist; wenn er es anrührt, bringe ich ihn um.«

Als er das Tier erwähnte, tauchte in seinen Augen zum ersten Mal ein wütendes Glitzern auf. Er fuhr fort: »Andauernd stellt er den Plattenspieler raus und spielt bei voller Lautstärke Tangoplatten, weil er genau weiß, dass ich es nicht leiden kann. Manchmal macht er das den ganzen Tag und die ganze Nacht hindurch. Er hat nur drei oder vier Platten, es sind immer dieselben.«

Er hatte noch nicht zu Ende gesprochen, als plötzlich Musik erklang.

»Da, jetzt hat er Tangos aufgelegt.«

Er stand auf und schloss das Fenster.

»Er macht mich krank«, sagte er.

Er blieb stehen, trat dann zur Tür und blickte zum Himmel. Dann ging er im Schuppen umher und räumte ein paar Dinge auf.

»Ich muss irgendeine Möglichkeit finden, ihm seine Platten kaputtzumachen«, sagte er. »Irgendetwas wird mir schon einfallen.«

Ramiro war ebenfalls aufgestanden. Er sah ihm zu, wie er hin und her ging, und als er neben ihm stand, sagte er zu ihm: »Ich habe mir die Schnitzereien angesehen.«

Der Dürre drehte sich um seine eigene Achse und warf einen Blick in die Runde, schien aber die Bemerkung nicht gehört zu haben. Er nahm einen alten Wecker vom Regal und zog ihn auf. Dann legte er zwei Werkzeuge auf eine Holzplatte. Er sagte: »Ich muss es tun, ich denke schon eine ganze Weile darüber nach. Ich wache nachts mit dem Gedanken daran auf. Ich träume davon. Ich gebe die Hoffnung nicht auf, ich weiß, dass mir bestimmt bald etwas einfallen wird, wie ich sie ihm kaputtmachen kann. Alles eine Frage der Geduld, das findet sich.«

Er hob die Axt hoch, wiegte sie in der Hand und warf damit; in einer Entfernung von ungefähr fünfzehn Metern blieb sie am anderen Ende des Raums in einer Holztafel stecken. Er hob und senkte den Kopf, so als wollte er die Präzision des Wurfs bestätigen. Er fragte: »Können Sie das?«

»Nein«, sagte Ramiro.

»Wollen Sie es probieren?«

»Besser nicht.«

Der Dürre nahm einen Besen und fing an zu fegen, kehrte eine Schaufel voll Späne zusammen und kippte sie in einen Blecheimer.

»Sie haben sie sich angesehen?«, fragte er.

Er hatte ihm beim Sprechen den Rücken zugewandt.

»Ja«, sagte Ramiro.

»Gefallen sie Ihnen?«

»Ich weiß nicht, ob das einen Sinn hat, was ich sage, ich verstehe nicht viel davon, aber sie gefallen mir, ich finde sie interessant.«

»Warum?«

»Ich hab das Gefühl, da steckt was drin.«

»Was?«

Ramiro dachte nach, bevor er erwiderte. Er suchte nach einer passenden Antwort, ahnte, dass ihm etwas Dummes eingefallen war, und sagte trotzdem: »Schmerz.«

Der Dürre zog ein mürrisches Gesicht und drehte ihm wieder den Rücken zu.

»Schmerz ist zu nichts nütze«, sagte er abgewandt, »der Schmerz ist ein Irrtum.«

Er hob ein paar Skulpturen vom Boden auf und stellte sie auf eine Bank. Er streichelte sie, ging um sie herum und betrachtete sie eingehend.

»Ich bin ein guter Handwerker«, sagte er. »Ich kann aus einem Stück Holz alles Mögliche machen.«

Ramiro trat näher, um die Arbeiten zu bewundern.

»Das sind ein paar neuere Sachen«, sagte der Dürre.

Das erste Stück war ein großer Kopf, der dicke und ballrunde Zwergteufel ausspuckte. Das nächste stellte einen stehenden Mann dar, der in der Rechten ein Messer und in der Linken sein Geschlecht hielt, das er sich gerade abgeschnitten hatte; er bot es einer viel kleineren Frau dar, die vor ihm saß. Das nächste war eine liegende Frau mit gespreizten Beinen und ein alter abgemagerter Mann, der versuchte, mit dem Kopf voran in ihre Vagina einzudringen.

»Verkaufen Sie auch welche?«, fragte Ramiro.

»Manchmal kommen Leute und wollen mir was abkaufen. Vor allem die Frauen, die sind ganz schön lästig. Aber ich verkaufe nicht. Ich trenne mich nur hin und wieder von einem Stück, wenn ich knapp bei Kasse bin. Und ich gebe nur die her, die mir am wenigsten gefallen. Ich will nicht, dass diese Typen etwas von mir besitzen.«

»Warum?«

»Ich bin hier geboren, und es gefällt mir nicht. Weder der Ort noch die Leute.«

»Ich bin in einem ganz ähnlichen Ort geboren.«

»Dann verstehen Sie, was ich meine.«

»Gestern Abend habe ich eine fingierte Hochzeit gesehen.«

»Ich weiß, der verrückte Pedro. Ab und zu veranstalten sie solche Sachen. Wenn sie jemanden haben, den sie demütigen können, geht es ihnen gut.«

»Warum sind Sie nicht weggegangen?«

»Glauben Sie, woanders ist es besser?«

»Nein.«

»Da haben Sie den Grund.«

Er machte ihm ein Zeichen. »Kommen Sie, ich will Ihnen etwas zeigen.«

Ramiro folgte ihm in den hinteren Teil, wo sich das Eisenbett befand. Auf vier Böcken stand ein Sarg ohne Deckel, der aus ungewöhnlich dickem Holz gezimmert und stellenweise mit Schnitzereien von menschlichen Gestalten, Blumen und Engeln verziert war.

»Ich hab vor einem Jahr damit angefangen«, sagte er. »Und ich werde noch ein paar Jahre dafür brauchen. Solange ich lebe, kann ich immer wieder Sachen hinzufügen.«

Der Anblick des Sarges veränderte etwas in dem Dürren, machte ihn lebhaft und gesprächig. Er bekam glänzende Augen, und man merkte ihm seinen Stolz und seine Zufriedenheit an. Er ließ Ramiro gebührend die Einzelheiten bewundern und fuhr dann fort: »Es ist eine mühsame Arbeit, alles handgeschnitzt, Zentimeter für Zentimeter. Das wird mein Meisterstück.«

»Für wen ist das?«, fragte Ramiro.

»Für mich.«

Ramiro fragte nicht weiter und beschränkte sich darauf, ebenfalls darum herumzugehen. Er hatte das Gefühl, etwas sagen zu müssen, doch ihm fiel nichts ein.

»Sehen Sie«, sagte der Dürre, »ich bin arm, ich bin arm geboren und werde immer arm sein, aber ich versichere Ihnen, dass kein Millionär jemals einen solchen Sarg haben wird. Schauen Sie, wie dick das Holz ist. Ich habe es absichtlich genommen, es gibt mir viele Möglichkeiten für die Schnitzereien. Es gibt nicht einen Nagel, alles ist gesteckt.«

Er ging in die Ecke und zeigte auf verschiedene Holzplatten. »Daraus mache ich den Deckel. Obendrauf kommt eine große Christusfigur.«

Auf einmal war es, als überfiele ihn große Müdigkeit. Er strich sich mit einer Hand übers Gesicht und schien in sich zusammenzusinken. Er kehrte in die Mitte der Hütte zurück, griff nach einer neuen Ginflasche und hielt sie ihm hin. »Soll ich noch eine aufmachen?«

»Nein, danke, es ist genug.«

»Eine Zigarette?«

Ramiro nahm an. Der Dürre warf einen hastigen Blick auf den Wecker und sagte: »Sie müssen gehen. Gleich kommen ein paar Leute. Es sind Freunde, aber es ist besser, sie sehen Sie nicht.«

»In Ordnung«, sagte Ramiro.

»Wo werden Sie hingehen?«

»Ich versuche mich irgendwo zu verstecken.«

»Kommen Sie.«

Er führte ihn zum Fenster. »Sehen Sie die Mauer dort? Dahinter ist ein kleines Haus. Zurzeit ist es unbewohnt und ein ziemlich exponierter Ort, da sollten Sie nicht bleiben. Halten Sie sich links, da ist noch eine Mauer, die ist halb zerfallen. Klettern sie hinüber. Dahinter ist ein großes Grundstück mit Bäumen, und das Unkraut steht hoch. Verstecken Sie sich dort und warten Sie die Nacht ab. Der Fluss ist nicht weit, ungefähr zehn Blocks in diese Richtung. Können Sie schwimmen?«

Ramiro nickte.

»Wenn Sie es bis dorthin schaffen«, sagte der Dürre, »können Sie ans andere Ufer schwimmen. Oder Sie gehen den Fluss entlang, bis Sie weit genug weg sind. Das wäre das Beste.«

Ramiro nickte wieder und reichte ihm die Hand.

»Einen Moment noch«, sagte der Dürre, »ich will Ihnen etwas schenken.«

Er wühlte in einer Schublade, kehrte schließlich mit einer nussgroßen Schnitzerei zurück und gab sie ihm.

»Warum tun Sie das?«, fragte Ramiro.

»Ich hoffe, sie bringt Ihnen Glück.«

Sie verabschiedeten sich.

»Gehen Sie dicht an der Mauer entlang, damit der Nachbar Sie nicht sieht«, empfahl der Dürre.

Ramiro trat hinaus, lief, begleitet von Tangomusik, zu der Mauer und glitt auf die andere Seite. Tatsächlich bot der Ort nicht viel Schutz. Links sah er die andere Mauer, kletterte hinauf, ließ sich auf der anderen Seite hinabgleiten, ging ein paar Meter und legte sich in den Schatten der Bäume ins frische Gras. Er hatte beschlossen, dem Dürren zu vertrauen.

26

Jorge hatte die Flasche genommen und trank mit kleinen, gierigen Schlucken. Er stellte sie neben sich und stützte den Kopf auf die Rückenlehne. In dieser Position, den Mund offen, versuchte er das Mädchen im Auge zu behalten, das abwartend dastand, ohne zu wissen, was es tun sollte.

»Sag was«, sagte Jorge.

»Was denn?«, fragte sie erschrocken.

»Egal.«

»Ich weiß nicht.«

»Heute Nacht hatten wir viel Spaß.«

»Ja.«

»Was hältst du von dem Ganzen?«

»Ich weiß nicht. Ich möchte gehen.«

»Ich auch.« Und dann: »Aber ich werde hier sterben.«

»Der Arzt kommt gleich.«

Adrianas Körper verschwamm in seiner Wahrnehmung. Er riss die Augen auf, und der Körper nahm wieder Konturen an. Eine ferne und fremde Stimme hallte in seinem Kopf, und er hörte sich denken: »Sie ist schön.« Die Erkenntnis erfüllte ihn mit Trauer. Neben den Schmerzen und der Erschöpfung gab ihm allein ihr Anblick das Gefühl, noch am Leben zu sein.

Draußen in der Nachmittagshitze kreischten plötzlich Vögel, und entfernt waren Motorengeräusche zu hören. Beides klang beruhigend. Dann verstummten die Vögel und Motoren, und man konnte nur die Stille hören. Eine

Fliege setzte sich auf Jorges blutverkrustete Wange und kletterte auf seine Nase. Er versuchte nicht einmal, sie zu verscheuchen, zuckte mit keinem Muskel. Die Fliege lief quer über seine Stirn und flog davon.

In den darauf folgenden Sekunden war es vollkommen still. In der Mitte des Raums schien Adrianas sonnengebräunter Körper zu schwanken wie eine Flagge im Halbdunkel. Jorge starrte noch immer auf diese Formen, die verschwammen und sich mit den Möbeln, Vorhängen, Tapeten und Schatten vermischten. Sein Blick suchte nach den großen Augen, dem üppigen Mund, den Brüsten, dem Bauch, ihren Haaren. Sein unsteter Blick glitt über all das, als schaue er durch bewegtes Wasser, wobei er mal das Gesamtbild, mal nur einzelne Teile erhaschte. Wie am Vorabend im Pool spürte er, dass sie den anderen glich, vor allem der Frau, die in seiner Vorstellung und seinen Wunschträumen schon immer existiert hatte. Jetzt, in diesem kurzen friedvollen Augenblick in dieser fremden Umgebung, nach dem sengenden Licht und der Flucht in der Sonne am Ende seiner Kräfte, kam es ihm vor, als ob ihn diese zeitlose Erscheinung aus einem langen Albtraum befreite. Er war ganz sicher, vor einem entscheidenden Ereignis zu stehen, auch wenn er es nicht mit dem Tod verband. Trotzdem war er sich wie in einem Traum bewusst, dass er am Rande eines Abgrunds stand, eines bodenlosen Lochs, aus dem es kein Zurück gab. Aber es war, als wäre nur sein Körper bedroht, während er selbst, seine Gedanken, seine Erinnerung, Adrianas Bild und all das, wofür es stand, unantastbar blieben und alles, was in diesen chaotischen Stunden geschehen war, ertragen und überwinden könnten. Er meinte zu wissen, dass es womöglich genügte, die Gefahr zu ignorieren, sich passiv und ruhig zu verhalten, damit sich schließlich alles in Wohlgefallen auflöste und verschwand.

Er schöpfte Zuversicht aus dieser frischen Kraft und war ganz ruhig. Nichts war klar. Jorge ahnte von Zeit zu Zeit, dass er kurz davor war, etwas zu entdecken, das ihm jedes Mal im letzten Moment entglitt, und spürte dem mit einer Hingabe nach, als hätte er Jahre Zeit dafür. Jenseits der Verletzungen und der Schwäche kämpfte sein Leben – konzentriert auf diese Sekunden – darum, zu verstehen. Und trotz der Schwierigkeiten, trotz der Gedächtnislücken und der Unmöglichkeit, diese formlose Materie zu ordnen, meinte er einen Ausweg entdeckt zu haben. Eine fiebrige und momentane Hellsichtigkeit, die über diesen geschlossenen Raum hinausreichte, das Dorf und die Straßen mit einschloss und wild durcheinander Bilder eines zerrütteten Daseins zum Vorschein brachte, versetzte ihn in einen überspannten Zustand, der ihn seine verfahrene Situation vergessen ließ.

Adriana stand vor ihm, oder eher über ihm, wie etwas Lebendiges, wie eine Botschaft oder Erlösung. Ihr Körper schwoll an und pulsierte. Und Jorge, den diese Anwesenheit stärkte, wusste, es war ein Neuanfang, eine Kraft, die ihn nicht mehr verlassen würde. Da bewegte sich Adriana und trat ans Fenster. Jorge folgte ihren lautlosen Schritten und suchte wieder ihr Gesicht, das wie ein Zebrafell von dunklen Streifen durchzogen war von dem Licht, das durch die geschlossenen Fensterläden fiel, eine Maske, deren Züge verschwammen, sich klar abzeichneten und wieder verschwammen. Er sah die langen Arme an ihrer Seite baumeln. Sah die langen kräftigen Beine; das linke, auf dem das Gewicht ruhte, gerade wie eine Säule; das andere ein wenig schlaff und mit angewinkeltem Knie. Er spürte wieder, dass er nicht mehr konnte und einfach nur dasitzen und dieses Bild für immer festhalten wollte.

Erneut dachte er: »Sie ist zu schön.« Dort unten, so weit unten, dass es ihm für einen Moment so vorkam, als wären es Kilometer, meinte er zu wissen, dass es nichts Feindliches gab, was ihn hätte zerstören können. Er schloss die Augen, öffnete sie wieder, und die Gestalt stand noch immer reglos, fest und uneinnehmbar wie eine Kathedrale an ihrem Platz. Wieder hatte er in einem Anfall von Euphorie die Gewissheit, dass dies die Antwort war, dass die Verbindung beider Kräfte, die der Frau und seine, genügen würde. Dass in dieser Atmosphäre, die sie voneinander trennte und aneinander fesselte, auf diese Distanz, wo sich der Raum ausdehnte und zusammenzog, wo sich das Zeitmaß plötzlich veränderte, etwas Unbesiegbares wuchs, eine Kraft, aus deren Tiefe sein noch lebendiger Wille gültige und erkennbare Formeln extrahierte. Und er fühlte auch, dass irgendetwas ins Rollen gekommen war und nicht mehr anhalten würde und sich jenseits der tragischen oder glücklichen Umstände dieses Augenblicks befand. Dass abgesehen von dem Blut dies ein Ritual war, dessen geheime Regeln er nicht kannte, aber dessen Zweck er erahnte. Dies glaubte er, und noch vieles andere. Und sein ganzer Wille, der sich in einer übermenschlichen Anstrengung gebündelt hatte, schien sich zu erheben und endgültig die Oberhand zu gewinnen, angestoßen und aufgestiegen vom Grund dieser Gewissheiten.

Ein durchdringendes Geheul wie von einem Tier ließ ihn hochschrecken. Es war nur das Telefon, das erneut klingelte. Doch der schrille Ton genügte, um die Ordnung, in die er sich geflüchtet hatte, zu erschüttern. Alles stürzte in sich zusammen. Die Gewissheiten, das Delirium, der Traum verflüchtigten sich in Sekunden, und an ihrer Stelle hörte er Adrianas Stimme sagen: »Beeilen Sie sich bitte.«

Einen Augenblick war es still, dann sagte sie: »In Ordnung.«

Sie legte auf und drehte sich zu Jorge um. »Der Arzt kommt, ich lasse ihn rein.«

Sie bekam keine Antwort. »Ich lasse ihn rein«, wiederholte sie, unternahm jedoch nichts.

Zurück in seinem verwundeten Körper, wusste Jorge nun entgegen dem, was er Sekunden zuvor registriert hatte, dass das Ende nahte und nichts mehr wichtig war. Draußen vor der Tür hörte er Geräusche, und er sagte sich, dass sie da waren und auf ihre Chance lauerten. Seine rechte Hand betastete das Metall der Waffe neben seinem Knie.

»Ich muss den Arzt reinlassen«, wiederholte Adriana, die sein Hemd aufgehoben hatte.

»Nein«, sagte er.

Überrascht sah sie ihn an. »Aber er ist schon da.«

»Das ist nicht der Arzt.«

»Er steht da draußen.«

Jorge schüttelte den Kopf. Zu mehr fehlte ihm die Kraft. Jedenfalls war ihm klar, dass er eine allerletzte Tat vollbringen musste. Als Adriana ihn ansah, bemerkte sie eine gewisse Entschlossenheit in seinen vom nahen Tod getrübten Augen und erschrak.

»Was soll ich tun?«, fragte sie bittend.

Nackt, schön und nutzlos stand sie vor ihm. Jorge schaute sie bloß an.

»Was soll ich tun?«, fragte sie noch einmal.

Jemand klopfte an die Tür, und eine Stimme sagte: »Hier ist Doktor Rosetti, öffnen Sie.«

Wieder sah sie ihn an, mit flehendem Blick. Das Telefon klingelte. Sie wollte rangehen, aber Jorge hielt sie davon ab, indem er die Waffe auf sie richtete.

»Es lohnt sich nicht«, sagte er.

»Warum?«

Draußen wurde gedrängt. »Hier ist der Arzt. Was ist los? Öffnen Sie.«

Das Telefon hörte nicht auf zu klingeln. Ängstlich sah Adriana zur Tür.

»Lass mich aufmachen«, bat sie.

»Es ist aus«, sagte Jorge, »aus und vorbei.«

In seiner Stimme lag nichts als Erschöpfung. Sie drängte: »Der Arzt wartet darauf, hereingelassen zu werden.«

Unter größter Anstrengung gelang es Jorge aufzustehen. Er brauchte ziemlich lange dafür. Er stellte sich hinter den Sessel, in dem er gesessen hatte, und stützte sich auf die Rückenlehne. Er drehte sich ein wenig, bis er die Tür im Blick hatte, und zeigte auf die Hose, die am Boden lag. »Nimm den Schlüssel.«

Sie ging in die Hocke, fand ihn und erhob sich wieder.

»Geh«, sagte Jorge.

Adriana zögerte.

»Los, geh.«

Das Mädchen sah ihm unverwandt in die Augen, und es war, als mache der Befehl ihr Angst.

»Wirst du mich töten?«, fragte sie und bewegte kaum die Lippen.

»Geh.«

Schließlich drehte sie sich um, und Jorge sah ihren Rücken und die Beine, die sich nicht von der Stelle rührten. Er musste noch einmal sagen: »Geh.« Langsam ging sie auf die Tür zu, drehte den Schlüssel um, öffnete und trat hinaus. Währenddessen hatte Jorge mit beiden Händen die Waffe in Anschlag gebracht und schoss. Er bemerkte, wie sie stockte und ihr Kopf eine kurze und ruckartige Bewegung machte. Doch ihm blieb nicht einmal Zeit, sie stürzen zu sehen. Zwei Schatten traten von beiden Seiten in die Türöffnung und durchsiebten ihn.

27

Dante hatte es aufgegeben, irgendetwas sehen oder hören zu wollen, und wartete einfach ab. Das konstante und gleichförmige Murmeln draußen hatte wie Wasser geklungen. In der Nähe war jemand aus seinem Auto gestiegen und hatte vergessen, das Radio auszuschalten. Tangos und Milongas bildeten den Hintergrund zu dem Gemurmel. Hin und wieder erklangen dumpfe Schläge, ein Zusammenprallen oder Herabfallen von etwas, das Dante in seiner Vorstellung und in einem Zustand wachsender Benommenheit auf seine Weise interpretierte. Er nickte sekundenlang ein und erinnerte sich an einen Nachmittag und einen Ort unter freiem Himmel, einen Lastwagen, beladen mit Menschen, eine Fahrt durch karge Landschaft, die rote Erde, seinen Arm, der plötzlich von einem Ast gepeitscht wurde, an das Blut und den dunkelhaarigen Jungen ihm gegenüber, der angesichts seines Schmerzes und seiner Bestürzung lachte.

Etwas versetzte ihn in Alarmbereitschaft. Vielleicht die plötzliche Stille. Die Menschen waren auf einmal angespannt und die Luft vor stummer Erwartung wie elektrisiert. Er wälzte sich über die Kartons und presste das Ohr an die Verkleidung. Er hörte nichts, bis auf einmal eine Stimme befahl: »Öffnen Sie die Tür.«

»Da ist sie«, sagte jemand.

Man hörte einen Schuss, dann mehrere Schüsse hintereinander. Eine Frau schrie hysterisch einen Namen: »Adriana.«

Jemand sagte laut: »Dieses Schwein.«

Dann herrschte auf einmal Durcheinander und Gerenne. In seinem Versteck wusste Dante, dass etwas Schlimmes passiert war. Er spürte, es war der Anfang vom Ende. Mit erhobener Stimme teilte ein Mann den anderen mit: »Er ist tot.«

Lange Minuten vergingen, in denen Dante nicht mehr auf das achtete, was draußen geschah. Wie betäubt hielt er den Blick auf das raue Holz gerichtet und versuchte, nicht zu denken. Er fühlte sich ohnmächtig, biss sich in die Hand und stöhnte.

Dann schienen sich alle wieder in Bewegung zu setzen. Motoren heulten wütend auf, und jemand rief: »Los, wir müssen die anderen finden.«

Mehrere Personen näherten sich und gingen an dem Lieferwagen vorbei. Man hörte Weisungen und Verabschiedungen.

Dante erkannte die Stimmen der beiden Männer, die eilig einstiegen. »Wo hat er sie getroffen?«

»Wie es aussieht, über der Taille.«

»Ein paar haben gemeint, am Kopf.«

»Ich glaube, es war der Rücken.«

»Hat er sie getötet?«

»Keine Ahnung.«

»Wäre schade.«

»Ja. Hast du die Titten gesehen?«

Sie ließen den Motor an und fuhren los.

28

Das Grundstück war groß, bestimmt ein halbes Hektar. Am anderen Ende sah Ramiro ein verfallenes Gebäude, das kaum höher war als die Büsche, und dahinter ein Gittertor, das zur Straße führte. Er legte sich auf den Rücken, lehnte den Kopf gegen die Ziegelsteine und blickte durch die Zweige hindurch zum Himmel. Voller Sympathie dachte er an den Dürren mit den Schnitzereien und bedauerte es, dass er nicht hatte bleiben können, um bis zum Abend zu plaudern und weiter Gin zu trinken. Er berührte seine Hosentasche und betastete den Talisman aus Holz, den er geschenkt bekommen hatte. Im Augenblick fühlte er sich entspannt und sicher. Doch je mehr Minuten verstrichen, desto beklommener war ihm zumute. Der Gedanke, bis zum Einbruch der Dunkelheit einfach nur die Zeit totzuschlagen und zuzulassen, dass die dahineilenden Stunden über ihn entschieden, beunruhigte ihn so sehr wie die Gefahr selbst. Er hob den Kopf und sah sich um, konnte aber außer Fliegen nichts entdecken. Ungeduld stieg in ihm auf, weil er sich zum Nichtstun verdammt fühlte. Doch führten diese Regungen höchstens hin und wieder zum Zucken eines Muskels oder der automatischen Geste, mit der er einen Grashalm ausriss und darauf herumkaute.

Während er die Augen starr und wie hypnotisiert auf den weißen Himmel richtete, ging ihm langsam auf, dass das Herumliegen und diese scheinbare Trägheit auch eine Art von Aktivität war. Er dachte es nicht, sondern merkte es irgendwie an der Luft und seiner Atmung. Ihn holte die alte Gewohnheit ein, durch das Leben zu gehen, indem er stets den Angriff als Verteidigung wählte, wobei er, egal wo, nie von Gewalt verschont geblieben war. Die Erinnerung daran gab ihm das Gefühl, dass die erzwungene Ruhepause nicht nur aus Warten bestand. Aufmerksam lauschend nahm Ramiro die Gefahr wahr, die auf dem verlassenen Grundstück lauerte. Er lauschte der summenden Hitze und meinte die unterschwellige Gewalt zu spüren, die an dem Ort herrschte. Das Brodeln schien von etwas genährt zu werden, das er kannte. Es pulsierte in seinem Blut und hatte ihn stets begleitet. Wie selten zuvor konnte er sich dem völlig hingeben und auf den Grund seines eigenen schlafenden Zorns hinabtauchen. Er konnte ihn beobachten, spürte, wie er wuchs. Seine Kräfte – noch nicht losgelassen – bündelten sich, warteten auf eine Gelegenheit und machten sich bereit. Im friedlichen Schatten war er noch immer etwas Vulkanisches und Lebendiges. Und auf seine Weise genoss er es.

Begierig hielt er durch die Zweige hindurch Ausschau nach der Farbe des leeren Himmels. Er fühlte um sich eine Schwere und deren Gewicht wie eine Form des Wahnsinns. Er spürte das Vibrieren dieses verwilderten Terrains mit seinen Wurzeln, Pflanzensäften und unsichtbaren Insekten über und in der Erde. Diese Kräfte bedrängten ihn, jedoch nur, um ihn zum Komplizen zu machen. Dort unten auf dem Boden war er ebenfalls wie eine Pflanze, angefüllt mit einem fremden Gift, lauernd und bedrohlich im Halbdunkel. Ramiro spürte, wie er sein Gleichgewicht zurückgewann. In dieser Beschaulichkeit, in dieser Atempause lag wie ein Versprechen das Wissen um einen befriedigten Hass, der sich gegen die ganze Welt richtete. Die trockenen Zweige, die sich ihm in den Rücken bohrten, die Blätter, die sein Gesicht berührten, und sogar der Vogel – ein Häscherweibchen –, der sich wenige Zentimeter neben seiner Hand niedergelassen hatte, alles war von demselben stummen Groll erfüllt. Er brauchte keine Geduld mehr. Und er dachte auch nicht mehr an den Fluss am Ende irgendeiner Straße, er dachte an gar nichts, er war zu sehr mit sich selbst beschäftigt. Er konnte die Stunden, die ihn vom Einbruch der Dunkelheit trennten, abwarten, mehr noch, er konnte so liegen bleiben und sich wie eine Pflanze wachsen fühlen, vibrierend im Dickicht, mit starrem Blick und diesem unbestimmten Empfinden, das ungestüm und friedlich zugleich in seinen Adern zirkulierte.

29

Ramiro vernahm Stimmen. Zuerst konnte er nicht genau feststellen, woher sie kamen, und während er die Richtung auszumachen versuchte, starrte er in den Himmel. Es waren mehrere, und sie schrieen durcheinander. Ohne den Körper zu bewegen, drehte er den Kopf und sah ungenau und wie durch ein beschlagenes Glas ein paar Gestalten hinter den Büschen, die auf das Tor kletterten. Teilnahmslos folgte er ihren Bewegungen, blinzelte und wartete. Wie dunkle Vögel im Gegenlicht blieben die Silhouetten einzeln und zu zweit einen Moment lang dort oben, zögerten kurz und hangelten sich dann auf der anderen Seite hinunter.

»Buben«, sagte Ramiro, »sie kommen zum Spielen.«

Als alle gesprungen waren, hörte und sah er sie nicht mehr. Er lehnte den Nacken wieder an einen Ziegelstein und sträubte sich dagegen, diesen Zustand geistiger Lethargie, zu dem er gefunden hatte, aufzugeben. »Buben«, sagte er noch einmal, ließ sich Zeit und zögerte jegliche Reaktion hinaus. Jedenfalls wusste er, dass sie da waren, sich am anderen Ende des Grundstücks aufhielten und womöglich zu ihm herüberschlichen. Nur widerstrebend wollte er zur Kenntnis nehmen, dass die Wirklichkeit ihn eingeholt hatte und seine Aufmerksamkeit verlangte. Wie jemandem, den man mitten in der Siesta weckt, war ihm angesichts dieser Tatsache verdrießlich und benommen zumute. Er hörte wieder die Stimmen und stellte fest, dass sie sich noch immer in der Nähe des Tors aufhielten.

Sie stritten über irgendetwas, auch wenn er nicht verstehen konnte, worum es ging. Die Stimmen erreichten und alarmierten ihn nur halb, ohne ihn aus seiner Trägheit herauszuholen oder seinen umherirrenden und suchenden Blick abzulenken, der durch ein Gewirr von Zweigen in den Himmel gerichtet war.

Etwas weiter rechts hörte er plötzlich ein Geräusch. Es war ein dumpfer Aufprall, ein Peitschenhieb. Ein paar Blätter lösten sich und fielen neben seinen Füßen herab. »Eine Steinschleuder«, dachte er, »eine Flitsche.« Dieses Zeichen, dieser harmlose Gewaltakt inmitten der beschaulichen Umgebung rüttelte ihn endgültig auf. Er musste sich damit abfinden, dass andere an diesen Ort vorgedrungen waren. Und nicht nur an den Ort, sondern auch an die Stelle, wo er einer bestimmten Art von Verlassenheit, Kraft und Groll bei sich begegnet war. Also machte er eine Bewegung und rollte herum. Er blickte zu Boden, und um ihn herum wurde es irgendwie dunkler. Das Licht, das von überall her kam, schien schwächer zu werden, begann zu flimmern und sich wie aufgewühltes Wasser einzutrüben. Ramiro stützte sich auf Hände und Knie. Das Stimmengewirr wurde wieder laut, einer von ihnen rief etwas, und ein paar antworteten. Die Stimmen waren wie Verletzungen in der Nachmittagsruhe.

Ramiro konnte sie nicht finden. Er richtete sich weiter auf und entdeckte sie im Schatten neben dem Tor. Er zählte sie; es waren acht. Sie standen dicht beieinander und sprachen auf einmal so leise, als würden sie etwas aushecken. Es kam ihm vor, als stritten sie um etwas oder teilten etwas untereinander auf; einer sagte laut: »Zeig her.«

Die gesamte Gruppe setzte sich in Bewegung, und er verlor sie erneut aus den Augen. Zum ersten Mal kam ihm der Gedanke, dass ihre Anwesenheit für ihn gefährlich sein könnte, und die Brutalität des Dorfs holte ihn wieder ein. Er kroch ein paar Meter, um sich besser zu verstecken und sie bequemer beobachten zu können. Es dauerte eine Weile, bis er sie wieder im Blickfeld hatte, vor allem, weil auf dieser Seite die Büsche dichter standen.

Die Jungen hatten sich vom Eingang entfernt und waren ein Stück in Richtung seines Verstecks gerannt, wobei sie sich stets dicht an der Mauer hielten. Ramiro kroch hinter einen Baumstamm. Er hörte Satzfetzen. Jemand sagte: »Nein, bleib stehen.«

»Halt still«, sagte ein anderer.

Dann hörte man anhaltendes Lachen. Es war nur einer, und es klang ein wenig hysterisch und – so kam es Ramiro jedenfalls vor – verriet Boshaftigkeit und Freude. »Was machen sie?«, fragte sich Ramiro. Auf der Suche nach einem besseren Blickwinkel wechselte er noch einmal sein Versteck, auch wenn er dafür seine Deckung teilweise aufgeben musste. Da sah er sie. Sie standen dicht um etwas oder einen von ihnen herum. Eine merkwürdige Bewegung entstand, ein Neigen der Körper, eine Hast. Sie schwiegen. Ramiro streckte einen Arm aus und schob einen Ast beiseite. Auf einmal konnte er ein paar nackte Hintern erkennen. Die Anspannung und die Stille hielten eine Weile an. Er verlor sie erneut aus den Augen, weil sie sich irgendwann alle bückten.

Schließlich verließen sie die Ecke und kehrten zum Eingang zurück. »Sie gehen«, dachte Ramiro. Doch sie gingen nicht. Sie standen lustlos in der Nähe des Tors herum. Einer verfolgte einen anderen, bekam ihn zu fassen, und sie rangen miteinander und rollten durchs Gras.

Ein Blonder im roten T-Shirt, der deutlich älter war als die anderen, löste sich aus der Gruppe und ging in Ramiros Richtung. Er blickte nach oben, hielt eine Schleuder in der Hand und kaute Kaugummi. Er blieb stehen, zielte und schoss. Man hörte den Stein gegen die Äste schlagen. Dann entfernte sich der Blonde wieder und umkreiste einen Baum. Er zielte erneut. Ein Vogel stieg aus der Krone auf, flog ein kurzes Stück und ließ sich auf dem Baum nieder, unter dem Ramiro gelegen hatte. »Gleich kommt er hierher«, sagte er sich. Er trat den Rückzug an und versuchte, keinen Lärm zu machen. Er blieb stehen, als sein Fuß gegen die Mauer am anderen Ende stieß.

Der Blonde traf wieder nicht und kehrte zum Tor zurück.

Jemand sagte: »Was wollen wir spielen?«

»Versteck«, sagten die anderen.

»Das kannst du mit deiner Schwester spielen.«

»Warum spielen wir nicht Bankräuber?«, schlug jemand vor.

Die Idee gefiel den anderen, und sie waren einverstanden. Sie verteilten die Rollen. Es gab Diskussionen, Geschrei und Protestrufe. Eine Weile schrieen sie durcheinander, schubsten, verfolgten und knufften sich. Hin und wieder fiel einer zu Boden. Sie riefen den Blonden. »Mario, komm, wir spielen.«

»Spielt ihr nur«, sagte er, während er umherspazierte und nach oben schaute.

Sie ließen nicht locker. »Komm, sei kein Spielverderber.«

»Nervt mich nicht«, antwortete er.

»Komm schon, sei kein Hosenscheißer.«

»Lass den Schwachsinn mit den Vögeln. Du bist doch keine Katze.«

Sie lachten und freuten sich über die Pointe. Der Blonde drehte sich um, zielte und jagte ihnen mit der Schleuder einen Stein zwischen die Füße. Alle stoben auseinander.

»Sei nicht fies«, riefen sie.

Der Blonde ging zu der Gruppe. »In Ordnung«, sagte er, »aber ich bin der Bankräuber, und ihr verfolgt mich.«

Sie waren einverstanden.

»Steine schleudern gilt nicht«, bestimmte einer.

»Womit kämpfen wir?«

»Mit Stöcken.«

»Nein, keine Stöcke.«

»Dann eben ohne.«

»Okay, alle gegen Mario.«

Ramiro war auf einmal neugierig. Besonders wegen des blonden Jungen, der Mario hieß. In dem abgelegenen Dorf auf diesem merkwürdigen Grundstück zwischen Gras, Büschen, verrosteten Dosen und einer Ruine empfand er die Gestalt im roten T-Shirt wie einen Komplizen. Trotz der Sorge über die Anwesenheit der Eindringlinge war er gespannt auf das Spiel, das natürlich von den jüngsten Ereignissen inspiriert war; sie spielten seine Geschichte. Und er beobachtete und lauschte mit gespannter Aufmerksamkeit, so als könnten die Worte und Handlungen dieser Buben die Lösung seines eigenen Problems zeitigen.

Zwei Jungen übernahmen die Rolle der Bankangestellten, die anderen kletterten über die Mauer und verschwanden auf der Straße. Der Blonde kroch geduckt ins Gestrüpp, blieb dort eine Weile verborgen, kletterte dann auf einen Baum und von dort auf die Mauer, auf der er mit ausgebreiteten Armen entlangbalancierte, bis er sich hinter den beiden Angestellten befand. Er hängte sich an einen Ast, schaukelte ein paar Mal hin und her, sprang, kam neben ihnen zu stehen und zielte mit den Fingern auf sie.

»Keine Bewegung, das ist ein Überfall.«

Sie erhoben die Hände.

»Geld her«, befahl der Blonde.

Sie sammelten es ein und übergaben es ihm. Im letzten Moment versuchte einer von ihnen sich zu wehren und wurde zu Boden geworfen.

»Schön ruhig, oder ich knall dich ab«, drohte Mario und stelle ihm einen Fuß auf die Brust.

Er zwang sie, sich auf den Bauch zu legen, und tat so, als würde er ihnen Hände und Füße fesseln. Um sie einzuschüchtern, gab er ihnen zwischendurch Schläge in den Nacken.

»Wenn ihr schreit, komm ich zurück und knall euch ab«, sagte er, bevor er ging.

Kaum hatte er die beiden allein gelassen, fingen sie an zu schreien: »Hilfe, man hat uns ausgeraubt.«

Die anderen fünf, die hinter dem Gitter gewartet hatten, stürmten wie eine wilde Meute herein. Man hörte Geschrei, Fragen und Befehle. Einer machte sich daran, die Gefesselten zu befreien.

»Wo ist er hin?«

»Dort entlang.«

»Wir teilen uns in zwei Gruppen auf.«

Währenddessen hatte sich Mario auf der anderen Seite versteckt und kroch rasch auf allen vieren direkt auf die Stelle zu, wo sich Ramiro befand. Er starrte zu Boden und bemerkte ihn erst, als sie sich beinahe berührten.

Stumm starrten sie sich an, der echte Dieb auf der Flucht und der, der nur so tat. Doch was Ramiro in den Augen des anderen entdeckte, war nicht Komplizenschaft, sondern Angst und aufsteigende Panik. Er überlegte, ob er eine beruhigende Geste machen sollte, doch er begriff, dass dies die Sache nur verschlimmert hätte. Unentschlossen und ohne den Mut zum Sprechen zu haben, wartete er ab, hoffte vielleicht auf das Unmögliche, ein Gespräch, von dem er in seiner Not flüchtig fantasiert hatte.

Der Blonde, der sich auf Knie und Hände stützte, war wie gelähmt. Ramiro sagte sich schließlich, dass er irgendetwas tun müsse. Er öffnete den Mund und stammelte: »Hab keine Angst.«

Da sprang der Junge auf und stürzte davon.

»Lasst uns abhauen, schnell«, rief er.

»Was ist?«, fragten ihn die anderen.

»Haut ab, haut ab«, wiederholte er und rannte weiter.

Er erklomm das Tor, und die anderen folgten ihm.

Ramiro sah, wie sie verschwanden, und kroch in die entgegengesetzte Richtung. Er kletterte auf die Mauer, sah die Straße und sprang. Er lief bis zur nächsten Kreuzung. Niemand war zu sehen, und er beschleunigte seinen Schritt. »Ich muss zum Fluss«, sagte er sich. Zugleich dachte er, dass bestimmt Leute am Flussufer waren und er vor Einbruch der Dunkelheit nicht versuchen konnte, ihn zu überqueren.

30

Ein zaghaftes Klingeln war zu vernehmen, und Cucurucho erschrak. Er spähte in den Raum und wartete gespannt. Es klingelte noch einmal. Die Dicke tauchte auf, sie war barfüßig. Sie blieb vor der Tür stehen, um sich über das Haar zu streichen und den Rock glatt zu ziehen. Anscheinend hatte sie sich hingelegt. Sie öffnete.

»Mario«, rief sie aus, »um diese Zeit?«

Herein kam ein blonder Junge von vielleicht dreizehn Jahren mit Sommersprossen und Pickeln im Gesicht. Er trug Jeans und ein rotes T-Shirt. Zögernd trat er ein und blieb dann stumm stehen. Die Dicke schloss die Tür, wobei sie den Ausschnitt der Bluse ein wenig herunterzog, damit der Ansatz ihrer Brüste zu sehen war. Sie strich sich noch einmal über das Haar und beugte sich dann hinunter, um den Jungen auf die Wange zu küssen.

»Was für eine nette Überraschung«, sagte sie. »Wie geht es deinen Eltern?«

»Gut, danke«, erwiderte der Junge.

»Und Elsa und Luis?«

»Auch gut.«

»Schön.«

»Dir sieht man es an, deshalb frage ich gar nicht«, sagte sie mit einem verführerischen Lächeln.

Sie legte ihm eine Hand auf die Schulter.

»Komm rein.«

»Und Großmutter?«, fragte der Blonde.

»Sie sitzt draußen.«

Sie senkte die Stimme und fügte hinzu: »Ich glaube, sie ist eingeschlafen. Zum Glück. Bei der Hitze ist sie ziemlich anstrengend.«

Sie führte ihn in die Küche.

»Willst du etwas Kaltes zu trinken? Du bist ja ganz erhitzt. Bist du gerannt?«

»Ja«, antwortete der Junge.

Sie strich ihm das Haar aus der Stirn und ordnete es mit ein paar zärtlichen Bewegungen. »So ist es besser.«

Ernst und stocksteif wie ein Schüler, der vor dem Lehrer steht, ließ der Junge es geschehen. Dann wischte ihm die Dicke mit dem Zeigefinger sanft den Schweiß von der Oberlippe. Sie steckte sich den Finger in den Mund und leckte ihn ab. »Ganz salzig«, bemerkte sie, zog die Augenbrauen zusammen und lächelte verschwörerisch.

Mehrmals strich sie ihm langsam über die Stelle und leckte den Finger wieder ab.

»Du hast ja schon Flaum«, sagte sie, »demnächst bekommst du einen Bart.«

Der Blonde sagte nichts. Er hatte sich nicht gerührt und sah sie nur an.

»Lässt du dir einen Schnurrbart wachsen, wenn du größer bist?«

Er verzog das Gesicht, was wohl heißen sollte: Ich weiß nicht.

»Das würde dir bestimmt gut stehen. Ein Mann muss einen Bart tragen.«

Ohne sich von der Stelle zu rühren, hob der Blonde den rechten Fuß und rieb sich damit den Knöchel des anderen Beins. Die Dicke fuhr fort: »Die Mädchen sind sicher ganz verrückt nach dir. Bestimmt hast du eine kleine Freundin. Vielleicht sogar mehr als eine.«

Während sie das sagte, legte sie ihm eine Hand auf die Brust und sah ihn mit gespielt vorwurfsvoller Miene an. »Oder täusche ich mich?«

Der Junge wiegte den Kopf hin und her. Er sagte weder ja noch nein.

»Du bist ein ganz Durchtriebener«, rief die Frau aus und kniff ihn mit schmalen Augen in die Wange.

Sie hatte sich über ihn gebeugt, und es sah aus, als würde sie ihn jeden Moment verschlingen. Cucurucho hinter dem Vorhang war verwirrt von dem Feuer in ihren Augen und den schimmernden Zähnen; er spürte zugleich Anziehung und Furcht.

»Wie heißt sie denn?«, fragte sie.

»Wer?«

»Deine Freundin.«

Der Junge zögerte schüchtern.

»Los, erzähl es deiner Tante.«

»Marina.«

»Ist sie hübsch?«

»Ich finde schon.«

»Findest du? Aber bestimmt ist sie hübsch. Und was macht ihr? Küsst ihr euch? Weißt du schon, wie man küsst?«

Der Junge antwortete nicht, er hatte den Kopf gesenkt und lächelte. Die Dicke zitterte ganz leicht. Mit der Hand kämmte sie ihm nervös durchs Haar.

»Ein Schlingel bist du«, sagte sie. »Was du wohl so treibst?«

Sie drehte sich um und ging mit wiegenden Hüften auf die andere Seite. Als sie ihm den Rücken zukehrte, zog sie noch einmal an ihrer Bluse. Sie öffnete einen Schrank, nahm ein Glas heraus und ging zum Kühlschrank.

»Ich habe Orangenlimonade. Magst du das?«

»Ja.«

Sie schenkte ein und reichte ihm das Glas. Lächelnd sah sie ihm beim Trinken zu. Der Junge trank erst die Hälfte, verschnaufte kurz und leerte dann den Rest.

»Willst du mehr?«

»Nein, danke.«

»Bestimmt nicht?«

»Nein, Tante, wirklich nicht.«

»Du musst dich bei mir nicht zurückhalten.«

Sie hob mahnend den Zeigefinger.

»Tu ich gar nicht«, wehrte der Junge ab, »ich will nur nicht mehr.«

»Hast du Hunger?«

»Nein.«

»Ich habe Torte, habe ich selbst gemacht, sie ist lecker.«

»Nein, danke, im Moment nicht.«

»Ein Stückchen musst du probieren, einen einzigen Bissen nur.«

Sie ging zum Kühlschrank, brach ein Stück Torte mit den Fingern ab, kam zurück und steckte es ihm in den Mund. Der Junge schluckte.

»Hier«, sagte sie, »ich habe noch Sahne an den Fingern.«

Und sie zwang ihn, sie abzulecken.

»Schmeckt's?«, fragte sie.

»Sehr gut.«

»Mehr?«

»Nein.«

»Noch ein bisschen Orangenlimonade?«

Sie schenkte ihm ein, und der Junge trank.

»Ich habe auch Melone.«

Der Junge schüttelte den Kopf. Die Dicke breitete in einer theatralischen Geste die Arme aus. »Du willst gar nichts von mir. Ich weiß gar nicht, was ich dir noch anbieten soll.«

Der Blonde hielt ihrem Blick stand, sagte aber nichts.

»Weißt du nicht, was du willst?«, fragte sie.

Sie brach in ein langes Gelächter aus, das ihren Körper erbeben ließ. Sie beruhigte sich wieder und kniff ihn in die Wange.

»Ach, mein Junge«, sagte sie. Und sie fügte hinzu: »Warte einen Moment, ich schau mal nach der Großmutter.«

Sie ging eilig hinaus und war gleich darauf wieder zurück. »Sie schläft. Willst du eine Dusche nehmen?«

Seit er in die Küche gekommen war, hatte der Blonde sich nicht von der Stelle gerührt. Wieder lehnte er ab.

»Du bist völlig verschwitzt«, sagte sie. »Du holst dir noch was.«

»Ich bade nachher zu Hause.«

»Weißt du noch, wie die Tante dich gebadet hat, als du klein warst? Das hat dir gefallen, gelacht hast du und es genossen. Bestimmt hast du es vergessen.«

»Nein, ich erinnere mich.«

»Möchtest du, dass die Tante dich badet wie damals, als du klein warst?«

Sie bekam keine Antwort.

»Sag nicht, dass es dir unangenehm wäre«, fügte sie hinzu.

Der Junge zuckte mit den Schultern. Er stand da und blickte von unten zu ihr hinauf. »Nein«, sagte er schüchtern und wich ihrem Blick aus.

»Natürlich«, sagte sie und fing wieder an zu lachen, »jetzt bist du ja schon ein Mann. Außerdem ist die Tante alt und hässlich.«

»Du bist nicht alt«, widersprach er.

»Du findest mich nicht alt?«

»Nein.«

»Und hässlich?«

»Auch nicht.«

»Du bist ein Schatz«, sagte die Dicke.

Diesmal küsste sie ihn auf die Stirn, wobei sie mit beiden Händen sein Gesicht umklammerte.

»Ich habe es noch keinem erzählt, damit es keine Eifersüchteleien gibt, aber du bist mein Lieblingsneffe, weißt du das?«

Sie sah ihn unverwandt an und lächelte gezwungen. Der Junge lächelte ebenfalls.

»Also gut«, sagte sie schließlich und schlug einen mütterlichen Ton an, »dann sag mir doch, warum du gekommen bist.«

»Ich bin zufällig vorbeigekommen.«

»Das ist alles? Oder gibt es einen Grund? Du hattest doch nicht etwa Lust, die Tante zu sehen?«

Stille. Sie beugte sich über ihn. »Hattest du Lust, die Tante zu sehen?«

»Ja, auch.«

»Große Lust?«

»Ja.«

Wieder streichelte sie sein Gesicht. Der Junge ließ es geschehen und nutzte den Moment der Stille, um zu fragen: »Hast du schon gehört? Die Bank ist überfallen worden.«

»Wann?«

»Heute Nachmittag.«

»Und was ist passiert?«

»Die Typen sind abgehauen, aber sie konnten nicht das Dorf verlassen. Sie werden gesucht.«

»Soll das heißen, sie laufen hier frei herum?«

»Ja. Ich habe mit Freunden auf einem Grundstück gespielt, hinter unserem Haus, da habe ich einen gesehen, der sich in den Büschen versteckt hat.«

»Und was hast du gemacht?«

»Ich bin abgehauen. Wir sind aufs Polizeirevier gegangen.«

»Hattest du Angst?«

»Nein.«

»Was hat man dir auf dem Polizeirevier gesagt?«

»Dass wir zu Hause bleiben sollen, dass es gefährlich sei, draußen herumzulaufen.«

»Und du bist gekommen, um mir Bescheid zu sagen? Dass Bankräuber im Dorf sind?«

Sie hatte es voller Begeisterung gesagt, und der Junge zögerte.

Sie ließ nicht locker. »Hast du dir Sorgen um die Tante gemacht?«

Er machte eine unbestimmte Kopfbewegung.

Sie packte ihn am Arm. »Große Sorgen?«

Sie strich ihm wieder durchs Haar, und ihre Stimme nahm einen distanzierten und traurigen Ausdruck an. »Die Tante ist doch sicher. Niemand wird kommen, um ihr weh zu tun.«

Sie legte ihm eine Hand auf die Schulter und ging ein wenig in die Hocke, um mit ihm auf Augenhöhe zu sein. »Meinst du nicht?«

»Ich weiß nicht«, sagte der Junge.

»Dummkopf«, sagte sie.

Sie rieb ihre Nasespitze an seiner und sagte mit leiser Stimme: »Wenn die Diebe hier hereinkämen und mich angreifen würden, was würdest du tun? Würdest du mich verteidigen?«

»Ja«, sagte der Junge.

»Wirklich? Könntest du das?«

»Ja.«

Sie zog ihn an sich und drückte ihn gegen ihre Brust. Sie legte ihre Wange auf seinen Kopf und so verharrten sie eine Weile.

»Du bist ein guter Junge, ein wirklich guter Junge. Und die Tante hat dich sehr lieb. Wirklich sehr. Hast du die Tante auch lieb?«

»Ja«, sagte der Junge halb erstickt.

Ohne ihn loszulassen, streichelte sie seinen Rücken. »Du weißt gar nicht, wie lieb die Tante dich hat.«

Sie beugte sich hinunter und küsste ihn auf die Wange, auf die Stirn, wieder auf die Wange, auf beide Augen. Zuerst ganz sanft, dann immer gieriger. Schließlich presste sie ihre Lippen auf seine. Sie ergriff eine Hand des Jungen und steckte sie in ihren Büstenhalter. Sie führte die Hand so, dass sie eine Brust herauszog.

»Schau, wie groß«, sagte sie. »Gefällt sie dir?«

Sie packte ihn am Nacken und steckte ihm die Brustwarze in den Mund. Dann glitt sie mit einer Hand abwärts, um ihn zwischen den Beinen zu streicheln. Man sah den Blondschopf beinahe nicht mehr, er war in der Umarmung verschwunden. Die Dicke stöhnte jetzt und murmelte unverständliche Worte. Sie hob ihren Rock, wie sie es vor einer Weile bei dem Arzt getan hatte, und beugte sich über den Stuhl.

»Komm«, sagte sie und zog ihn zu sich heran.

Der Blonde gehorchte gefügig und klammerte sich, so gut es ging, an den Hintern seiner Tante. Zu diesem Zeitpunkt konnte Cucurucho hinter dem Vorhang nicht mehr anders, als zu masturbieren.

31

Der ungewöhnlich dicke Mann, der die Großwildjagd liebte – er war Agroingenieur –, lebte außerhalb des Dorfes; sein Haus lag direkt an der Bundesstraße, inmitten einer Obstplantage. An diesem Morgen war er unterwegs gewesen und hatte Fleischstücke ausgelegt, die er in einer Einkaufstüte bei sich trug, und es war ihm gelungen, vier streunende Hunde einzufangen. Er hatte sie hinter das Haus gebracht und jeden an einem Seil von ungefähr vier Metern an einen Baum gebunden. Dann hatte er sich hingesetzt und gewartet, was passieren würde. Später, wenn er genug von dem Zeitvertreib hätte, würde er die vier töten.

Die Leinen um die Hälse der Tiere hatten eine zuziehbare Schlinge, was zur Folge hatte, dass sie sich allmählich erdrosselten, wenn sie sich vom Baum entfernten und daran zogen. Anfänglich geschah nicht viel. Es waren friedliche Tiere, und sie nahmen ihre Gefangenschaft ohne Gegenwehr hin. Der Dicke stand ein paar Mal auf, um sich ein Bier aus dem Kühlschrank zu holen, und kehrte dann wieder an seinen Platz zurück. Eine Stunde später bot sich ein völlig anderes Bild.

Da die Hunde um den Baum herumgingen, wurden die Leinen immer kürzer und verhedderten sich ineinander. So in ihrer Bewegungsfreiheit eingeschränkt und mit knapper werdender Luft, fingen sie an, sich gegenseitig zu attackieren. Anfangs schnappten sie vereinzelt nacheinander, dann kehrte wieder Ruhe ein. Doch je mehr Zeit verging, umso schlimmer wurde es und endete in einem mörderischen Kampf. Es kam der Moment, in dem um den Baum herum alles nur noch Fangzähne und Aufruhr war. Mit blutigem Schaum vor dem Maul, bissen, jaulten und wanden sich die Hunde unablässig. Alle trugen schwere Verletzungen davon, doch am schlimmsten traf es den kleinsten, ein rötliches Wollknäuel mit kurzen Pfoten, der bereits ein Auge und ein Ohr eingebüßt hatte. Um sie abzukühlen, kippte der Dicke hin und wieder einen Kübel Wasser über ihnen aus, was sie nur noch verrückter machte.

Über das Gebell hinweg hörte der Dicke ein paar Schüsse, achtete aber nicht weiter darauf. Als sie sich wiederholten, wurde er aufmerksam. Er verließ den Baum und die Tiere, stellte sich vor das Haus und wartete. Noch mehr Schüsse hallten durch die Luft, und der Mann erkannte den Waffentyp und das Kaliber. Er vergaß einen Moment lang die Hunde, betrat das Haus, schenkte sich noch ein Bier ein und telefonierte. Er versuchte es bei drei verschiedenen Nummern. Niemand ging ran. Daraufhin wählte er die Nummer des Polizeireviers und erfuhr, was vorgefallen war. Schwerfällig ging er in ein anderes Zimmer, öffnete einen Schrank und nahm einen Kasten von der Größe einer Geige heraus. Er kehrte ins Wohnzimmer zurück und trank das Bier aus. Er verließ das Haus, schloss ab, ging zu seinem Wagen (einem Torino, bei dem er den Vordersitz umgebaut hatte, um mehr Platz zu haben), öffnete die Tür, legte vorsichtig den Kasten hinein und kletterte dann langsam hinter das Lenkrad. Er ließ den Motor an und fuhr durch das offene Tor, während die vier Hunde immer mehr Lärm machten.

32

Mario, der blonde Junge, war gegangen, nachdem er ein weiteres von seiner Tante liebevoll serviertes Glas Orangenlimonade getrunken hatte, und in der Küche war es still geworden. Cucurucho dachte eine Weile über die unvermuteten Dinge nach, die sich im Inneren bestimmter Häuser abspielten. Er sagte sich, dass der Nachmittag vielleicht noch mehr Überraschungen für ihn bereithielt, und die Vorstellung gefiel ihm.

Im Wohnzimmer begann jemand Klavier zu spielen. »Die Dicke«, vermutete Cucurucho. Er lauschte: Präludien von Chopin. Er erkannte sie, weil einmal während endlos langer Wochen eine Aufnahme genau dieser Präludien seine einzige Begleitung und Unterhaltung gewesen war. Die Musik war wie Balsam, und er verspürte gegenüber der unsichtbaren Pianistin ein Gefühl von Dankbarkeit. Er erinnerte sich an die hellen Augen der Frau und sagte sich, dass es vielleicht eine Möglichkeit gäbe, mit ihr zu sprechen und sich ihr zu erklären. Er malte sich aus, wie er sich ihr vorstellen und verständlich machen würde.

»Doch was sage ich ihr nur?«, fragte er sich. Er könnte versuchen, mit ihr über die Musik zu sprechen und das, was sie eine Zeit lang für ihn bedeutet hatte. Er versuchte sich die Szene vorzustellen: Ein Unbekannter taucht in der Küchentür auf und macht eine Bemerkung über Chopin. Das würde nicht einfach sein. »Das Problem ist, dass sie mir Zeit geben muss.« Er konnte sie nicht bedrohen oder einschüchtern oder sie zwingen, ihm zuzuhören. Er musste die passenden Worte finden, um sie für ein paar Minuten ruhig zu stellen. »Es ist zu riskant, bestimmt ergreift sie die Flucht, wenn sie mich sieht.« Seine Zweifel an dem Plan wuchsen, und er kam zu dem Schluss, dass ein friedlicher Dialog mit der Dicken trotz der klaren Augen und der Präludien ein Wunschdenken war, das seiner Verzweiflung entsprang. »Unmöglich«, sagte er sich, »das funktioniert nie.«

Aber da war die Musik, die ihn aufmunterte, ihn einlullte, ihn anzog und verhinderte, dass er völlig resignierte. Das Bild, das er sich von der Frau gemacht hatte, hatte sich in den letzten Minuten gewandelt. Er sah, wie sie sich verzückt über das Klavier beugte und mit ihren Fingern über die Tasten glitt. »Sie spielt gut«, dachte er, »man merkt, dass sie ein sensibler Mensch ist.« Doch kurz darauf korrigierte er sein Urteil: »Sie ist ein verkommenes Weibsstück.« Dann dachte er ohne jeden Humor: »Wenn ich rauskomme, hebt sie womöglich bloß ihren Rock hoch und beugt sich über den Stuhl.« Was kurzfristig auch eine Art Lösung seines Problems gewesen wäre.

Jedenfalls unternahm er nichts. Er vergaß die Dicke, aber nicht die Musik. Er senkte die Augenlider, hörte auf zu denken und lauschte andächtig. Das Klavierspiel nahm den Ereignissen des Tages ihren Schrecken. Er flüchtete sich in diese Klangoase und fühlte sich wohl. Der Vorhang berührte beinahe seine Nase, und seine Augen sahen allein die stille Helligkeit, die durch das bunte Stoffmuster drang. Genüsslich gab er sich einer Erinnerung hin: Im Halbdunkel eines Zimmers sah er ein Bett stehen, und in dem Bett lag er und blickte zu einer angelehnten Tür, durch die ein schwacher Lichtschein hereinfiel; nebenan unterhielten sich ein Mann und eine Frau; die Stimmen waren leise und beruhigend, und er wusste, dass es sich um seinen Vater und seine Mutter handelte; er hatte sie kaum gekannt und konnte sich nicht an ihre Gesichter erinnern. Daran musste er denken. Dieser frühe Verlust und das Versäumte beunruhigten ihn nicht. Versteckt in dieser Kammer an einem Sommernachmittag und weit weg von allem anderen, empfand er Frieden. Alles war an seinem Platz, alles hatte seine Ordnung. Entspannt und hingegeben glitt er in eine Fantasiewelt ohne Konflikte, wo nur er, die Musik und das Licht existierten.

Er bemerkte nicht einmal, dass das Klavier verstummt war. Er kehrte erst in die Wirklichkeit zurück, als eine Hand den Vorhang zurückzog. Er war wie gelähmt, und ein reuevoller Gedanke durchzuckte ihn: »Ich habe nicht aufgepasst.« Zugleich befiel ihn das Gefühl, verraten worden zu sein; dieser Traumzustand, in den die Musik ihn versetzt hatte, war nichts anderes als eine Falle gewesen, um ihn abzulenken, zu entwaffnen und zu überraschen.

Die Frau stand direkt vor ihm. Er sah das Entsetzen in ihren meerfarbenen Augen und streckte wie zur Beruhigung die Hand aus. Die Geste erschreckte sie noch mehr. Sie stieß einen langen Schrei aus, der durch das stille Haus hallte. Sie hatte den Mund weit aufgerissen und sah ihn dabei an. Auch Cucurucho hatte Angst. Stocksteif wich die Dicke zurück. Der Tisch versperrte ihr den Weg zur Tür. Sie setzte ihren Rückzug fort, bis sie gegen die Anrichte stieß, die unter Geklirr vibrierte. Etwas fiel zu Boden, drehte sich und machte ein metallisches Geräusch. Sie blieb stehen.

Um die Sache nicht noch schlimmer zu machen, wollte Cucurucho seinen Platz nicht verlassen. Doch er musste sie irgendwie aufhalten.

»Hören Sie«, begann er und versuchte seiner Stimme einen sanften Klang zu geben.

Die Frau schob sich an dem Möbel entlang und erreichte die gegenüberliegende Wand, an der sich auch die Tür befand. Cucurucho machte eine bittende Geste, die freundlich und beruhigend sein sollte.

»Warten Sie, ich muss mit Ihnen reden, beruhigen Sie sich, es ist nicht, wie Sie denken«, sagte er.

Ohne ihn aus den Augen zu lassen, schob sie sich langsam an der Wand entlang. Der Kopf streifte ein kleines Blumenbild, das herabfiel und hinter ihrer Schulter stecken blieb. Sie wagte noch einen Schritt, und das Bild fiel zu Boden.

Cucurucho unternahm einen erneuten Versuch, während er den Abstand zwischen der Frau und dem Hauseingang abzuschätzen versuchte. »Lassen Sie mich doch erklären, ich tu Ihnen nichts, ich bin nicht bewaffnet, ich bin ein friedlicher Mensch, das ist alles ein Irrtum.«

Er bettelte. Er hatte sich nicht vom Fleck gerührt und sprach zu ihr aus der Nische heraus. Die Dicke hatte einen weiteren halben Meter geschafft. Ihr Problem war, dass sie sich beim Zurückweichen tiefer in die Küche begeben hatte und sich nun Cucurucho wieder nähern musste, um sie zu verlassen.

»Sie müssen mich anhören«, sagte er, »ich sage es Ihnen noch einmal, ich bin ganz harmlos, ich musste mich hier verstecken, aber ich tue niemandem etwas zu Leide.«

Mit ausgestrecktem Arm tastete die Dicke schließlich

nach dem Türrahmen. Er unternahm einen letzten verzweifelten Versuch. »Lassen Sie es mich Ihnen erklären, ich gehe hier nicht weg, ich bleibe hier stehen, ich versichere Ihnen, ich bin ein anständiger Kerl, ich will nur, dass Sie mir eine Minute zuhören, ich heiße Carlos, man nennt mich Cucurucho, ich bin zufällig in dieses Dorf gekommen, wenn Sie erlauben, erzähle ich Ihnen die Geschichte, Sie werden sehen, dass Sie nichts zu befürchten haben, ich habe gehört, wie Sie Chopin gespielt haben, ich mag, wie Sie spielen.«

Er hielt inne und dachte, der erhoffte Moment wäre gekommen. Doch die Frau nutzte ihn, um zu handeln; mit einem Satz war sie an der Tür und rannte hinaus auf die Straße.

»Warten Sie«, rief Cucurucho, »hören Sie.«

Jetzt setzte er ihr nach. Er trat in den Türrahmen, war geblendet vom Licht und zögerte. Von draußen drangen Hilfeschreie zu ihm. Unschlüssig wandte er den Kopf, um zu sehen, ob es vielleicht einen Ausgang auf der Gartenseite gab, durch den er entwischen konnte. Doch die Blinde versperrte ihm auf einmal den Weg, schwang ihren Stock und fing ebenfalls an zu schreien. Er trat auf den Gehsteig. Er schwankte, geblendet von der Helligkeit. Er hörte die Stimme der Dicken, die rief: »Da ist er, der da.«

Er blickte in ihre Richtung und sah sie hinter einem Fenster auf der gegenüberliegenden Straßenseite. Schluchzend klammerte sie sich an eine Frau und sagte: »Er wollte mir etwas antun.«

Ohne große Überzeugung, so als täte er es nur, um der Rolle zu entsprechen, die man ihm in dieser Geschichte zugewiesen hatte, rannte Cucurucho los. Er fühlte sich müde, und er wusste, dass er geliefert war. Er kam nicht weit, nur ein paar Meter. An der Kreuzung tauchten zwei Männer auf und versperrten ihm den Weg. Er drehte sich um und wollte zurück. Aber am anderen Ende stand noch ein Typ. Er stand mitten auf der Straße mit einer Kette in der Hand. Cucurucho wich erst zur einen Seite aus, dann zur anderen, und schließlich blieb er stehen. Er ließ die Arme sinken und wartete.

33

Während er weiterging, suchte Ramiro rechts und links nach einem Ort, der ihm als Versteck dienen konnte. Er kam an einem Grundstück vorbei, auf dem er sich hätte verkriechen können, aber er verwarf die Idee, weil es zu nah an dem anderen lag. Er erreichte die nächste Kreuzung, überquerte sie, und als er auf halber Höhe des Blocks war, sah er, dass weiter vorn langsam und stumm wie eine Kröte ein Wagen um die Ecke bog. Er blieb stehen und blickte zurück; die Straße war leer. Er fing an zu rennen und bog um die Ecke. Der Wagen beschleunigte kurz und folgte ihm dann langsam in sicherem Abstand und laut hupend wie ein Feuerwehrwagen. Ein zweiter Wagen tauchte auf und dann noch einer. Auch ein paar Leute, die zu Fuß unterwegs waren. Die Straße vor ihm war menschenleer. Ramiro bemerkte, dass sie ihn wieder in die Ortsmitte trieben. Je weiter er rannte, umso mehr Hupen waren zu hören. Sie ertönten hinter ihm, neben ihm und schallten über die Häuser hinweg. Um ihn herum hatte sich das gesamte Dorf in ein einziges Hupkonzert verwandelt.

An der nächsten Kreuzung tauchte jemand auf, und Ramiro blieb stehen. Er erkannte den verrückten Pedro. Er trug noch immer den Frack vom Vorabend. Auch die hinter ihm hatten ihn entdeckt und riefen: »Schnapp ihn dir, Pedro, schnapp ihn dir.«

Ramiro rannte weiter. Der verrückte Pedro sah ihn vorbeilaufen und zögerte. Er blickte zur einen Seite, dann zur anderen, und unter den Anfeuerungsrufen stürzte er hinter ihm her. Noch bevor Ramiro die nächste Querstraße erreichen konnte, hatte er ihn eingeholt. Sie rannten zwei Blocks nebeneinander her. Ramiro auf dem Gehsteig, der verrückte Pedro mitten auf der Straße. Er versuchte nicht, näher an ihn heranzukommen, und war lediglich besorgt darum, nicht an Höhe zu verlieren und keinen Vorsprung zuzulassen, so als würde er bei einem Marathon mitlaufen. Hinter ihm rief die Meute: »Schnapp ihn dir.«

Der verrückte Pedro holte ein wenig auf und lief dicht an der Bordsteinkante entlang, doch mehr traute er sich nicht. Sie legten einen weiteren Block zurück. Sie keuchten und sahen sich ein paar Mal an. In der Absicht, an der nächsten Kreuzung abzubiegen, verlangsamte Ramiro das Tempo, doch er sah, dass auch diese Straße versperrt war. Der verrückte Pedro hatte sich seiner Geschwindigkeit angepasst, und ein paar Meter weiter blieb er stehen und wartete.

Ramiro holte ihn ein, überholte ihn sogar, und man hörte, wie ihn die Leute anfeuerten: »Los, Pedro, lass ihn nicht entwischen.«

Pedro ballte die Fäuste, zog den Kopf zwischen die Schultern und legte einen Zahn zu. Er holte ihn ein, und wieder rannten sie nebeneinander her. Hinter ihm wurde gejohlt: »Hinterher, Pedro, hinterher.«

So aufgestachelt, gewann Pedro einen Vorsprung. Dann, bestimmt um sich der Begeisterung der Leute zu versichern, sah er sich im Laufen um. Dabei verlor er das Gleichgewicht und stürzte zu Boden. Gelächter und noch mehr Rufe waren zu hören. Sie ermunterten ihn, aufzustehen. In diesem Augenblick tauchte an der Kreuzung ein mit Männern besetzter Pick-up auf und versperrte den Weg. Er bremste, und sie kletterten herunter. Ramiro blieb stehen. Er kam nicht mehr weiter. Die Mauer neben ihm war zu hoch. Aber davor stand ein Laternenpfahl. Dort kletterte er hinauf.

»Schnapp ihn dir, er haut sonst ab«, riefen die Leute.

Ramiro war bereits oben und hing schon halb über der Mauer, als er merkte, dass etwas an seinen Beinen zerrte. Es war der verrückte Pedro. Aus beiden Richtungen liefen die Menschen auf sie zu und feuerten Pedro an: »Halt ihn fest, halt ihn fest, wir kommen.«

Ramiro zog und strampelte und riss sich schließlich los. Ein Schuss fiel, dann noch einer. Ramiro warf sich auf die andere Seite, landete ungeschickt und schlug mit dem Knie auf. Er rappelte sich hoch und stellte fest, dass er sich auf der rückwärtigen Seite der Kirche befand. Am anderen Ende des Kirchhofs entdeckte er eine Tür, und humpelnd lief er darauf zu. Kurz bevor er sie erreichte, tauchte ein Priester auf, der die Tür zuschlug, als er ihn kommen sah. Ramiro warf sich dagegen, und es gelang ihm, sie einen Spalt breit zu öffnen. Er schob einen Fuß dazwischen, steckte einen Arm hindurch und tastete blind umher. Er berührte erst eine Schulter, dann ein Ohr und drehte es um. Die Tür ging auf. Er trat ein, und als er sie schließen wollte, entdeckte er oben auf der Mauer mehrere Köpfe und Arme. Der Priester war ein paar Schritte zurückgewichen. Er stand mitten im Raum und betastete sein Ohr. Er war ein untersetzter, leicht übergewichtiger Typ in den späten Fünfzigern.

»Wo ist der Schlüssel?«, fragte Ramiro.

»Es gibt keinen Schlüssel.«

An den Wänden waren Stühle aufgereiht. Ramiro

packte einen und blockierte die Tür, indem er die Rückenlehne unter den Türgriff klemmte.

»Was wollen Sie?«, fragte der Geistliche.

Ramiro richtete die Waffe auf ihn und sagte: »Sie gehen vor.«

Der andere rührte sich nicht. Ramiro trat näher, und mit einer Handbewegung trieb er ihn an: »Los.«

Sie passierten einen Vorhang und befanden sich neben dem Altar. Es brannten keine Kerzen, das einzige Licht, das hereinfiel, strahlte von oben durch die Fenster.

Ramiro ließ seinen Blick über die leeren Bankreihen gleiten und fragte: »Ist die Kirche offen oder geschlossen?«

»Sie ist offen.«

Dort, wo der Haupteingang sein musste, erhaschte er in diesem Moment einen hellen Lichtfleck. Unmittelbar danach glitten ein paar Schatten von einer Säule nur nächsten. Hinter dem Vorhang war ein Klopfen zu hören.

»Stecken Sie die Waffe weg, wir sind an einem heiligen Ort«, sagte der Priester.

»Halten Sie den Mund«, befahl Ramiro.

Er stellte sich hinter einen Beichtstuhl und wartete, doch nichts rührte sich. Er packte den Priester am Arm, und sie gingen zum Seitenschiff. An dessen Spitze konnte Ramiro einen Durchgang ausmachen.

»Wo führt der hin?«, frage er.

»In den Glockenturm.«

»Gehen wir.«

Sie hasteten darauf zu und kamen an zwei Seitenaltären vorbei. Der Priester wollte stehen bleiben und sich bekreuzigen. Ramiro zerrte ihn weiter. »Nicht stehen bleiben.«

Sie passierten den Durchgang. Eine steinerne Wendeltreppe führte hinauf in den Turm. Ramiro suchte nach etwas, um den Durchgang ebenfalls zu blockieren. Er fand nichts.

»Los, hinauf«, sagte er.

Sie erklommen die Treppe. Der Priester vorneweg. Ramiro trieb ihn an. Der Priester bewegte sich langsam mit dem Rücken zur Wand, um sich so weit wie möglich von der Leere des Treppenauges fern zu halten. Sie befanden sich auf halber Höhe, als er stehen blieb.

»Schneller«, sagte Ramiro und gab ihm einen Rippenstoß.

»Ich habe Höhenangst«, jammerte der Priester.

»Schauen Sie nicht nach unten.«

Der Priester setzte langsam einen Fuß vor den anderen, dann blieb er wieder stehen. Er schwitzte.

»Beeilen Sie sich«, sagte Ramiro.

»Ich kann nicht.«

»Machen Sie schon, oder ich stoße Sie hinunter.«

Stimmen waren zu hören. Mehrere Männer standen am Fuß der Treppe.

»Da sind sie«, sagte einer.

»Nicht schießen«, sagte ein anderer.

Ramiro dachte, dass sein Platz auf der Treppe der exponiertere war, falls sie sich doch entschließen sollten, zu schießen.

»Lassen Sie mich vorbei, ich geh voran«, sagte er.

Er zwang den Priester, sich von der Wand zu lösen und zur Treppenmitte zu treten. Er glitt seitlich hinter ihm hindurch und spürte, wie der andere zitterte.

»Kommen Sie«, sagte er, »gehen Sie dicht hinter mir weiter.«

Die Männer unten hatten ebenfalls begonnen, die Treppe hinaufzusteigen. Es waren fünf. Ramiro und der Priester erreichten die Plattform unter den Glocken und kletterten hinaus. Dann beugte sich Ramiro über die Treppe und gab drei Schüsse ab. Schreie und Flüche waren zu hören, und er wusste, dass er jemanden getroffen hatte. Er sah, wie die Männer den Rückzug antraten.

34

Hin und wieder trat Ramiro an die Treppe und beugte sich über die Brüstung, die zum Platz zeigte. Unten herrschte geschäftiges Treiben und Gerenne, Autos kamen und Menschentrauben bildeten sich an den Ecken. Er entdeckte den flatternden Frack des verrückten Pedro, der die ganze Zeit hin und her lief. Auch das weiße Jackett von Varini. Der Anwalt erteilte Befehle, gestikulierte und organisierte das Ganze, als wäre er der Oberbefehlshaber einer Armee, die sich für den Sturm einer Festung rüstete. Ein Polizeijeep drehte unablässig seine Runden auf dem Platz.

Ramiro sah eine Zeit lang zu, dann wandte er sich ab und blickte in die andere Richtung. Er konnte den Fluss sehen und dahinter die sanft geschwungenen Felder. Er dachte, dass er noch nie auf einem Kirchturm gewesen war und es sogar genossen hätte, wenn die Umstände andere gewesen wären. Trotzdem gefiel es ihm, und selbst die schwere Sommerluft hatte dort oben einen anderen Geruch. Er sagte sich, dass er den Priester gebeten hätte, ihn allein zu lassen, wenn er nicht seine einzige Sicherheit gewesen wäre. Er schaute ihn an.

»Sie rauchen bestimmt nicht«, sagte er zu ihm.

»Doch, ich rauche.«

»Haben Sie Zigaretten?«

»Ja.«

»Geben Sie mir eine.«

Der Priester steckte die Hand in die Tasche seiner Soutane, zog ein Päckchen Zigaretten und eine Streichholzschachtel heraus und reichte sie ihm. Ramiro zündete sich eine an und gab ihm beides zurück. Mit dem Rücken zum Platz rauchte er bedächtig. Als er fertig war, warf er die Kippe über die Brüstung.

Der Blick über die Felder und die Zigarette hatten ihn beruhigt. Er sagte sich, dass er im Augenblick dort sicher war. Unmöglich, dass sie heraufkamen. In einer Ecke ging er in dic Hocke und betrachtete die Glocken und den wolkenlosen Himmel. Der Priester stand noch immer an derselben Stelle. Er hatte einen Rosenkranz in der Hand und ließ ihn durch seine Finger gleiten.

»Was tun Sie? Beten?«, fragte Ramiro.

»Ja.«

»Für wen?«

»Für alle.«

»Auch für mich?«

Der Priester ignorierte die Ironie, sah ihn friedfertig an und sagte: »Auch für Sie.«

Ramiro nickte, und sie schwiegen eine Zeit lang. Dann stand er auf, blickte hinunter auf den Platz und sah zwei Männer, die sich an einem Baum zu schaffen machten. Die Stimme eines der Redner, die am Vorabend auf dem Fest gesprochen hatten, war zu vernehmen. Er wurde aufgefordert, sich zu ergeben. Sie wiederholten dieselben Sätze in regelmäßigen Abständen.

»Was haben Sie vor?«, fragte der Priester.

Ramiro ließ sich Zeit mit der Antwort. Er sagte: »Warten.«

Aus dem Inneren des Glockenturms hörte man eine Stimme, die den Priester fragte, wie es ihm ginge.

»Antworten Sie«, sagte Ramiro.

Der Priester beugte sich hinunter und rief: »Es geht mir gut, danke.«

»Sagen Sie ihm, er soll herunterkommen, es gibt kein Entkommen«, sagte die Stimme.

Der Priester drehte sich um und sah ihn an. »Sie haben es gehört.«

»Sagen Sie ihm, dass ich es mir überlege.«

Der andere zögerte.

»Antworten Sie ihm«, befahl Ramiro.

»Er sagt, er überlegt es sich«, rief der Priester.

»Fragen Sie ihn, was mit meinen Freunden ist.«

Der Priester gehorchte.

»Einer hat sich zur Wehr gesetzt und ist tot«, sagte der unten.

Beide hatten die Antwort klar und deutlich vernommen. Für alle Fälle drehte sich der Priester um und wiederholte den Satz: »Einer hat sich zur Wehr gesetzt und ist tot.«

Ramiro drehte ihm den Rücken zu und blickte wieder über die niedrigen Häuser und die Ebene. Er hörte den Priester sagen: »Warum geben Sie nicht auf? Sie kommen hier nicht weg. Früher oder später werden Sie hinuntergehen müssen. Oder die anderen kommen herauf. Je schneller, desto besser für Sie.«

»Ich habe Zeit«, erwiderte er.

»Gehen Sie hinunter«, insistierte der Priester, »ich bürge für Ihre Sicherheit.«

Ramiro sah ihn an und lächelte, sagte aber nichts.

Auf dem Platz war wieder die Stimme des Redners zu hören. Als er schwieg, war es auf einmal vollkommen still, und man hatte den Eindruck, dass alle gegangen waren.

Der Priester ergriff wieder das Wort. »Warum tun Sie das?«

»Was meinen Sie?«

»Mein Sohn, es gibt andere Möglichkeiten, an Geld zu kommen.«

Gelassen brachte Ramiro ihn mit einer Handbewegung zum Schweigen. »Eins nach dem anderen. Erstens, nennen Sie mich nicht Sohn, ich bin nicht Ihr Sohn. Zweitens, wenn Sie es wirklich wissen wollen, Geld interessiert mich nicht.«

»Ich verstehe nicht.«

»Ist auch nicht nötig.«

»Wenn Sie Geld nicht interessiert, weshalb stehlen Sie es dann?«

»Ich habe nicht vor, es Ihnen zu erklären.«

»Sie können mit mir reden.«

»Nein, kann ich nicht.«

»Wenn Sie Widerstand leisten, wird man Sie töten.«

»Ja.«

»Und Sie werden auch töten.«

»Ja.«

Wieder erschallte der Aufruf vom Platz. Dann, erfüllt von Trauer und sehr ernst, sagte der Priester, so als spräche er nicht nur zu ihm, sondern zu einer Menschenmenge: »Das Leben eines Menschen, jedes Menschen, ist kostbar und einzigartig.«

Ramiro zog eine verächtliche Grimasse. »Hören Sie auf mit dem Scheiß. Das Leben eines Menschen ist einen Dreck wert. Das ist zur Genüge bewiesen worden.«

Der Priester sah ihn bekümmert an. »So etwas dürfen Sie nicht sagen.«

»Und ob ich das darf. Wer soll mich daran hindern?«

Mit derselben Bekümmertheit wiederholte der Priester: »Das dürfen Sie nicht.«

»Und ob ich das darf, und nicht nur das. Ich habe hier oben das Sagen.«

»Gewalt führt zu nichts, nie.«

Diesmal versuchte Ramiro zu lächeln, doch es gelang ihm nicht. Er hob seine Waffe. »Sie nennen das Gewalt. Das ist keine richtige Gewalt. Es gibt eine andere Art von Gewalt, die eigentliche, die, die uns die ganze Zeit bedroht. Und auch die, die Sie von ihrer Kanzel herab ausüben.«

»Wir predigen das Wort Gottes«, wandte der Priester energisch ein.

»Ich kenne das Wort Gottes. Und ich habe darüber nachgedacht. Aber nicht Sie haben es mich gelehrt.«

Der Priester schwieg. Er schien zutiefst niedergeschlagen. Dann, so als plage ihn ein großer Schmerz, murmelte er: »Wenn Sie das Wort Gottes kennen, wissen Sie bestimmt, dass es Frieden, Liebe, Toleranz und Verständnis bedeutet.«

Diesmal preschte Ramiro vor und griff ihn an. »Ich werde versuchen, deutlich zu sein. Ihr Friede, Ihre Liebe, Ihre Toleranz taugen für mich nicht. Der Hass ist das Einzige, was mir das Gefühl gibt, am Leben zu sein.«

Seine Stimme klang wütend, und der Priester konnte seinem Blick nicht standhalten.

Ramiro hielt inne, bevor er weitersprach. Dann sagte er langsam und nachdrücklich und unter Betonung jeder einzelnen Silbe: »Christus hat versagt.«

Die Augen des Priesters durchzuckte Furcht. Starr und sichtlich aus der Fassung gebracht, richtete er mit gefalteten Händen den Blick zu Boden. Schließlich sagte er mit müder, kraftloser und beinahe flehender Stimme: »Das dürfen Sie nicht sagen.«

So als würde er die Erschöpfung des anderen teilen, sagte Ramiro, der sich wieder beruhigt hatte, ebenfalls mit leiser Stimme: »Das sage nicht ich. Sehen Sie sich doch um.«

Er wartete. Als er keine Antwort bekam, fuhr er fort: »Sehen Sie sich den Platz dort unten an.« Er fasste ihn am Arm und zwang ihn, an die Brüstung zu treten. »Schauen Sie nur. Was sehen Sie?«

Der Priester antwortete nicht. Ramiro sprach weiter: »Heutzutage hat jeder, der gerecht sein will, die Wahl zwischen töten und nicht töten. Und es ist nicht einfach, sich für das eine oder das andere zu entscheiden. Aber davon wollen Sie ja nichts wissen.«

Der Priester hatte sich nicht gerührt. Und als er redete, schien er es mit sich selbst zu tun. »Man kann mit Hass nicht leben.«

»Ich schon. Das versichere ich Ihnen.«

Jetzt hob der andere den Blick und sah ihn an. »Es muss etwas geben, was über diesem Hass steht. Etwas, wofür es sich zu leben lohnt. Etwas, das Sie sich sehnlichst wünschen.«

Ramiro unterbrach ihn: »Da ist nichts.«

Er machte eine Pause und fuhr fort: »Oder vielleicht doch. Es gibt etwas: Ich wäre gerne unsterblich.«

Der Priester sah ihn überrascht an. »Unsterblich? Wozu?«

Ramiro antwortete nicht gleich, seine Gesichtszüge verhärteten sich, und als er es schließlich tat, sprach er flüsternd und mit nach vorn geworfenem Oberkörper: »Um mich zu rächen.«

Diesmal strich sich der Priester mit einer Hand über die Stirn und legte sie dann auf seine Augen. Man hörte erneut den Aufruf vom Platz und eine Sirene.

»Ich kann mich für Sie einsetzen«, probierte er es noch einmal. »Tun Sie die Waffe weg und lassen Sie uns hinuntergehen.«

»Halten Sie endlich den Mund«, befahl Ramiro.

35

Vor einem zweistöckigen Gebäude mit Balkon hielt der Torino an einer Ecke des Platzes. Die Fahrertür öffnete sich, und der dicke Mann, der die Großwildjagd liebte und Hunde fing, stieg langsam aus. Es war ein mühseliges Unterfangen. Zuerst schob er ein Bein hinaus und stellte es auf den Boden, dann hielt er sich mit der linken Hand am Autodach fest und hangelte sich langsam vom Sitz. Nach zahlreichen Manövern gelang es ihm schließlich, den Wagen zu verlassen. Er nahm den Kasten und gesellte sich zu einer Gruppe von Leuten, die nach oben schauten. Er fragte: »Ist er noch da?«

»Ja«, bekam er zur Antwort, »er hat dem Zwerg Aguirre eine Kugel verpasst, in den Arm.«

»Was macht er?«

»Man kann nichts sehen.«

Ein Wagen fuhr mit Vollgas vorbei. Ein Junge streckte seinen Kopf aus dem hinteren Seitenfenster und verkündete: »Sie haben noch einen erwischt.«

»Wo?«, wurde er gefragt.

Doch der Wagen war schon vorbei.

Der Dicke marschierte schnurstracks auf das Gebäude zu und ging hinein. Er versuchte sich zu beeilen, machte kleine Schritte und wankte hin und her. Von hinten sah er eckig wie eine Tür aus. Zwei Jungen auf dem Gehsteig folgten ihm. Der Dicke erklomm die Treppe, indem er sich am Handlauf hochzog und auf jeder Stufe stehen blieb. Er war sichtbar erregt, und die Tatsache, dass er nicht schneller vorankam, machte ihn ungeduldig. Das Hemd, das über der Hose hing, klebte an seinem Körper, und man sah den fetten Bauch, der über den Gürtel quoll.

Im ersten Stock blieb er stehen und schöpfte Atem. Er setzte sich nicht, weil es zu kompliziert gewesen wäre. Den Blick starr geradeaus gerichtet und die freie Hand gegen die Wand gestützt, blieb er einfach stehen und atmete schwer. Minuten vergingen. Als er neue Kraft geschöpft hatte, nahm er sich mit derselben nervösen Langsamkeit den nächsten Absatz vor, wobei er auf jeder Stufe mit beiden Füßen stehen blieb, bevor er die nächste in Angriff nahm.

Er erreichte den zweiten Stock und blieb erneut stehen. Diese Pause dauerte etwas länger. Der Dicke hatte die Ruhe und den Gleichmut eines Wiederkäuers, und er machte den Eindruck, als würde er sich nicht mehr dort wegbewegen. Sein Brustkorb hob und senkte sich wie ein Balg. Die Jungen hatten keine Lust mehr, im Stehen zu warten, und setzten sich hin. Schließlich raffte sich der Dicke wieder auf. Es geschah mit einem Ungestüm, der einen beinahe verzweifelten Willen verriet. Doch seine Kräfte hielten nicht lange vor. Jetzt pausierte er auf jeder Stufe. Die beiden Jungen folgten ihm lustlos im selben Tempo und blieben stehen, wenn er stehen blieb. Ernst und stumm blickten sie ihn an und warteten auf den nächsten Schritt.

Der Dicke kam oben an, öffnete die Balkonflügel und lehnte sich in den Türrahmen. Dann trat er hinaus in die Sonne. Links war eine Wand, die einen Schatten warf. Er ging darauf zu, lehnte sich mit dem Rücken an die Wand und ruhte wieder aus. Das Balkongeländer, das zum Platz zeigte, war aus Gitterstäben, und dahinter, über den

Baumwipfeln, sah man scharf umrissen den Kirchturm. Der dicke Mann überlegte eine Weile, wie er sich am besten setzen sollte. Er versuchte es einmal, versuchte es ein zweites Mal, doch vergebens. Indem er sich schließlich an der Wand und auf dem Kasten abstützte, gelang es ihm, ein Knie zu beugen – kein einfaches Unterfangen. Die Jungen sahen aus ein paar Metern Entfernung zu, wie er sich abmühte. Ohne zu lachen, stieß der eine den anderen mit dem Ellbogen an.

Als er endlich beide Knie aufgestützt hatte, ließ sich der Dicke auf die Seite fallen und schaffte es so in eine sitzende Position. Er stieß einen tiefen Seufzer aus und schien in sich zusammenzusacken. Er wartete. Dann griff er nach dem Kasten, legte ihn auf seine Beine und öffnete ihn. Darin lag ein Jagdgewehr mit Zielfernrohr. Die zwei Jungen traten näher und gingen in die Hocke. Er setzte die Waffe mit fahrigen und ungeschickten Bewegungen zusammen, so als fürchtete er, nicht genug Zeit für seinen Plan zu haben. Er schnaufte. Als das Gewehr bereit war, lud er es und legte es neben sich. Dann stützte er sich auf eine Hand auf und verteilte seine Pfunde über den Boden, indem er sich auf den Bauch drehte. Auf Ellbogen robbte er schnaubend ein paar Meter vorwärts, bis er sich gegen das Geländer lehnen konnte.

Er brachte das Gewehr in Anschlag und legte das Auge an den Sucher. Er suchte die Öffnung des Glockenturms, fand sie, konnte keine menschliche Silhouette entdecken und machte sich bereit zu warten.

Einer der Jungen gab sich einen Ruck und fragte: »Sieht man was?«

»Ruhe«, sagte der dicke Mann.

Die Minuten vergingen. Unten auf der Straße herrschte noch immer reger Betrieb. Oben auf dem Kirchturm war nichts zu sehen, keine Bewegung, kein Schatten, lediglich der weiße Himmel. Der Dicke musste das Gewehr loslassen, um aus der Gesäßtasche seiner Hose ein Taschentuch zu ziehen und sich damit den Schweiß abzuwischen, der seinen Blick trübte.

»Was ist zu sehen?«, fragte einer der Jungen.

»Halt den Mund«, sagte der Mann, während er den Turm neu anvisierte.

Unter den Glocken bewegte sich etwas, und der Dicke war sofort voller Anspannung. Er presste sein Auge auf den Sucher, und seine Hände zuckten nervös über die Waffe. Doch nach einer Weile musste er sie erneut herunternehmen, um sich den Schweiß abzuwischen.

»Hör mal, Bürschchen«, sagte er, ohne einen der Jungen anzuschauen, »geh und besorg mir ein Bier.«

Er steckte zwei Finger in die Brusttasche seines Hemds und zog ein paar feuchte Geldscheine heraus. Er verteilte sie auf den Fliesen und nahm zwei davon weg. Er hob den Arm. Einer der Jungen trat zu ihm, ergriff die Geldscheine und rannte davon. Im Handumdrehen war er mit einer Dreiviertelliterflasche zurück.

»Behalt das Wechselgeld«, sagte der Dicke.

Er ließ sich auf die linke Seite fallen, drehte das Gesicht nach oben und trank die Hälfte. Dann kehrte er in seine Position zurück.

»Was für ein Gewehr ist das?«, fragte einer der Jungen.

»Holland & Holland, Kaliber 224, ein Präzisionsgewehr mit Zielfernrohr, englisches Fabrikat«, sagte der Dicke.

»Was für Tiere kann man mit so einem Gewehr schießen?«, wollte der Junge wissen.

»Alles Mögliche. Löwen, Tiger, Nashörner. Was auch immer.«

»Haben Sie so ein Tier schon mal geschossen?«

»Ruhe«, sagte der dicke Mann.

Er trank die Flasche aus, wischte sich den Schweiß ab und legte ein Auge an den Sucher. Vorher sagte er noch: »Bürschchen, hol mir noch ein Bier, aber achte darauf, dass es schön kalt ist.«

Der Junge verschwand und kam mit dem Bier zurück. Der Dicke trank es wie beim ersten Mal in zwei Zügen aus und schickte nach einem dritten.

»Bring mir auch ein Sandwich«, sagte er.

»Was für eins?«, fragte der Junge.

»Egal. Schnitzel, Salami, Mortadella. Aber sag, es soll ordentlich was drauf sein.«

Als das Bestellte eintraf, legte er das Gewehr beiseite und verschlang es gierig, riss ganze Stücke ab und spülte sie mit großen Schlucken Bier und laut schmatzend hastig hinunter, wobei er die Augen starr auf den Glockenturm gerichtet hielt. Er war noch immer durstig und hob die leere Flasche, um mehr Bier zu ordern.

Es verging über eine halbe Stunde, ohne dass etwas geschah. In dieser Zeit verdrückte der Dicke noch zwei Sandwichs und leerte zwei weitere Flaschen Bier. Er wurde immer unruhiger. »Er muss auftauchen«, sagte er sich, »irgendwann muss er einfach auftauchen.« Er betete, dass sich der Bankräuber nicht ergab. Er hatte seine Gründe, so begierig darauf zu sein. Er hatte dieses Gewehr vor einiger Zeit gekauft, und es hatte ihn eine ordentliche Stange Geld gekostet. Es war die letzte einer Reihe von Erwerbungen, die im Laufe seines Lebens für einen Traum gestanden hatten, den er nie verwirklicht hatte: einmal auf Safari gehen. Alles, was man über Waffen und die Jagd wissen konnte, wusste er. Er war ein Experte. Doch nach all der Lektüre über das Thema – Bücher, Zeitschriften –, nach all den Filmen, Reiseprospekten und Briefen an Touristikunternehmen war es ihm lediglich gelungen, sein umfassendes Wissen in nächtlichen Gesprächen im Club oder im Restaurant, wo er in seinem verstärkten Stuhl saß, seinen Freunden aufzuzwingen. Tatsächlich hatte er nie auf etwas geschossen, das es wert gewesen wäre. Jetzt, nach all den Jahren, spürte er, dass hier, in seinem eigenen Dorf, seine Stunde gekommen war, und er schärfte sich ein, dass er sie sich nicht entgehen lassen durfte, dass er nicht versagen durfte.

Mit dem tropfnassen Taschentuch wischte er sich über Stirn und Augen und schickte nach einem neuen Bier.

36

Wenige Meter von der Haustür entfernt, aus der er gekommen war, stand Cucurucho noch immer auf dem Gehsteig. Jemand hatte die Tür zugemacht, bestimmt die Blinde. Sämtliche Straßen waren blockiert, und wie jemand, der Zeit gewinnen will oder sich langweilt, sah er ergeben von einer Seite zur anderen. Er konnte die Gesichter der Männer, die an den Kreuzungen standen, nicht erkennen. Hingegen sah er noch immer deutlich die entsetzten Augen der Dicken im Fenster gegenüber, den drohenden Ausdruck der Nachbarin, die sie im Arm hielt, und zwei weitere Frauen, die gerade erschienen waren. Alle waren verstummt, und wie vor kurzem erst – drinnen, hinter jenem Vorhang – kam Cucurucho das Ganze so unwirklich vor, als würde es gar nicht stattfinden. Durch die Stille und Reglosigkeit glich die Szenerie, in der er sich befand, einem Foto oder Gemälde. Er sagte sich, dass sich die Gestalten vielleicht gar nicht bewegen würden, dass sie in der Helligkeit gefangen waren, wie er es dort an seinem Platz auch war, ohne Kraft und ohne die Möglichkeit, sich loszureißen.

Er ließ den Blick über die Häuser schweifen und entdeckte nichts als Licht und stumme Gegenstände; Antennen, Kabel, Wassertanks. Dann senkte er den Blick und betrachtete seine Schuhe auf dem gepflasterten Gehsteig und eine emsige Ameisenkarawane, deren Weg er mit einem Fuß abgeschnitten hatte. Er sah, wie sie alarmiert stehen blieben, zögerten, einen Ausweg suchten, um ihn herummarschierten und, jede mit ihrer Last, ihren Weg fortsetzten. Einen Moment lang ließ er sich davon ablenken.

Als er wieder die Straße hinunterblickte, stellte er fest, dass sich etwas verändert hatte. Der Typ mit der Kette zu seiner Rechten war nicht mehr allein; es waren jetzt vier. Auf der anderen Seite standen sechs. Er hatte die anderen nicht kommen sehen, und es war, als hätten sie sich im Sonnenlicht einfach materialisiert. Er konnte nur die Silhouetten erkennen, aber er spürte die drohenden Blicke all dieser unsichtbaren Augen auf sich ruhen. Es war wie ein Strafgericht. Müde fragte er sich, worauf sie warteten, warum sie nicht näher kamen und ihn sich endlich vorknöpften. Er dachte, dass er nichts mehr ausrichten konnte. Und irgendwie erleichterte ihn die Vorstellung.

Er trat vom Gehsteig auf die Straße und ging langsam in die Mitte. Die Frauen auf der gegenüberliegenden Seite schlossen eilig die Fensterläden. Cucurucho blieb stehen und kehrte die Hosentaschen nach außen. Er strich sich über den Hosenbund, damit alle sehen konnten, dass er keine Waffen trug. Er hob beide Arme, damit klar wurde, was er damit bezweckte. Dann kehrte er an seinen Platz zurück. Er blieb dort stehen und fühlte sich immer verwundbarer. Minuten vergingen, während deren er nichts anderes tat, als sich den Schweiß von der Stirn zu wischen und auf irgendeinen Punkt auf der Straße zu starren. Dann machte er zaghaft zwei Schritte zur Seite, um sich in den Schatten eines Baums zu flüchten. Der Schatten schützte ihn nicht nur vor der Sonne, sondern vermittelte ihm die Illusion, sich teilweise den Blicken entziehen zu können. Mit den Handflächen nach außen legte er beide Hände auf den Rücken, lehnte sich an die Wand und wartete.

Ein Wagen tauchte auf und hielt an. Bremsgeräusche und Türenschlagen durchbrachen die Stille. Cucurcho bemerkte, dass links von ihm ein Fenster aufging und jemand herausschaute, doch er sah nicht hin. Er hatte das ungute Gefühl, an der falschen Stelle zu stehen, und statt Angst hatte ihn eine gewisse Scham befallen. Auf dem Dach des Hauses tauchten die Köpfe von drei Jungen auf. Sie spionierten und wollten nicht entdeckt werden. Sie trugen Spielzeuggewehre.

Als hätten sie sich abgesprochen, setzten sich die Männer auf beiden Seiten irgendwann in Bewegung. Langsam und in der Straßenmitte. Ein paar Mal blieben sie stehen, und ohne ihn aus den Augen zu lassen, machten sie irgendwelche Bemerkungen. Cucurucho konnte ihre Stimmen nicht hören. Er warf beiden Gruppen den resignierten Blick eines in die Enge getriebenen Hundes zu und senkte ihn wieder.

Fenster und Türen waren aufgegangen, und die Zahl der Schaulustigen wuchs. Das alles geschah in völliger Stille, so als handle es sich um eine Zeremonie. Schließlich bildeten die Männer, die von beiden Seiten gekommen waren, eine Gruppe und blieben stehen. Sie sprachen noch immer leise miteinander, standen einfach in der Sonne und beobachteten ihn. Hin und wieder kam jemand aus der einen oder anderen Richtung und gesellte sich dazu. Um irgendetwas zu tun, wischte sich Cucurucho erneut über das Gesicht. Die Sache zog sich in die Länge. Wie schon zuvor – an diesem oder einem anderen Tag, Cucurucho hätte es nicht genau sagen können – schwebte eine Wolke gelber Schmetterlinge die Straße entlang und trennte wie eine Welle kurzzeitig den Mann, der allein war, von den anderen.

Ein Junge löste sich aus der Gruppe, ging zu einem Stapel Ziegelsteine und hob einen auf. Er schaute zu Cucurucho, schätzte die Entfernung, beugte sich ein wenig nach vorn, streckte den Arm und warf, wie beim Bocciaspiel, von unten. Der Ziegelstein fiel ohne besondere Wucht neben Cucuruchos Füßen zu Boden. Anscheinend hatte der Junge nicht vorgehabt, ihn zu treffen. Beinahe lustlos und ohne Kraftaufwand, so wie man ein Tier piesackt, um es zu provozieren oder zu verscheuchen, warfen sie noch einen und noch einen. Um ihn herum häuften sich ganze und zerbrochene Ziegelsteine. Einer überschlug sich ein paar Mal und landete auf seinem Schuh. Er betrachtete ihn und ließ ihn dort liegen, bewegte den Fuß nicht, um ihn herunterzukippen.

Dann erhöhte ein Dicker mit Schirmmütze die Wurflinie. Das Geschoss flog in hohem Bogen durch die Luft und schlug dicht neben Cucuruchos Ohr gegen ein Abflussrohr, das wie eine Glocke tönte. Die anderen ließen sich anstecken und zielten etwas genauer. Noch immer warfen sie die Ziegelsteine von unten, schätzten Gewicht und Entfernung mit ausgestrecktem Arm, zielten bedächtig, immer einer nach dem anderen.

Cucurucho duckte sich und schützte seinen Kopf. Ein paar trafen ihn am Körper und an den Armen, und er kauerte sich noch mehr zusammen. Als sie genug davon hatten, beschlossen die Männer, näher ranzugehen. Cucurucho sah sie, richtete sich auf und wartete. Sie waren nur wenige Meter entfernt, doch es dauerte. Sie machten einen Schritt und blieben dann wieder stehen. Der erste, der ihn erreichte, sah ihm ins Gesicht und stieß ihn mit der Hand vor die Brust, was ihn gegen die Wand warf. Er prallte zurück und bekam einen Stoß gegen die

Schulter. Noch schlugen sie ihn nicht, es war eher eine Rempelei. Er fand, er müsse etwas sagen, irgendetwas. Er setzte dazu an, doch sie ließen ihm keine Zeit. Sie verpassten ihm eine Gerade mit der Faust, was seine Lippe platzen ließ. Er unternahm nichts, versuchte nicht einmal, die Hände schützend zu heben. Die nächste Gerade ließ seinen Kopf zur Seite schnellen. Jetzt standen sie dicht um ihn herum, und er konnte ihre Blicke sehen. Sie waren sehr ernst, und am schlimmsten war die Stille. Einer baute sich mit gespreizten Beinen vor ihm auf und schlug ihn auf den Mund und anschließend in die Magengrube. Geräuschlos sackte Cucurucho zusammen. Sie traten ein wenig zurück und warteten, bis er sich wieder erholt hatte. Dann schlugen sie ihn von allen Seiten. Erstickt und kraftlos wie er war, hätte er eigentlich zu Boden gehen müssen, doch die Schläge selbst hielten ihn aufrecht.

Jemand sagte: »Man muss ihn aufs Polizeirevier bringen.«

Sie packten ihn am Hemd, rissen ihn von der Wand weg und stießen ihn auf die Straße. »Geh schon«, riefen sie.

Blind machte er ein paar Schritte. Sie zwangen ihn umzukehren. »In die andere Richtung.«

Die Männer schienen sich für den Augenblick beruhigt zu haben. Hin und wieder stießen sie Cucurucho in den Rücken, was ihn vorwärts stolpern ließ, dann fiel er wieder in gleichmäßigen Trott.

Die Stöße wurden kräftiger und zahlreicher. Jemand verpasste ihm einen Tritt. »Los, beweg dich.«

Noch ein Tritt, diesmal mit der Schuhsohle, und er verfiel für ein paar Meter in Trab. Dann ein Schlag in die Nieren. Die Typen kamen wieder in Fahrt. Bevor sie den zweiten Block passiert hatten, gaben sie ihm eine kräftige Ohrfeige und trieben ihn die ganze Zeit vorwärts. Immer mehr Menschen tauchten auf, strömten an den Straßenecken zusammen und schlossen sich dem Zug an. In einer Tür tauchte hinter einer Frau ein Junge auf und fragte: »Wer ist das, Mutter?«

»Ein schlechter Mensch«, sagte sie.

Sie stieß den Jungen ins Haus.

Eine barfüßige Alte trat mit einem Eimer Wasser aus einem Hausflur. Sie lief auf die Straße, stellte sich vor Cucurucho hin und schüttete ihm das Wasser ins Gesicht. Ein paar Fahrzeuge bildeten den Abschluss des Zugs. Sie bogen in die Hauptstraße ein, noch immer weit vom Zentrum entfernt. Dort ging Cucurucho zu Boden. Sie warteten, bis er sich wieder aufgerichtet hatte. Dann schlugen sie ihn erneut. Er war blutüberströmt. Sie hatten ihm teilweise das Hemd heruntergerissen, und er hatte einen Schuh verloren und humpelte.

In seinem Zustand nahm er nicht mehr viel wahr. Vor sich sah er die leere, sonnenbeschienene Straße und stolperte sie blind entlang. Er wusste nicht, wohin er ging, und sein ganzer Wille war darauf ausgerichtet, immer weiterzugehen und nicht zu Boden zu gehen. Er bemerkte die Menschen um sich herum, spürte, wie sie ihn wie eine Wolke Hornissen bedrängten. Er fühlte die Wucht der Schläge, aber nicht den Schmerz.

An der nächsten Straßenecke fiel er wieder hin. Diesmal warteten sie nicht, sondern verpassten ihm zahlreiche Tritte. »Sie werden mich umbringen«, dachte er, »ich muss aufstehen.« Aber es war schwer, wieder aufzustehen und sich dem Marsch und den Schlägen erneut auszusetzen. Es wäre leichter gewesen, aufzugeben, die Augen zu schließen und einfach liegen zu bleiben. Er wusste, dass er es auf jeden Fall noch einmal versuchen würde. Es kostete ihn immer größere Mühe, einen klaren Gedanken zu fassen, und das einzig Lebendige in ihm, das jetzt einem Reflex glich, war der Wille, durchzuhalten. Unter größter Anstrengung stützte er die Hände auf den Asphalt, wölbte den Rücken und rappelte sich auf alle viere hoch. Ein Schlag auf den Kopf, und seine Arme sackten weg und ließen ihn mit dem Kinn auf die Straße knallen. So blieb er liegen, mit schlaffem Körper und das Gesicht wie eine Maske hochgereckt.

Wie ein Fisch öffnete er ein paar Mal den Mund. Ihm fiel auf, dass er die Schreie gar nicht mehr hörte und das nervöse Getrappel der Füße um ihn herum keine Geräusche machte. Vor sich sah er einen gekalkten Mauerstreifen, auf dem sich die Unregelmäßigkeit der Ziegelsteine abzeichnete und das Sonnenlicht reflektierte. Er sah auch eine vertrocknete und von Staub bedeckte Schlingpflanze, den Fuß eines Baumstamms mit seiner alten Rinde, das Unkraut an der Bordsteinkante und direkt vor sich einen dünnen und scharf umrissenen Schatten, der die Welt in zwei Teile teilte.

Wieder dachte er: »Sie werden mich umbringen.« Er hatte einen lichten Moment, und das Absurde der Situation traf ihn wie ein Messerstich. Er würde am helllichten Tag sterben, auf der Straße eines fremden Dorfs, massakriert von Leuten, die er nicht kannte und die ihn nie zuvor gesehen hatten. Er zog die Knie an und verkroch sich in seinem eigenen Körper, schützte sich vor den Schlägen, die ihn an den empfindlichsten Stellen zu treffen versuchten. Er blieb in dieser Position und sagte sich, dass er noch immer am Leben sei und dass er durchhalten müsse.

Er begriff, dass er Zeit gewinnen musste, dass die nächsten Sekunden die wertvollsten und intensivsten wären, die er je erlebt hatte. »Es gibt eine Möglichkeit«, dachte er, »es muss eine Möglichkeit geben, bestimmt gibt es eine Möglichkeit.« Er wiederholte es so lange im Geiste, bis der Gedanke alles beherrschte. »Es gibt einen Ort, es muss einen Ort geben.« Doch sosehr er sich auch anstrengte, er konnte diesen Ort nicht finden. In Wirklichkeit wusste er nicht einmal, was er selbst damit meinte. Was in seinem Kopf brodelte, zerfiel und explodierte, war so diffus und wahnsinnig wie die Helligkeit, die vor seinen verschleierten Augen über den Boden flimmerte.

Trotzdem gab er nicht auf. Er bemühte sich, aus diesem nutzlosen Material eine Zuflucht zu zimmern, die ihn vor der Sonne und den Schlägen schützen könnte. Er verkroch sich in diesem unbestimmten Bollwerk, wollte sich von der Gefahr entfernen, konzentrierte sich, versteckte sich, um seine letzte Karte auszuspielen. Bedrängt, misshandelt, verdammt, versuchte er sich davon zu überzeugen, dass er ein starker Typ war und weder diese Menschen noch dieses Dorf ihn zerstören konnten.

Da wusste er, dass er noch einmal aufstehen würde. Mühsam löste er sich vom Boden und richtete sich auf. Wie in einem verrückten Film sah er abwechselnd Gesichter und Fäuste. Er spürte, dass ihm die Beine versagten, und da begriff er, dass es keine Rettung gab, dass alles verloren war. Er suchte in seiner Erinnerung nach einem Bild, das ihm Halt geben könnte, das ihm helfen würde, sich zu verabschieden, vielleicht um diesen Moment weniger unwürdig und schmerzhaft zu machen, um nicht so allein zu sein. Doch da war nichts in diesem langen und erbärmlichen Leben. Kein Gesicht, keine Erinnerung, nichts, was es wert gewesen wäre. Mehr denn je schmerzte ihn das Fehlen irgendeines Bezugspunktes, etwas, worin er sich hätte erkennen und dem er sich hätte überlassen können. Noch immer wehrte er sich dagegen. Doch er fand nur Leere und nutzlose Dinge. Alles in allem holten ihn lediglich Kleinmut und Feigheit ein, die sich seltsamerweise in diesem Augenblick in seinem Hang zu masturbieren verdichteten.

Da befiel ihn ein Gefühl von Ironie. Und mit der Ironie, der Hoffnungslosigkeit und der Gewissheit, alles verloren zu haben, ein letzter makabrer Sinn für Humor. Und dort, in diesem Tunnel, fand er den passenden Satz, um sich zu verabschieden. Er sprach ihn tonlos, bewegte nur die Lippen: »Es lebe das Vaterland.« Das kam ihm so komisch vor, dass er zu lachen begann.

Gebeugt und hin und her geworfen von den Schlägen, stolperte er vorwärts. »Ich werde sterben und habe gerade den Verstand verloren.« Er lachte. Mit zusammengebissenen Zähnen spuckte er Blut und Lachen. Er ging wieder zu Boden, stand jedoch rasch wieder auf. Ohne noch irgendetwas wahrzunehmen, ging er mit unsicheren Schritten weiter und lachte die ganze Zeit, bis sich ein Mann, der eine Rohrzange schwang, einen Weg bahnte und ihm mit einem einzigen Schlag das Genick brach. Er stürzte ein letztes Mal. Deutlich vernahm man, wie sein Gesicht auf die Straße schlug.

37

Der Lieferwagen hatte erneut angehalten, und Dante begriff, dass schon wieder etwas passiert sein musste. Sie waren eine Weile im Schritttempo gefahren, während der Lärm um sie herum zunahm. Dann waren die beiden Männer ausgestiegen und weggegangen. Jetzt wartete Dante.

Er hörte, wie sie zurückkamen und sich unterhielten. Sie waren sehr erregt. Jemand fragte im Vorbeigehen: »Haben sie ihn erwischt?«

»Sie haben ihn kaltgemacht.«

»Wie viele haben sie?«

»Zwei.«

Sie fuhren weiter. Ein paar Minuten später hielten sie schon wieder. Das Fahrzeug bremste abrupt, und die Kartons rutschten auf Dante herab. Sie stiegen aus, und einer der beiden rief: »Wo ist er?«

»Auf dem Glockenturm«, bekam er zur Antwort, »er hat den Pfarrer als Geisel.«

Mehrere Personen kamen näher. Sie redeten durcheinander.

»Es wird nicht leicht sein, ihn zum Runterkommen zu bewegen«, sagte die Stimme einer Frau.

»Der kommt runter, keine Sorge.«

»Mit ihm sind es drei. Einer fehlt noch.«

»Der wird schon auftauchen. Das Dorf hat er nicht verlassen.«

Das Ohr gegen die Holzverkleidung gepresst, hörte

Dante, wie sie Einzelheiten über die Verfolgung austauschten. Das Gespräch war mal lauter und mal leiser, und wie bei einem verzerrten Radiosender erreichten ihn nur Gesprächsfetzen, doch er erfuhr, dass zwei seiner Kameraden gerade gestorben waren. Er hörte, wie weitere Todesopfer erwähnt wurden, konnte jedoch nicht verstehen, um wen es sich handelte.

Draußen forderte ein Sprecher den flüchtigen Bankräuber über Lautsprecher auf, herunterzukommen und sich zu stellen. Es vergingen ein paar Minuten, und der Aufruf wurde in regelmäßigen Intervallen wiederholt. Es war dieselbe Stimme, die Dante auf dem Dorffest vernommen hatte, wenn ein neuer Redner angekündigt worden war. Vielleicht war es sogar dieselbe Person, die sprach. Er fragte sich, wer sich dort oben im Glockenturm verschanzt hatte. Jorge? Cucurucho? Ramiro? Wer von den dreien war noch am Leben? Wie schon zuvor fühlte er sich ohnmächtig. Er sagte sich, dass die Rolle, die ihm bei dieser wilden Flucht zugefallen war, nicht schlimmer hätte sein können. Zwei Freunde waren ganz in seiner Nähe gestorben, und nun würde er den sicheren Tod des dritten miterleben. Sein Versteck zu verlassen, würde ein sinnloses Opfer bedeuten, das wusste er, doch reglos und passiv einfach dort zu bleiben und abzuwarten, gab ihm das Gefühl, ein Verräter zu sein.

So unverhofft, dass er erschrak, da er sie nicht hatte kommen hören, vernahm er wieder die beiden vertrauten Stimmen. »Es ist schon spät, wir müssen die Kartons ausliefern«, sagte der ältere Mann.

»Noch ist Zeit«, erwiderte der andere.

»Nein. Mach schon, liefere die Sachen aus und komm wieder hierher. Ich warte so lange auf dich.«

»Ich fahr später.«

»Mach es jetzt, es dauert nur zehn Minuten.«

»Ich will aber nichts verpassen.«

»Du wirst schon nichts verpassen. Das kann dauern.«

Unter Protest stieg der Jüngere ein und knallte die Tür zu. Er ließ den Motor an. Dante richtete sich auf und konnte diesmal einen Teil des Platzes und ein paar Leute sehen. Er wartete, bis sie sich entfernt hatten, legte sich dann wieder bäuchlings auf die Kartons und robbte rückwärts. Er spähte hinaus. Es war niemand zu sehen. Er schob den Oberkörper in die Höhe und konnte über das Dach der Fahrerkabine blicken; niemand. Er kletterte ganz hinaus und sprang. An der nächsten Kreuzung versteckte er sich.

Er sah sich um. Er war allein, und wie es schien, gehörten ihm die Straße und das übrige Dorf, doch er wusste nicht, wohin er gehen sollte. Die Luft vibrierte vor Hitze über den weißen, stummen Häusern und reglosen Bäumen. Das einzig Lebendige war vereinzeltes Vogelgezwitscher. Er sagte sich, dass er nicht einfach so herumstehen konnte. Er kletterte auf die Mauer, an der er gelehnt hatte, und ließ sich auf der anderen Seite hinabgleiten. Er landete in einem verwilderten Garten, wo zahlreiche Blumen blühten. In zwanzig Metern Entfernung befand sich ein kleines Haus. Eine Tür stand offen, und drinnen war es dunkel. Unmöglich, sich hier zu verstecken, also beschloss er weiterzugehen.

Er bückte sich unter einer Leine mit Wäsche hindurch, verließ den Rasen und ging über Steinplatten, wobei er Stühlen und einem Metalltisch auswich. Er erreichte die Tür, lehnte sich mit der Schulter dagegen und spähte ins Innere. Auf dem Sofa saß eine Frau. Sie rauchte und hatte neben sich auf einem Tischchen eine Flasche Weißwein, ein Glas und einen Eiskübel stehen. Außerdem standen dort Kekse, Bonbons und ein Glas Milchkonfitüre »Dulce de leche«. Das Summen des Ventilators übertönte die Musik aus dem Radio. Er konnte ihr Gesicht nicht sehen, weil sie den Kopf auf die Rückenlehne gelegt hatte. Dante warf rasch einen Blick durch den Raum. Er sah zwei Türen, geschmacklose Bilder, Nippes, bemalte Teller an den Wänden und glitzernde Gegenstände auf den Regalen. Er beschloss hineinzugehen.

Die Frau hob den Kopf, um nach dem Glas zu greifen, und entdeckte ihn. »Wer sind Sie?«, fragte sie.

Das war alles. Keine Verärgerung, weder in der Stimme noch in ihren Bewegungen. Sie ließ das Glas stehen und rührte sich nicht.

»Ganz ruhig«, sagte Dante und trat näher, »dir geschieht nichts.«

Sicherheitshalber ließ er sie seine Waffe sehen, als er näher kam. Die Frau stand auf. Sie schien gar nicht erschrocken zu sein, nur ein wenig überrascht. Sie fragte: »Was wollen Sie?«

»Ist noch jemand im Haus?«, fragte Dante.

»Ich lebe allein.«

»Zeigen Sie mir die anderen Zimmer.«

Sie setzte sich in Bewegung, um ihn herumzuführen, und da sah Dante, dass sie hübsch war, langsam Speck ansetzte und ein wenig betrunken war. Sie trug ein leichtes durchsichtiges Kleid mit Knöpfen vorn. Man konnte sehen, dass sie darunter nichts anhatte. Sie zeigte ihm das restliche Haus, drei Zimmer, und als sie zurück waren, fragte er, ob sie etwas Kaltes zum Trinken hätte.

»Ich habe gekühlten Weißwein«, sagte sie.

Sie holte mehr Eis. Dante schenkte sich ein, trank und schenkte nach. Er bedeutete ihr, sich zu setzen, und sagte dann: »Ich will nichts stehlen, ich tu dir auch nichts, ich muss nur eine Weile hier bleiben. Hab keine Angst.«

»Ich habe keine Angst«, sagte die Frau bestimmt.

»Kommt noch jemand?«, fragte Dante.

Sie zuckte mit den Schultern.

»Ich weiß nicht. Ich glaube nicht.«

Sie hatte die Beine übereinander geschlagen, und so als handle es sich um einen normalen Besuch, sah sie ihn aufmerksam an.

»Wie lange willst du bleiben?«

»Kommt darauf an.«

»Wovor läufst du davon?«, wollte sie wissen.

»Vor allem.«

Sie griff nach den Zigaretten und bot ihm eine an. Dante bedankte sich.

»Da wir wahrscheinlich einige Zeit gemeinsam verbringen werden, möchte ich mich vorstellen. Ich heiße Susana.«

»Dante«, sagte er.

Die Frau sah ihn neugierig und mit sichtbarem Wohlwollen an, machte eine unbestimmte Geste und lächelte.

»Wie mein Sohn«, meinte sie.

Dante sagte nichts. Er hatte ein Geräusch auf der Straße gehört und lauschte. Es war ein Motorengeräusch, das lauter wurde, aber nicht von einem Auto stammte.

»Eigenartig, dass ihr denselben Namen habt«, bemerkte die Frau.

Der Zufall gefiel ihr. Das Motorengeräusch kam näher und verschwand wieder. Dante vermutete eine der Feldmaschinen. Die Frau sagte: »Er ist schon beinahe fünfzehn.«

Dante fühlte sich verpflichtet, etwas zu fragen.

»Wo ist er?«, fragte er.

»Irgendwo, bei anderen Leuten.«

»Lebt er nicht bei dir?«

»Nein. Keine Ahnung, wie er jetzt ist.«

Sie nahm die Flasche, ließ Eiswürfel in die Gläser fallen und schenkte ein. Dante nahm seines.

»Warum hast du ihm diesen Namen gegeben?«, fragte er.

Sie lächelte wieder und bekam einen sanften Ausdruck; ihr Gesicht sah um Jahre jünger aus.

»Wegen eines Italieners, den ich als junges Mädchen gekannt habe. Ich war so alt, wie mein Sohn jetzt ist, ein bisschen älter. Er erzählte mir von einem Dichter, der so hieß, und behauptete, er wäre der beste der Welt. Was verstehe ich schon von Dichtern. Doch der Italiener gefiel mir, und Jahre später, als ich meinen Sohn bekam, fiel es mir wieder ein, da habe ich ihm den Namen gegeben.«

Es klingelte. Dante erhob sich und fasste in die Hosentasche. Sie sah die Bewegung, bemerkte seinen Blick und machte eine beruhigende Geste. Sie trat ans Fenster und spähte durch einen Spalt des Holzladens.

»Eine Nachbarin«, sagte sie, »sie kommt nicht herein.«

»Mach nicht auf.«

»Sie weiß, dass ich da bin.«

Dante sah sie stumm an. Mit der Waffe in der Hand lehnte er sich gegen die Wand und kontrollierte so den Eingang. Susana öffnete. Die beiden Frauen begrüßten sich, und die Nachbarin fragte, ob sie schon wüsste, dass man die Bank überfallen hätte. Hastig schilderte sie die Ereignisse, in der die Flucht, Verfolgungsjagden und

Schießereien vorkamen, doch Tote oder Verletzte erwähnte sie nicht. Tatsächlich, erzählte sie, habe sie bis vor zehn Minuten geschlafen und die Nachricht von einer anderen Nachbarin gehört, die einen Block weiter wohnte und alt und taub war. Jedenfalls war es eine aufregende Sache. Sie war völlig aus dem Häuschen und versprach, wiederzukommen, sobald sie etwas Neues wüsste.

Susana schloss die Tür, und bevor sie sich wieder hinsetzte, ging sie in die Küche, um eine zweite Flasche zu holen. Sie entkorkte sie.

»Hast du gehört?«, fragte sie.

»Ja«, sagte Dante.

»Wie viele seid ihr?«

»Vier.«

»Habt ihr das Geld gekriegt?«

»Ja, aber wir sind hier nicht weggekommen.«

»Dieser Ort bringt Unglück«, sagte sie. »Ich bin seit zehn Jahren hier und habe es nie geschafft zu gehen.«

Sie legte eine Hand auf die Stirn. »Zehn Jahre, kaum zu glauben.«

Sie schien auf eine Frage von Dante zu warten. Da er schwieg, fuhr sie fort: »Ich bin wegen einem Kerl gekommen, nur für eine Woche, und hier bin ich noch immer.«

Sie trank einen Schluck. »Er versprach mir, sich von seiner Frau zu trennen und mit mir fortzugehen. Er brachte mich hierher und sagte, dass er eine Woche bräuchte, um seine Angelegenheiten zu regeln, und er wollte nicht einen Tag ohne mich sein. Natürlich habe ich ihm geglaubt. Vielleicht war er sogar ehrlich in dem Moment und glaubte selbst daran, dass wir fortgehen würden. Als wir hier ankamen, bin ich in das leer stehende Haus eines Freundes gezogen. Eine Woche verging, dann zwei, dann drei, und geregelt war gar nichts. Erst dann fing ich an zu fragen und Forderungen zu stellen. Immer gab es irgendeinen Grund, den Weggang zu verschieben. Dann brauchte der Freund das Haus, und er mietete dieses hier; nur für ein paar Tage. Dann fingen die Streitereien an. Ich warf ihn raus, und am nächsten Tag kam er wieder mit einem neuen Versprechen, einem neuen Plan. Und das Ganze ging wieder von vorne los. Nächsten Monat werden es zehn Jahre. Noch immer verlange ich ab und an von ihm, sein Versprechen einzulösen. Natürlich gibt es keine gescheiten Argumente mehr, doch er erfindet immer irgendwelche. Er spricht mit mir darüber so ernst wie am ersten Tag. Ich habe die Hoffnung aufgegeben. Das Schlimme ist, dass ich jetzt auf ihn angewiesen bin. Und er weiß es. Wir beide wissen es. So ist das, hin und wieder werfe ich ihn noch raus. Hauptsächlich, um ihn daran zu erinnern, dass er mich betrogen hat und sich wenigstens ein bisschen schuldig fühlt. Aber da ist nichts mehr zu machen, ich habe mich damit abgefunden.«

Dante hatte ihr stumm zugehört und sie dabei angesehen. Sie hatte ganz ruhig gesprochen, ohne sich aufzuregen, als wäre die Sache tatsächlich nicht mehr von Belang.

»So ist das nun mal«, schloss sie.

»Du könntest die Koffer packen und verschwinden«, wandte Dante ein.

»Wohin? Ich bin schon vierunddreißig. Ich kenne niemanden, ich habe keine Verwandten. Was soll ich machen?«

»Ich weiß nicht«, sagte Dante. »Dann musst du eben bleiben.«

»Ja«, sagte sie.

Sie überlegte. Dann meinte sie: »Er ist kein schlechter Kerl. Er behandelt mich gut, hat mich immer gut behandelt. Aber er hat mir auch mein Leben verhunzt.«

Dante stand auf und ging zu der Tür, die in den Garten führte. Er sah einen trockenen Ast auf der anderen Seite der Mauer und darauf zwei Ringeltauben. Er drehte sich zu der Frau um. »Ich werde bis zum Einbruch der Dunkelheit bleiben müssen.«

Sie zuckte mit den Schultern. »Dann bleib.«

38

Langsam brach die Dämmerung herein. Ramiro, der den Priester einen Moment lang vergessen hatte, war in den Anblick der Wolken vertieft, die im Osten aufzogen. Er hatte mehrere Zigaretten geraucht und war den Gesprächsversuchen seiner Geisel ausgewichen. Während er die Häuser betrachtete, musste er an seine Freunde denken. Außer der wachsenden Betriebsamkeit um die Kirche herum hatte er nichts entdecken können. Der Sprecher hatte ihn in schöner Regelmäßigkeit aufgefordert herunterzukommen. Zweimal hatte man ihm angekündigt, dass jemand in den Turm kommen würde, um zu verhandeln. So war es denn auch geschehen, und er und verschiedene Personen hatten sich Sätze zugerufen. Er hatte keines der Angebote akzeptiert und wusste nicht, was er in den nächsten Stunden tun würde. Geduldig ließ er die Zeit verstreichen und sah sich selbst auf diesem weitläufigen Schauplatz: der Turm, der über dem Dorf aufragte, die von der Sonne aufgeheizten Dächer, die Ebene, deren Färbung sich veränderte, hingetupfte Bauernhöfe, vereinzelte Baumgruppen, ein unsichtbarer Weg, den ein dort entlangfahrender Wagen und die Staubwolke, die er aufwirbelte, verriet. Er betrachtete das alles und gewann schließlich ein Gefühl von Frieden zurück. Mit Ironie und leichtem Erstaunen entdeckte er, dass in all dem eine betörende Schönheit lag. Dies festzustellen und genießen zu können, schützte ihn nicht vor der Wirklichkeit. Doch es gelang ihm, zwischen sich und dem

Priester, zwischen sich und denen, die unten warteten, eine Distanz aufzubauen, die eine Art von Macht bedeutete. Das rührte nicht nur von der Umgebung, der milden Abendstunde und der sich langsam herabsenkenden Stille her. Es hatte mit vielerlei Dingen zu tun, längst vergangenen Dingen, die sich in der Dämmerung eines Montagabends an einem Ort namens Bosque unter den Glocken verdichteten. Das Licht und die weite Ebene verschafften ihm trotz der Gefahr und Ungewissheit einen Genuss, der weit entfernt vom Gefühl des Ausgeliefertseins eine Bestätigung war.

Er wandte den Kopf und sah den rötlichen Glanz eines Teichs und dahinter den gewölbten Horizont, der mit der glühenden Sonne langsam verschmolz. Er vergaß alles andere und betrachtete diese Welt, ohne etwas zu verlangen. Er blickte zum Himmel und entdeckte weit oben einen schwarzen Punkt, einen Vogel, der scheinbar reglos an dem dunkler werdenden Himmel klebte. Er hielt den Blick starr auf dieses Bild gerichtet, bis er es nicht mehr sehen konnte. »Vielleicht töten sie mich hier oben«, sagte er sich. Und es tat nicht weh. Jetzt, wo die Dinge um ihn herum eine neue Bedeutung – vielleicht die eigentliche Bedeutung – annahmen, dachte er, dass er gerne die zwei oder drei Briefe geschrieben hätte, die er schon seit geraumer Zeit vor sich herschob. Vor allem an die Frau, die ihm und der er das Leben schwer gemacht hatte. Und er hätte ihr die Vorfälle dieses Tages erzählt.

Danach überquerte er die Plattform des Glockenturms und blickte hinab. Er sah wieder die Baumkronen und die Menschen, die überall herumstanden. Auf einmal schoss jemand von einem Balkon auf der gegenüberliegenden Seite des Platzes. Ramiro spürte, wie ihn die Kugel an der

Schulter traf. Der Schlag, der ihn leicht nach oben riss, ließ ihn die Arme ausbreiten, und so blieb er wie gekreuzigt unter dem Spitzbogen stehen; vor der Helligkeit, die von hinten kam, dem weißen Anstrich des Glockenturms und im sanften Licht des Himmels, das alles einhüllte, hob sich seine klar umrissene Gestalt ab. Er fiel mit dem Rücken gegen die Mauer und sackte zusammen.

Er hatte die Pistole fallen gelassen und bemerkte, wie der Priester mit unerwarteter Wendigkeit darauf zustürzte, sich rasch bückte und die Waffe ergriff. Ramiro klammerte sich mit dem rechten Arm, den er bewegen konnte, an seine Soutane. Der Kolben traf ihn am Ohr. Er ließ nicht locker und versuchte ihn zu Boden zu werfen. Der Priester stieß ihm ein Knie ins Gesicht, und es folgten zwei weitere Schläge mit dem Kolben auf den Kopf. Er musste loslassen. »Verdammter Pfaffe«, schoss es ihm durch den Kopf. Er hörte, wie dieser auf der Treppe über die Brüstung gebeugt mehrmals rief: »Kommt rauf, ihr könnt raufkommen.«

Minuten vergingen, die Ramiro endlos vorkamen. Er sagte sich: »Das ist das Ende.« Er rührte sich nicht. Das Kinn auf der Brust, ein Bein ausgestreckt und das andere angezogen, lehnte er, kraftlos und zusammengesunken wie eine Stoffpuppe, schräg an der Wand. Dort, wo sich die Schusswunde befand, breitete sich ein Blutfleck aus. Jetzt wartete er nur noch. Seine rechte Hand lag auf Höhe der Hosentasche unter dem Bein. Darin spürte er die Härte des Klappmessers. Er betastete es ein paar Mal, hob dann den Arm ein wenig und steckte zwei Finger hinein, zog es heraus, und unter größter Anstrengung gelang es ihm, es aufzuklappen. Er legte es in die Handinnenfläche und verbarg es neben dem Schenkel.

Stimmen waren zu hören, und kurz darauf tauchten drei Männer auf. Einer trug eine Uniform. Jemand fragte: »Geht es Ihnen gut, Pater?«

»Ja, Gott sei Dank«, erwiderte der Priester.

Derselbe, der zuerst gesprochen hatte, sagte: »Seien Sie dem Pater behilflich und bringen Sie ihn nach unten. Ich bleibe hier. Sagt Bescheid, dass alles in Ordnung ist.«

Der Priester und die beiden anderen verschwanden. Der Mann stellte sich vor Ramiro hin und sagte: »Du bist das also.«

Ramiro sah ihn an. Er war ein stark behaarter, kleinwüchsiger Kerl mit großem Kopf und dickem Bauch. Sein Hemd stand offen, und die Hose hing ein paar Zentimeter unter dem Bauchnabel. Er hatte einen Verband am Arm. Der Verband war blutig. In der rechten Hand hielt er eine doppelläufige Flinte.

»Du bist das also«, wiederholte er.

Er ging in die Hocke, suchte seinen Blick und schlug ihn dann mit dem Flintenlauf leicht ins Gesicht.

»Schau, was du mit mir gemacht hast, du Schwein.«

Wieder ein Schlag, diesmal kräftiger. »Ist dir klar, dass du mich beinahe getötet hättest?«

Je mehr er in Rage geriet, desto härter wurden die Züchtigungen. Er schlug ihn zuerst auf die eine Wange, dann auf die andere und zwang ihn so, ihm jeweils die andere Gesichtshälfte zuzuwenden. Er ohrfeigte ihn eine Zeit lang. Er kam noch näher und sprach mit leiser Stimme: »Deine Stunde hat geschlagen, jetzt musst du sterben.«

Er war beinahe ein Zwerg, und in der gebückten Haltung war sein Kopf dicht vor dem von Ramiro. Dieser sah ihn an und spuckte ihm ins Gesicht. Der Gnom richtete sich auf, verwünschte ihn, wischte sich mit dem

Ärmel übers Gesicht und trat ihm zweimal mit dem Absatz auf ein Auge. Man konnte deutlich hören, wie Ramiros Hinterkopf gegen die Wand schlug.

Ramiro ließ sich ein wenig auf die rechte Seite sinken und blickte den Mann mit dem heilen Auge an. Er umklammerte das Klappmesser und holte Luft. Er hatte nur noch einen einzigen Wunsch. Was ihm an Leben und Willenskraft noch geblieben war, richtete er auf diesen letzten Akt. Er stemmte den Rücken gegen die Wand und warf sich nach vorn. Der Arm machte eine halbkreisförmige Bewegung, und Ramiro spürte, dass er mit der Messerspitze einen Körper berührte. Er stieß es so tief wie möglich hinein, warf sich dann mit seinem gesamten Körpergewicht nach links und schlitzte dem anderen mit dem Messer den Bauch auf.

Er fiel auf seinen verwundeten Arm. Nur mühsam gelang es ihm, den Kopf zu wenden, und er blickte in das entgeisterte Gesicht des Gnoms. Der hatte das Gewehr fallen gelassen und hielt sich die Wunde mit beiden Händen. Der hämische Ausdruck von eben war Überraschung und Entsetzen gewichen. Er stand da mit offenem Mund und vermied es, nach unten zu schauen, wollte nicht glauben, was geschehen war. Er warf einen raschen und verzweifelten Blick zur Treppe und wollte etwas rufen. Seine Lippen bewegten sich, doch brachte er lediglich ein Röcheln hervor. Dann fiel er auf die Knie. Ramiro suchte seinen Blick, während sich auf seinem geschundenen Gesicht eine spöttische Grimasse abzeichnete. Womöglich hätte er ihm sogar zugezwinkert, wenn er von beiden Augen hätte Gebrauch machen können. Er öffnete den Mund mit der Absicht, ihm zu sagen: »Hab ich dich erwischt.« Doch auch er brachte keinen Ton heraus.

Der Gnom blickte noch einmal zur Treppe und dann zur Brüstung. Er wollte sich bewegen, doch er konnte entweder nicht oder traute sich nicht. Er hielt sich den Bauch mit seiner Linken. Mit der Rechten tastete er nach dem Gewehr. Er hob es auf, legte den Lauf unter Ramiros Kinn und drückte die beiden Abzugshähne.

39

Susana ging in die Küche und fragte, ob er etwas essen wolle. Dante verneinte. Sie kehrte kauend zurück und setzte sich wieder ihm gegenüber.

»Auf welchem Weg kann man das Dorf am schnellsten verlassen?«, fragte Dante.

Susana dachte nach. Es dauerte eine Weile, bis sie antwortete. »Soll ich dir sagen, was ich tun würde, wenn ich verschwinden müsste?«

»In Ordnung.«

»Wenn man diese Straße ungefähr sieben Häuserblocks geradeaus geht, kommt man an eine breite unbefestigte Allee. Dort stehen die letzten Häuser. Auf der anderen Seite ist der Friedhof. Hinter dem Friedhof fängt das Weideland an. In der Gegend ist niemand. Wenn man ein bisschen weitergeht, kommt man zur Bahnlinie. Dahinter ist nur noch freies Feld.«

»Den Weg würdest du nehmen?«

»Ja, das scheint mir das Sicherste zu sein. Zumindest ist es der kürzeste Weg. Wenn du die Straße hinter dir gelassen hast, bist du schon so gut wie aus dem Dorf heraus.«

»Wann fahren die Züge?«

»Morgens der Personenzug. Aber abends, so gegen zehn, kommt ein Güterzug vorbei.«

»Gibt es irgendeine Stelle, wo man aufspringen kann?«

Die Frau überlegte. »Ja«, sagte sie, »vor der Brücke, die über den Fluss führt, ist eine Kurve. Da fährt er langsamer, fast Schritttempo. Du kannst leicht hinaufklettern. Du musst nur nach rechts gehen, wenn du an den Schienen bist.«

Dante sah sie überrascht an. Sie bemerkte es und erklärte: »Ich verstehe etwas von Zügen. Mein Vater war Eisenbahner. Als Kind bin ich immer in die Waggons gestiegen.«

»Und du kennst die Gegend gut.«

»Ich gehe viel spazieren. Jedenfalls habe ich das früher gemacht. Vor allem am Anfang, als ich hier noch niemanden kannte.«

Draußen hörte man einen Wagen. Der Motor verstummte vor dem Haus.

»Das ist er«, sagte Susana. »Mach dir keine Sorgen, ich weiß, wie ich ihn wieder loswerde.«

Es klingelte. Sie ging zur Tür.

»Hallo«, sagte sie abweisend.

Der große, grauhaarige Mann wollte eintreten. Er stutzte, als sie ihn nicht vorbeiließ.

»Was ist, Susi?«, fragte er.

Sie sahen sich an.

»Gibt es etwas Neues?«, fragte sie.

»Was Neues? Was meinst du?«

»Du weißt schon. Oder muss ich dich wieder an alles erinnern?«

Der Typ hob gereizt die Arme. »Ach, Susi, doch nicht wieder die alte Geschichte. Wie oft haben wir uns schon darüber unterhalten?«

»Tausendmal. Ja und? Denkst du vielleicht, nur weil ich den Mund halte, habe ich mich damit abgefunden, wie eine Leibeigene in diesem Haus zu leben und darauf zu warten, dass der Herr so gnädig ist, mir ein paar Minuten seiner Zeit zu opfern? Und das auch nur, wenn die Verpflichtungen, die Geschäfte, die Freunde, die Gattin und die Kinder es erlauben.«

Überrascht und entwaffnet ließ der Mann die Arme sinken und schwieg. Da wurde ihr Tonfall noch schärfer. »Ich will weg von hier. Und ich sage es ein letztes Mal. Du hast Zeit bis morgen. Wenn du dich nicht endlich entscheidest, brauchst du dich hier nicht mehr blicken zu lassen. Und es wird auch das letzte Mal sein, dass wir uns sehen, weil ich sonst allein weggehe. Verstanden?«

»Susi, ich bitte dich, lass uns nicht wieder damit anfangen.«

»Ich habe dir nichts mehr zu sagen. Ciao.«

Die Tür schlug zu, und als sich die Frau umdrehte, bemerkte Dante, dass ihre Wut echt war. Verzweifelt setzte sie sich, umklammerte ihren Kopf und begann zu schluchzen. »Mistkerl. Zehn Jahre meines Lebens, zehn Jahre meines Lebens hat mir der Mistkerl gestohlen.«

Dante stand stumm da. Es klopfte an der Tür. Die Frau schoss wie von der Tarantel gestochen hoch.

»Was ist?«, rief sie, während sie öffnete. »Hast du nicht gehört? Was willst du? Hast du dich entschieden? Wenn nicht, dann steig in deinen schicken Wagen und verschwinde.«

Sie wollte die Tür schließen.

»Warte, lass uns reden«, sagte der Typ.

»Reden? Worüber reden? Meinst du nicht, wir haben genug geredet? Wir reden schon seit zehn Jahren. Zehn Jahre. Und es ist immer dasselbe. Weißt du, was es heißt, zehn Jahre in diesem Haus eingesperrt zu sein und darauf zu warten, dass der Tag kommt, an dem der Kerl sich entscheidet? Zehn Jahre, Alter. Damit ist es vorbei.«

»Aber Susi«, stammelte der Mann.

Diesmal schlug die Tür lauter zu als beim ersten Mal. Susana setzte sich, und Dante glaubte, dass sie sich mit diesem Ausbruch ein wenig Luft gemacht hatte. Sie atmete ein paar Mal tief durch, suchte nach einem Taschentuch, trocknete die Tränen und schnäuzte sich die Nase.

»Verdammter Mistkerl«, murmelte sie.

Sie füllte ihr Glas und leerte es in einem Zug.

»Hast du ihn gehört? Wie findest du das? Dieser Idiot besitzt noch immer die Frechheit und will mit mir reden.«

Dante reichte ihr eine Zigarette und gab ihr Feuer. Sie nahm ein paar Züge, stellte sich vor den Spiegel, wischte sich übers Gesicht und strich ihr Haar glatt.

»Reden«, wiederholte sie, während sie zu Dante oder zu ihrem eigenen Spiegelbild sprach. »Nachdem ich mir den Mund fusslig geredet habe, ihn gebeten habe, ihm gedroht habe, ihn auf Knien angefleht habe. Und jetzt will er reden. Findest du das nicht mies? Was soll eine Frau wie ich in einem solchen Fall tun? Erklär es mir.«

Dante zog die Brauen hoch und hob die Arme, als wollte er sagen: Ich weiß nicht. Sie trat vom Spiegel weg und ging zum Tisch. Sie schenkte das Glas halb voll und trank.

»Morgen steht er bestimmt wieder vor der Tür. Und weißt du, wie? Ich kann es dir genau sagen.«

Sie begann auf und ab zu gehen und eine kleine Szene zu spielen. »Er klingelt. Ich gehe hin und frage, was er will. Er macht ein Gesicht wie ein reuiger, unterwürfiger, kleinlauter Dackel und sagt zu mir: Susi, ich weiß ja, dass ich nicht einmal das Recht habe, dich um Gehör zu bitten, ich weiß es genau, trotzdem möchte ich dir ein paar Dinge sagen, auch wenn sie nicht neu sind, womöglich habe ich sie dir schon einmal gesagt, aber ich denke, in dieser Situation klingen sie anders, du weißt, dass ich dich liebe, ich fühle mich ganz elend, ich konnte nicht schlafen und habe gegrübelt und gegrübelt und darauf gewartet, dass es Tag wird, damit ich zu dir kommen kann. Lässt du mich eine Minute herein? Nur eine Minute. Ich glaube, es ist wichtig für uns. Er gibt so lange nicht nach, bis ich damit einverstanden bin, ihn anzuhören. Dann zieht er etwas aus seiner Jackentasche und sagt: Das habe ich dir mitgebracht, nur eine Kleinigkeit, aber ich wollte dir etwas schenken, der Stein ist echt, wenn er dir nicht gefällt, ist das kein Problem, wir können ihn umtauschen, du weißt ja, dass ich von diesen Dingen nicht viel verstehe. Und die ganze Geschichte fängt wieder von vorne an. Dieser Mistkerl.«

Sie weinte stumm und schenkte sich Wein nach. Dann setzte sie sich neben Dante und ergriff seine Hand. Sie lachte und sagte: »Habt ihr noch Platz für eine Frau in eurer Bande?« Sie fügte hinzu: »Na ja, wie ich sehe, geht es auch nicht gerade gut.«

Sie hörte auf zu lachen und fing wieder zu weinen an. Sie legte den Kopf auf Dantes Schulter und fragte: »Was willst du tun, wenn du hier weg bist?«

»Ich weiß nicht.«

»Hast du Familie?«

»Ich hatte eine.«

»Hast du Kinder?«

»Zwei.«

»Wo leben sie?«

»Bei der Mutter«

»Warum hast du dich getrennt?«

»Ich weiß nicht.«

»Du weißt gar nichts.«

»Nein.«

Sie strich ihm mit den Fingern durchs Haar und sagte in gespielt vorwurfsvollem Ton: »Was für ein Junge. Wann wirst du nur endlich vernünftig?«

Dann schob sie eine Hand in sein Hemd und streichelte seine Brust. Dante ließ sie gewähren. Er dachte an etwas anderes. Jedenfalls beruhigte ihn die Berührung. Dieses unerwartete Zeichen der Zuneigung war eine Kompensation, die zurückzuweisen er sich nicht traute. Dort im Halbdunkel des Hauses, bei der Frau und hinter verschlossenen Türen fühlte er sich sicher. Susana redete weiter, vielleicht stellte sie ihm Fragen oder erzählte Geschichten, doch er hörte die Worte nicht mehr, ihn erreichten nur die Sanftheit und Traurigkeit der Stimme. Und vor sich sah er die Gesichter seiner Freunde und seiner Kinder. Er war müde und hatte das Gefühl, seit Wochen nicht geschlafen zu haben.

Susana war auf den Boden geglitten und hatte sich zwischen seine Beine gekniet. Sie öffnete seine Hose und begann ihn zu streicheln. Dante hob einen Arm, um sie wegzuschieben, hielt jedoch inne. Er sah von oben auf sie herab und spürte zugleich brüderliche Verbundenheit und Mitleid. Teilnahmslos ließ er sie gewähren. Neben sich auf dem Tisch sah er das Glas Dulce de leche.

Er streckte die Hand aus, lud etwas davon auf das Löffelchen, schob sanft den Kopf der Frau beiseite und rieb die Spitze seines Dings damit ein. Sie murmelte: »Wie köstlich.«

Und sie machte weiter. Hin und wieder strich Dante mechanisch einen Löffel Dulce de leche darauf.

»Mehr«, sagte sie.

»Es ist leer.«

»Hab ich alles aufgegessen?«

»Ja.«

»Ich bin ein Schlemmermaul. Ich werde noch ganz dick.«

Dante hörte ihr nicht zu. Er dachte an die Straße und den Güterzug um zehn. Sie hob den Kopf und sah seinen verlorenen Blick.

»Du hast wohl keine große Lust«, sagte sie.

»Worauf?«

»Dass ich weitermache.«

»Es ist mir egal.«

»Macht es dir was aus, wenn ich noch ein bisschen herumspiele?«

»Nein.«

Die Frau vergrub sich wieder zwischen seinen Beinen, und mit einer Hand begann sie sich zu streicheln. Dante sah auf die Uhr. Es war noch früh. Er meinte einen Schuss zu hören, doch er war sich nicht sicher.

Susana stöhnte und ließ sich dann gegen seinen Körper sinken. Eine Weile blieben sie so sitzen, und jeder hing seinen Gedanken nach. »Warum nimmst du mich nicht mit?«, sagte sie schließlich.

»Wohin?«

»Wenn du gehst, heute Abend.«

»Ich weiß nicht einmal, ob ich es schaffe, das Dorf zu verlassen.«

»Das macht nichts.«

»Ich kann dich nicht mitnehmen.«

»Das ist meine einzige Chance, hier wegzukommen.«

»Die schlechteste, die es gibt.«

»Nimm mich mit.«

»Du bist verrückt.«

»Bitte, nimm mich mit.«

Dante blickte in die bettelnden Augen und wusste, dass ihn irgendetwas berührte. Es war nicht Mitleid. Sondern die Erkenntnis, dass sie wesensverwandt waren, dass sie sich ähnelten. Jedenfalls sagte er: »Wenn du gehen willst, ist das ganz einfach, ich hab es dir bereits gesagt, du packst die Koffer, und morgen nimmst du den Bus.«

Sie umschlang noch immer seine Knie und ließ nicht locker. »Wenn du mich mitnimmst, wird es für dich einfacher sein, niemand wird denken, dass eine Frau bei dir ist.«

Das Argument klang vernünftig. Und vielleicht war es der Vorwand, den er brauchte, um ihrer Bitte nachzugeben. Doch er sträubte sich weiterhin.

»Es ist gefährlich.«

»Das ist mir egal.«

»Wir müssen auf einen fahrenden Zug aufspringen, das ist nicht so einfach.«

»Wenn ich es nicht schaffe, lässt du mich eben zurück«, sagte sie bestimmt.

Dante schwieg. Ohne Eile stand sie auf, holte eine Tasche und fing an, Schubladen aufzuziehen.

»Ich nehme nicht viel mit«, sagte sie. »Nur das Nötigste und die Wertsachen.«

40

Die falsche Braut des verrückten Pedro, die am Sonntag beinahe um dieselbe Zeit wie Dante und seine Freunde ins Dorf gekommen war, erwachte am späten Nachmittag und wusste nicht, wo sie war. Sie ging durch das Chaos, das in dem Haus herrschte, öffnete sämtliche Türen, trat hinaus in den Garten, wühlte in ein paar Schubladen, durchsuchte die Hausapotheke im Bad, fand eine Schachtel Aspirin und nahm zwei davon. Dann setzte sie sich hin, rauchte und wartete, dass die Kopfschmerzen nachließen. Sie versuchte sich an die Ereignisse der vergangenen Nacht zu erinnern, und ihr Gedächtnis half ihr dabei bis zu dem Augenblick, als sie das Fest verlassen hatte. Der Rest waren Fragmente. Sie hatte Hunger, ging zum Kühlschrank und stellte fest, dass es Wurst, Pastete, Oliven und kalten Braten gab. Sie zündete sich eine Zigarette an und mixte sich einen Wermut mit Eis und Soda. Dann einen zweiten und einen dritten. Eine halbe Stunde später war sie wieder betrunken.

Sie wollte nicht länger warten und beschloss zu gehen. Sie hatte nur das Brautkleid, da ihre Sachen im Hotel waren, also zog sie es an. Sie suchte ihre Handtasche und fand sie auf dem Fußboden hinter dem Sessel. Nachdem sie ihr Haar vor dem Spiegel zurechtgemacht und einen letzten Schluck Wermut pur getrunken hatte, verließ sie das Haus. Sie blieb auf dem Gehsteig stehen, ohne zu wissen, wohin sie gehen sollte, als sie auf einmal einen Wagen näher kommen sah, dem sie Zeichen machte. Der

Wagen hielt, und das Mädchen erklärte, dass sie im Hotel España wohne, aber nicht wisse, wie man dorthin käme. Der Mann erbot sich, sie hinzubringen. Er war sehr aufgeregt, und auf dem Weg erzählte er ihr von dem Banküberfall.

»Ich weiß nichts davon«, sagte die Frau, »ich bin gerade erst aufgestanden.«

Glücklich, einen Zuhörer gefunden zu haben, berichtete der Mann in allen Einzelheiten, was sich zugetragen hatte. Sie fuhren am Dorfplatz vorbei, sahen den Tumult und hielten an der Ecke. Varini, der Anwalt, stand auf einer Bank. Wütend und mit hochrotem Kopf rekrutierte er Freiwillige und organisierte Gruppen für die abschließende Jagd auf den Letzten, der noch flüchtig war.

»Das Dorf ist abgeriegelt«, sagte er, »jetzt müssen alle mitmachen und Block für Block durchkämmen.«

Die Blonde sah sich das alles an und sagte immer wieder: »Ein Überfall? Ich verstehe nicht.«

In der Nähe des Wagens nahm der dicke Agroingenieur mit einer Flasche Bier in der Hand die Glückwünsche der Umstehenden entgegen, berichtete von seinem geduldigen Warten oben auf dem Balkon und den Einzelheiten des Schusses. Man merkte ihm an, dass er rundum zufrieden war, er beantwortete Fragen nach rechts und links, und wie bei einem Interview in einem Sportprogramm bestätigte er fortwährend, dass dies zweifellos einer der erfülltesten Tage seines Lebens sei.

»Ich warte darauf, dass sie den Leichnam herunterbringen«, sagte er, »ich bin neugierig zu sehen, wo ich ihn getroffen habe.«

Er wurde unterbrochen, als ein paar Männer aus der Kirche traten und auf einer Bahre einen Körper heraustrugen, der mit einem Laken zugedeckt war. Die Menschen strömten hinüber.

»Da bringen sie einen«, sagte der Typ im Wagen, »bestimmt ist er tot. Wollen Sie ihn sehen?«

»Ich will ins Hotel«, sagte die Blonde.

Der Mann legte den ersten Gang ein.

»Wir sind nur drei Häuserblocks entfernt. Ich bringe Sie schnell hin.«

In diesem Moment wandte der verrückte Pedro, der von einer Gruppe zur anderen schlich, den Kopf und sah den anfahrenden Wagen, sah das Mädchen darin und fing an zu laufen. Der Wagen bog um die Ecke, und als der verrückte Pedro dort ankam, war er bereits verschwunden. So verwirrt wie im Morgengrauen nach dem Hochzeitsfest, als sie auf einmal verschwunden war, blieb er dort stehen. Er blickte die leere Straße hinunter, dann zum Platz und wieder zurück. Er zögerte und wiegte seinen Körper hin und her, als wollte er nicht glauben, dass die Erscheinung wirklich gewesen war. Dann rannte er in die Richtung, in die der Wagen verschwunden war.

41

Als Dante und Susana das Haus verließen, hatten sich Wolken vor den Mond geschoben. Am Horizont zuckten stumme Blitze. Sie hasteten dicht nebeneinander her. Dante hatte einen Arm um ihre Schulter gelegt. Er trug eine Feldjacke, die sie ihm gegeben hatte und die ihm zu groß war. Bevor sie die erste Querstraße passierten, blieben sie kurz stehen und setzten ihren Weg dann fort. Ein Stück weiter vorn bog ein Mann auf einem Fahrrad in die Straße ein und fuhr an ihnen vorbei, ohne sie zu beachten. Niemand war zu sehen, und es war so still wie am Vorabend, als die vier zur Brücke spaziert waren. Nachtfalter schwirrten um die Laternen, und die Luft war schwer.

»Ist es noch weit?«, fragte Dante.

»Drei Häuserblocks.«

Zwei ließen sie ohne Zwischenfälle hinter sich und erreichten den dritten. Je näher sie der Allee kamen, umso mehr spürte Dante, dass sich die Schulter, auf der seine Hand lag, entzog und der Körper seinen Schritt verlangsamte. Er drückte ihn leicht und zog ihn beschützend an sich.

Sie erreichten die Allee. Sie war sehr breit, breiter als er angenommen hatte. Neben einem Ligusterbusch blieben sie stehen. Dante trat vor und blickte in beide Richtungen: nichts. Er nahm die Frau bei der Hand.

»Wir gehen rüber«, sagte er.

Er setzte sich in Bewegung und spürte auf einmal, wie sie ihren Arm entwand.

Erschrocken sah er sie an.

»Was ist?«, fragte er.

Susana antwortete nicht. Dante wiederholte seine Frage.

»Ich kann nicht«, sagte sie.

»Los, schnell.«

»Ich kann nicht.«

Dante ließ sie los und rannte auf die andere Seite. Dort blieb er stehen und warf einen Blick zurück; Susana war bereits gegangen. Zwischen zwei Zypressen befand er sich direkt vor dem Eingang des Friedhofs. An den Ecken waren Laternen. Er musste sich für eine Seite entscheiden, doch er zögerte. »Es ist gefährlich, dort entlangzugehen«, sagte er sich, »es ist zu hell.« In der Ferne tauchten die Scheinwerfer eines Wagens auf, was ihn zu einer Entscheidung zwang. Er kletterte über das Tor, das unter seinem Gewicht knarrte. Er ließ sich auf der anderen Seite herunter und huschte zwischen Gräbern hindurch. Hinter sich hörte er Motorenlärm, als der Wagen vorbeifuhr und sich entfernte. Er hatte den Friedhof halb durchquert, als er meinte, das Tor erneut knarren zu hören. »Der Wind«, dachte er mechanisch. Dann stellte er fest: »Es ist gar nicht windig.« Doch er ließ sich nicht aus der Ruhe bringen, beschleunigte seinen Schritt und sagte sich: »Das kann sonst etwas sein.«

Er erreichte die andere Seite und musste nun über die Mauer klettern. Sie war hoch, und er sah sich nach etwas um, das ihm als Leiter dienen konnte. Die Gräber waren durch einen schmalen Weg von der Mauer getrennt. Er kletterte auf ein Kreuz und stellte sich auf den Querträger. In diesem Moment kam der Mond heraus und tauchte den Friedhof in Helligkeit. Dante sprang und erwischte den Rand gerade noch mit den Fingerspitzen. Auf einmal hallten zwei Schüsse, und er konnte hören, wie sie dicht neben ihm einschlugen. Er versuchte sich hochzuziehen, doch er schaffte es nicht. Wieder wurde geschossen. Er ließ sich fallen und sah sich suchend nach einer schützenden Deckung um. Geduckt lief er den Weg entlang. Sie schossen aus mindestens drei verschiedenen Richtungen. Er rannte weiter und erwiderte blind das Feuer. Hinter einem Grabstein, der ein paar Meter höher war als die anderen, blieb er stehen. Er beschloss, es dort noch einmal zu versuchen. Doch konnte er nur über die Vorderseite hinaufklettern, was bedeutete, sich zur Zielscheibe zu machen. Er blickte zum Himmel. Der Mond verschwand langsam wieder. Er wartete. Er hörte ein dumpfes Geräusch, das sowohl von Motoren als auch vom fernen Donner herrühren konnte. »Jetzt«, sagte er sich. Er ging auf die andere Seite und kletterte hinauf, indem er sich an zwei großen Engeln festklammerte. Er zog sich hoch und sprang. Diesmal landete er oben auf dem Mauerrand. Er hangelte sich auf der anderen Seite herunter, und bevor er springen konnte, gingen hinter ihm mehrere Lichter an.

Er hing an der Mauer, ohne sich zu irgendetwas entschließen zu können. »Warum schießen sie nicht?«, fragte er sich verwundert über die Stille, die ihn umgab. Er blieb so lange dort hängen, wie er konnte, während sich sein Rücken in Erwartung der Schüsse verkrampfte. Schließlich fiel er herab und wandte den Kopf um. Er war so geblendet, dass er nicht einmal die Schatten seiner Verfolger sehen konnte, die sich hinter dem hellen Licht versteckten. Schützend legte er eine Hand über die Augen und versuchte etwas zu sehen. Da es nicht möglich war, gab er sich kurz der verrückten Illusion hin, dass da vielleicht gar niemand war. Oder dass das Licht die Schüsse gar nicht durchlassen würde, wie es auch den Blick auf die Männer versperrte. Er bemerkte, dass nicht nur von vorn, sondern auch von den Seiten Scheinwerfer auf ihn gerichtet waren. Er war umstellt und allein, der einzige sichtbare Punkt, und er fühlte sich, als würde die ganze Welt auf ihn blicken. Er hatte den absurden Gedanken, dass sie ihn unmöglich vor den Augen der ganzen Welt erschießen konnten.

»Worauf warten sie?«, fragte er sich erneut. Endlose Minuten vergingen, in denen es nichts als Licht und Stille gab. Dann setzten sich die beiden am höchsten stehenden Scheinwerfer, die wahrscheinlich zu einem Lastwagen gehörten, in Bewegung und fuhren langsam auf ihn zu. Wie ein elektrischer Schlag durchzuckte ihn eine Erkenntnis. Doch er wagte es nicht, sich ihr zu stellen. Das Fahrzeug kam immer näher, war jetzt nur noch wenige Meter von ihm entfernt. Dante drehte sich um und kniete nieder. Er ließ die Arme sinken und lehnte die Stirn gegen die Mauer. Vor sich sah er die rötlichen Ziegelsteine und darunter das Gras, das immer heller wurde und in dem versteckt ein paar kleine Wildblumen schimmerten, deren Namen er nie erfahren würde. Es war das Letzte, was er sah, bevor ihn der Lastwagen an der Mauer zerquetschte.

42

Die Leichen der vier Bankräuber wurden ins Polizeirevier gebracht und dort im Hof aufgebahrt. Das gesamte Dorf hatte sich draußen versammelt. Drinnen herrschte fiebrige Aktivität, Telefonate, Befehle, ein ständiges Kommen und Gehen. Beim Polizeikommissar hatten sich der Bezirksvorsteher, der Pfarrer, Ärzte, Anwälte, Geschäftsleute und Honoratioren aus dem Dorf versammelt. Gegen zwei Uhr morgens hatte sich die Lage ein wenig beruhigt, und erst dann fragte der Filialleiter der Bank, wo man das gestohlene Geld hingebracht hätte. Keiner konnte die Frage beantworten. Niemand hatte die Taschen gesehen.

Dann fielen die ersten Tropfen. Der Himmel erzitterte unter den Donnerschlägen und Blitzen. Ein Platzregen ergoss sich über die Menschen, die Schutz suchten, aber nicht nach Hause gingen. Sie kommentierten den Hergang des Banküberfalls und die Verfolgungsjagd, den Tod der vier Bankräuber, die Morde an Anwalt Varinis Frau, Garridos Tochter, dem jungen Jáuregi und dem Gnom Aguirre. Das Unwetter dauerte die ganze Nacht, die Straßen wurden überschwemmt, die Gruppen lösten sich nach und nach auf, und im Morgengrauen machten sich auch die Letzten auf den Heimweg. Der Regen ließ nicht nach. Das Wasser, das den Staub und das Blut wegwaschen würde, würde außerdem eine Trennlinie zu den Ereignissen an diesem Montag schaffen. Dann würde die Sonne wieder herauskommen und die Stille der Abenddämmerung, die friedlichen Stunden am Fluss, der Alltag, die freundlichen Begrüßungen, das Schlendern über die Hauptstraße und den Platz zurückkehren. Der Priester würde seine Sonntagspredigten halten, die dicke Julia ihre geheimen Liebschaften pflegen, die drei Faulenzer zu dem Schattenplätzchen am Dorfeingang zurückkehren, einzig darum besorgt, eine neue Flasche Wein zu organisieren (von dort aus, wo es vom Regen noch kühl wäre, würden sie am Dienstag gegen Mittag eilig einen Lieferwagen in Richtung Landstraße fahren sehen, ohne zu wissen, dass er die massakrierten Körper der vier Männer wegbringen würde, die sie am Sonntagnachmittag in einem schwarzen Peugeot hatten kommen sehen; am selben Tag würde auf demselben Weg ein blondiertes Mädchen das Dorf verlassen, die falsche Braut, die betrunken angekommen war und betrunken wieder wegfuhr, ohne viel mitbekommen zu haben). Nachdem er eine Weile Trauer getragen hätte, würde Anwalt Varini wieder seine makellos weißen Jacketts hervorholen. Der dicke Agroingenieur würde seine Besuche im Club wieder aufnehmen, bereit, allabendlich lange Vorträge über Waffen zu halten und detaillierte Beschreibungen einer nie erblickten Wildnis und nie erlebter Jagden zu geben, ein Wissen, das nun bereichert war um einen Schuss vom Balkon eines Gebäudes am Platz mit einem Präzisionsgewehr mit Zielfernrohr (Holland & Holland, Kaliber 224, englisches Fabrikat) auf einen flüchtigen Schatten, der sich oben im Glockenturm gezeigt hatte, in genau achtundsiebzig Metern Entfernung.

Das Dorf würde wieder zu seiner gewohnte Gleichgültigkeit, Apathie und Ruhe zurückkehren. Alles würde sein wie vorher. Bis auf das gestohlene Geld. Das sollte nie wieder auftauchen.

Eva Demski

Das siamesische Dorf

Roman
st 3885. 381 Seiten

Drei Wochen im Paradies – das verspricht das siamesische Dorf, eine Ferienanlage an der Küste Thailands, erholungsbedürftigen Europäern. Die Journalistin Kecki und der Fotograf Max sollen eine Hochglanzreportage über den fernöstlichen Garten Eden liefern, doch der ungeklärte Tod zweier Frauen macht aus dem geplanten Arbeitsurlaub unter Palmen ein kriminalistisches Abenteuer. Eine sterbende Millionärin, skrupellose Geschäftsmänner, einsilbige Ressort-Angestellte, zwielichtige buddhistische Mönche – sie alle scheinen mehr zu wissen, als sie offenbaren. Je mehr Kecki und Max herausfinden, um so schwieriger wird es, die Guten von den Bösen zu unterscheiden.
Spannend, ironisch und mit erhellendem Blick auf unsere Gegenwart erzählt Eva Demski von irdischen Begehrlichkeiten und menschlichen Abgründen – nicht, ohne uns am Ende, wenn das Paradies längst entzaubert ist, doch noch ein wenig fernöstliche Weisheit zu vermitteln.

»*Das siamesische Dorf* hat alles, was einen guten Krimi ausmacht.« *Anne Chaplet, Literarische Welt*

NF 582/1/11.06

Louise Erdrich

Der Club der singenden Metzger

Roman
Aus dem Amerikanischen von Renate Orth-Guttmann
suhrkamp taschenbuch 3956
503 Seiten

Als der junge Metzgermeister Fidelis Waldvogel aus dem Ersten Weltkrieg heimkehrt, heiratet er Eva, die schwangere Verlobte seines gefallenen Freundes. Die kleine Familie wandert Anfang der zwanziger Jahre nach Amerika aus, um dort ihr Glück zu suchen. In North Dakota gründet Fidelis nicht nur ein Geschäft, sondern auch einen Gesangverein. Eva sorgt mit Geschick und Energie dafür, daß die Metzgerei Waldvogel der immer größer werdenden Familie ein sicheres Auskommen schafft. Eines Tages lernt sie die Artistin Delphine kennen und findet in ihr eine Seelenverwandte. Zwischen den beiden entwickelt sich eine wunderbare Freundschaft – bis Eva schwer erkrankt.

»Eine fast im Flüsterton erzählte Geschichte voller kleiner und großer Gefühle. Was folgt, wird Sie süchtig machen … ein Meisterwerk.« *Cosmopolitan*

»Liebes- und Lebensgeschichte voll eigenwilliger Figuren, poetisch und fesselnd.« *Elle*

»Meisterlich erzählt.« *New York Times*

NF 624/1/7.07

Amos Oz

Eine Geschichte von Liebe und Finsternis

Roman
Aus dem Hebräischen von Ruth Achlama
st 3788. 829 Seiten

»Dieses Buch handelt auch von der enttäuschten Liebe meiner Eltern und Großeltern zu Europa. Es spürt dem jüdischen Erbe in der europäischen Kultur nach und dem europäischen Erbe in unserer eigenen Kultur. Vor allem aber ist es ein Buch über eine einzelne kleine Familie. Es gibt ein altes Rätsel auf: Wie können zwei gute Menschen eine schreckliche Katastrophe herbeiführen? Wie kann es kommen, daß die Heirat zweier liebenswürdiger Menschen, die einander wollen und einander Gutes wünschen, in einer Tragödie endet?« *Amos Oz*
Eine große Familien-Saga, ein Epos vom Leben und Überleben, ein Archiv persönlicher und politischer Ambitionen, ein Buch der Enttäuschungen und der Hoffnung.

»... Denn ein erhellenderes, klügeres, vielschichtigeres Buch über Israel, über Familien und das, was Menschen zusammenhält und was sie trennt, kann man niemandem empfehlen...« *Frankfurter Allgemeine Zeitung*

NF 571/1/09.06